KB203273

초록빛 전쟁

THE CHOCOLATE WAR
by Robert Cormier

THE CHOCOLATE WAR

로버트 코마이어 글 / 안인희 옮김

비룡소

· · ·

아들 피터를 위하여, 사랑을 담아.

1

그들이 그를 죽였다.

몸을 돌려 공을 잡는 순간, 머리통 한편에선 둑이 터지고 수류탄 하나가 배 속을 산산조각 냈다. 그는 메스꺼움을 느끼며 풀밭으로 고꾸라졌다. 입술이 자갈에 부딪혔다. 혹시 이가 나갔을까 두려운 마음에 미친 듯이 침을 뱉었다. 두 발로 일어서면서 운동장을 보았다. 온통 뿌연 안개로 뒤덮인 것 같았다. 그러나 모든 것이 제자리로 돌아가고 렌즈의 초점을 맞춘 것처럼 세상이 다시 선명해질 때까지, 그는 버티었다.

두 번째 플레이에서 그는 패스를 해야 했다. 뒤로 물러서서 상당한 거리를 확보한 뒤 팔을 높이 쳐들고 공 받을 사람을 찾아보았다. 구버*라고 불리는 저 키 큰 친구가 어떨까. 그 순간 갑자기 누군가 뒤에서 붙잡자 몸이 팽그르르 돌았다. 소용돌이에 갇힌 장난감 배 같았다. 무릎으로 넘어지면서도 공을 끌어안고 있었다. 사타구니 쪽에서 느껴지는 아픔을 무시하려고 애썼다. 아무리 어디가 아파도 밖으로 티를 내지 않는 것이 중요하다는 사실을 이미 알고 있었다. 구버가 해 준 충고도 기억났다. "코치가 너를 시험할 거야, 시험. 끈기 있는 녀석을 찾고 있거든."

난 끈기 있는 놈이야, 제리는 뼈가 빠지거나 근육이 늘어나지 않도록 조심스럽게 일어서며 중얼거렸다. 귓가에 전화벨 소리가 울렸다. 여보세요, 여보세요, 나 아직 여기 있어요. 입술을 움직이자 오물과 풀과 자갈이 뒤섞인 맛이 났다. 주변에 다른 선수들이 있음을 알아챘다. 하나같이 헬멧을 쓴 그 기괴한 모습은 모르는 세상에서 온 생물들 같았다. 살면서 이처럼 고독하고, 버림받고, 방어할 아무런 방법도 없이 내동댕이쳐진 느낌은 처음이었다.

....
* 구버트의 애칭. 땅콩이라는 뜻. ―옮긴이

세 번째 플레이에서는 세 명에게서 동시에 얻어맞았다. 한 녀석은 무릎, 한 녀석은 배, 또 다른 녀석은 머리. 헬멧은 머리를 전혀 보호해 주지 못했다. 몸이 짜부라진 것처럼 부분들이 서로 전혀 맞지 않고 비걱거렸다. 아픔이 그냥 단순한 것이 아니라는 사실에 놀라 기절할 지경이었다. 아픔은 잔꾀도 많고 다채로웠다. 여기는 쿡쿡 쑤시고 저기는 은근히 아프고, 이쪽은 활활 타오르는 것 같고, 저쪽은 속으로 파고들면서 아팠다. 땅에 뒹구는 순간 몸을 꽉 웅크렸다. 공은 튀어 나갔다. 그 공처럼 숨도 나갔다. 끔찍한 고요가 몸속으로 스며들었다. 공포가 엄습하는 순간, 숨이 되돌아왔다. 입에서는 뭔가 축축한게 흘러나왔다. 그는 폐를 가득 채운 달콤하고 차가운 공기가 고마웠다. 그러나 몸을 일으키려고 하자 몸이 움직이기를 거부하였다. 이것으로 끝이다. 이제 잠들면, 바로 여기 하프 라인에서 그냥 이대로 잠들면, 풋볼 팀에 들어가는 것은 끝장이다. 모든 일이 망가졌다. 이제 잠이나 자자. 이제 다 상관없다……

"르노!"

웃기게도 누군가 그의 이름을 불렀다.

"르노!"

코치의 목소리가 귀에 거칠게 울렸다. 그는 파르르 떨면서 눈을 떴다.

"나, 괜찮아요."

그 누구에게라고 할 것도 없이 이렇게 중얼거렸다. 어쩌면 아버지에게 한 말일지도 모르겠다. 아니면 코치에게. 이 나른한 피로감을 떨쳐 버리고 싶진 않지만 그래도 털고 일어나야 한다. 땅바닥과 떨어지기 싫었다. 그리고 자기가 대체 어떻게 몸을 일으키려고 하는지 막연히 궁금하기도 했다. 두 다리는 부서지고 머리통은 쭈그러들었는데 말이다. 그러나 놀랍게도 크게 다치지 않은 채 두 발로 섰다. 자동차 유리창에 매달려 흔들거리는 인형처럼 흔들리기는 해도 어쨌든 똑바로 섰다.

"그만!"

코치가 고함을 질렀다. 그 목소리에는 경멸이 가득 담겼다. 제리의 뺨에 침방울이 튀었다.

어, 나한테 침 뱉었어, 제리는 항의했다. 침 뱉지 마세요. 그러나 실제로 내뱉은 말은 "괜찮아요, 코치님."이었다. 그는 생각은 이렇게 하고 말은 저렇게 하는, 그리고 계획은 이것을 세워놓고 실제로는 저것을 하는 유의 겁쟁이였으니까. 그는 이미 헤아릴 수 없이 많은 순간에 베드로였고, 지금까지 사는 동안 수도 없이 수탉이 울어 댔다.*

"르노, 키가 얼마지?"

"1미터 77이요."

제리는 아직도 숨을 헐떡이며 말했다.

"몸무게는?"

"66킬로그램이요."

코치의 눈을 똑바로 들여다보면서 말했다.

"진짜 아플 게다."

코치가 심술궂게 말했다.

"대체 뭐 하러 이 빌어먹을 풋볼을 하려는 게냐? 앙상한 그 뼈에다 살이나 좀 붙이지. 대체 쿼터백을 해서 뭐 하겠다는 거야? 뭐 결과가 괜찮을 수도 있겠지. 어쩌면 말이야."

코치는 늙은 깡패처럼 보였다. 코는 부러지고 뺨에는 운동화 끈같이 바늘로 꿰맨 상처가 있었다. 면도도 하지 않았고, 수염 뿌리가 얼음 조각처럼 까끌까끌했다. 코치는 걸핏하면 으르렁댔고 욕설을 입에 달고 살았으며 잔인했다. 그

....

* 성서에 나오는 이야기. 예수가 처형당하기 전날 밤 베드로는 예수의 제자냐는 질문을 받고 새벽닭이 울기 전까지 하룻밤 동안 세 번이나 아니라고 부정하였다. ─옮긴이

러나 사람들은 아주 좋은 코치라고 했다. 코치는 이제 제리를 노려보았다. 검은 눈이 제리를 자세히 살펴보면서 생각에 잠겨 있었다. 제리는 흔들리지 않고 약해지지 않으려 애쓰면서 그 눈길을 견디었다.

"좋아. 내일 나와라. 3시 정각이다. 아니면 시작도 못하고 끝내는 거야."

코치가 못마땅한 듯이 말했다.

콧구멍으로 달콤한 사과 향기를 빨아들이면서 조심스럽게 경기장 밖으로 걸어갔다. 혹여나 꼭 필요하지 않은 행동을 보일까 봐 입을 크게 벌리기조차 두려웠다. 코치가 다른 애들한테 으르렁대는 소리가 들렸다. 갑자기 제리는 "내일 나와라." 하고 말하던 그 목소리가 사랑스럽게 느껴졌다.

제리는 터벅터벅 걸어 운동장을 떠났다. 오후의 햇빛에 눈을 깜박거리며 체육관에 딸린 탈의실 쪽으로 걸어갔다. 갑자기 무릎은 유연하고 몸은 공기처럼 가벼웠다.

이것 알아? 그는 자신에게 물었다. 이따금 혼자서 하곤 하는 놀이였다.

뭐 말이야?

나 풋볼 팀에 들어가게 됐어.

몽상가야, 몽상가.

아니 몽상이 아냐. 사실이야.

제리가 깊이 숨을 들이쉬자 통증이 다시 나타났다. 멀고 도 작은 통증. 큰 고통이 다가온다는 레이더 신호였다. 두 발은 와사삭거리는 콘플레이크 조각들 위를 걷는 것 같았 다. 이상한 행복감이 그를 덮쳤다. 그는 다가오는 선수들에 게 완패했다는 것을 알고 있었다. 뒤집혀서 땅바닥에 수치 스럽게 나뒹굴었다. 그런데도 살아남았다. 두 다리로 일어 선 것이다. "결과가 괜찮을 수도 있겠지." 하고 코치가 말 했다. 그렇다면 코치는 자기를 끝까지 시험해 볼 생각을 하 는 걸까? 자신이 만드는 팀에서 어떤 자리에서든지 말이 다. 신호가 점점 커져서 이젠 오른쪽 갈비뼈 사이에 자리를 잡았다. 어머니가 생각났다. 마지막에 어머니는 얼마나 약 에 지쳐 있었던지 아무도 알아보지 못했다. 제리도, 아버지 도. 순간의 흥분이 사라졌다. 다시 느껴 보려 했지만 헛일 이었다. 황홀경이 사라지고 난 다음 그 황홀했던 기억을 떠 올려 보았자 부끄러움과 죄의식만 남는 것처럼.

메스꺼움이 배 속에 퍼지기 시작했다. 따뜻하고 질벅거 리고 메슥거렸다.

"여보세요."

제리는 힘없이 말했다. 아무도 없었다. 그 말을 들을 사람은 아무도 없었다.

그는 있는 힘을 다해서 학교 건물로 다가갔다. 화장실 바닥에 몸을 길게 뻗은 채 머리를 변기 위에 걸쳤다. 소독약 냄새가 눈알을 찔렀다. 메스꺼움은 지나가고 고통의 신호음은 사라졌다. 작고 축축한 벌레처럼 땀이 이마에서 흘러내렸다.

그러고 나서 아무런 예고도 없이 그는 토했다.

2

오비는 심심했다. 아니 심심한 것보다 더 나빴다. 지겨웠다. 게다가 지치기도 했다. 요즘은 언제나 지쳐 있는 것 같았다. 지쳐서 잠자리에 들고 지쳐서 깨어났다. 끊임없이 하품하곤 했다. 그는 그 무엇보다도 아치에게 지쳤다. 아치, 나쁜 새끼. 아치는 오비가 미워했다 경탄했다 하는 자식이었다. 예를 들어 지금 이 순간, 그는 아치를 특별히 타오르는 미움으로 저주하고 있었다. 그 미움은 그의 심심함과 피로의 일부였다. 오비는 손에 공책과 연필을 들고서 타오르는 분노를 품고 아치를 바라보았다. 아치가 저기 관중석에 앉아 금발머리를 바람에 가볍게 나부끼면서 큰 소리로 고함지르며 즐기는 모습을 보자 정말 화가 났다. 그는 오비가 일하러 갈 시간이 다 되었다는 것을 뻔히 알면서도 여기 붙잡아 놓고 시간을 죽이고 있었다.

"넌 정말 나쁜 새끼야, 그거 알아?"

오비가 마침내 불만을 터뜨렸다. 마치 흔들린 콜라 병 밖으로 콜라가 솟구치는 것 같았다.

아치는 고개를 돌리고 너그럽게 미소를 지었다. 빌어먹을 왕이 은총을 흘려 주는 것 같은 모습이었다.

"지저스!*"

오비가 격분해서 말했다.

"함부로 신의 이름을 부르지 마라, 오비. 고백성사에서 얘기하고 싶지 않으면."

아치가 한마디했다.

"누가 할 소리. 너도 오늘 아침 채플 시간에 성체를 받았잖아. 대체 그 뻔뻔함은 어디서 나오는 거지?"

"그건 뻔뻔함이 아냐, 오비. 넌 저 아래 성당에 가면 성

....

* 영어로 지저스(Jesus)는 예수를 뜻하기도 하고 '제기랄'과 같은 욕으로도 쓰인다. ─옮긴이

체를 받지. 제길, 나? 난 말이야, 그냥 그 사람들이 우스터에서 돈 내고 사 온 얇은 과자 조각을 씹을 뿐이야."

오비는 역겨워서 다른 쪽을 바라보았다.

"오비, 네가 '지저스' 하고 말하면 넌 너의 영적 지도자를 말하는 거지. 하지만 내가 '지저스' 하면 뭘 뜻하는지 알아? 33년 동안 다른 사람들처럼 땅 위를 걸어 다니다가 PR하는 놈들의 상상력이나 사로잡은 친구를 가리키는 것뿐이야. 네가 모를까 봐 하는 얘긴데 PR이란 퍼블릭 릴레이션의 약자다, 오비."

오비는 대꾸하려고 하지 않았다. 아치와 논쟁을 벌여서 이길 수는 없었다. 그는 말재주가 뛰어났다. 왠지 우울할 때에는 더 그랬다. '제길'이나 '놈' 같은 말을 섞어 가며 트리니티 고등학교처럼 더럽고 조그만 학교의 졸업반 학생이 아니라 유행의 첨단을 걷는 사람처럼 멋지게 말했다.

"그만해, 아치. 늦겠어. 이러다간 나 잘릴 거야."

오비는 아치의 동정심에 호소하였다.

"불평하지 마라, 오비. 어차피 넌 그 일을 싫어하잖아. 무의식 속에선 해고 당하기를 바라지 않아? 그럼 넌 선반에 물건을 쌓지 않아도 되고, 손님들이 흘린 쓰레기를 치우면서 토요일 밤늦게까지 일하지 않아도 될 테니까. 그 대신, 그 뭐냐? 애들이 좋아하는 카페에서 계집애들과 시시덕거릴 수 있을 테고 말이야."

아치는 섬뜩한 데가 있는 놈이었다. 오비가 그 멍청한 일을 싫어한다는 것을 어떻게 알았을까? 다른 애들은 모두 카페 같은 데 가 있는 토요일 저녁에 밤늦게까지 슈퍼마켓에 붙잡혀 있는 것을 특히 싫어한다는 걸 대체 어떻게 알았을까?

"그렇지? 난 너를 도와주는 거야. 오후마다 그놈의 아르바이트가 지겹지? 사장이 '끝이야, 오비. 이제 해고다.' 하고 말할 거야. 그럼 네가 이기는 거지, 바로 사장 눈앞에서 말이야."

"그럼 돈은 어디서 나오지?" 오비가 물었다.

아치는 이 대화에 물렸다는 표시로 손을 내저었다. 오비에게서 겨우 50센티미터나 60센티미터 떨어진 곳에 있었는데도 그가 스르르 멀어지는 것만 같았다. 아래쪽 경기장에서 선수들이 외치는 소리가 공중에 희미한 메아리로 퍼졌다. 아치의 아랫입술이 밑으로 처졌다. 그것은 그가 정신을 집중하고 있다는 뜻이었다. 생각 중이었다. 오비는 기대에 차서 기다렸다. 아치를 존경심에 가득 차서 바라보게끔 만드는 자기 안의 그 무언가를 증오하면서……. 아치가 사람들의 마음을 사로잡는 방식 또는 사람들의 마음이 싹 돌아서게 만드는 방식. 자신의 명석함으로 경탄을 불러일으키는 방식 ─ 비밀 서클 '야경대'가 내리는 과제들은 그를 트리니티 고등학교의 살아 있는 전설로 만들었다. ─ 그리고 잔인함, 이상하고도 기묘한 잔인함, 고통이나 폭력과는 거리가 멀지만 어쩐지 그보다 더 고약한 잔인함으로 사람을 질리게 하는 방식. 그런 것들을 생각하자 오비는 불쾌해졌다. 그는 그런 생각을 떨쳐 버리면서 얼른 아치가 말하기를, 이름을 말하기를 기다렸다.

"스탠턴."

마침내 아치가 말했다. 음절들을 어루만지면서 그 이름을 나직하게 말했다.

"성은 노먼인 것 같은데."

"맞아."

오비가 이름을 적으면서 대꾸했다. 이제 이름 두 개만 더 있으면 된다. 아치는 네 시까지 이름 열 개를 내놓아야만 했다. 여덟 개는 이미 오비의 종이 철에 적혀 있었다.

"과제는?" 오비가 말을 재촉했다.

"보도."

오비는 이 단어를 쓰면서 히죽 웃었다. 보도, 보행자 도로. 그냥 순수한 낱말 하나. 아치는 보도 같은 단순한 것과 노먼 스탠턴 같은 애를 가지고 무슨 일을 벌일 수 있을까. 오비의 기억에 노먼 스탠턴은 붉은 머리에 누런 먼지가 낀 눈꺼풀을 가진 시끄럽고 허풍스러운 아이였다.

"이봐, 오비." 아치가 말했다.

"응?"

오비는 정신을 차리고 물었다.

"일에 늦은 거 아냐? 내 말은, 너 정말 일자리를 잃게 되는 거 아니냐고?"

아치의 목소리는 염려로 부드러워졌고 그의 눈은 다정하였다. 이것이야말로 사람들을 당황하게 만드는 일이었다. 기분의 변화, 그는 나쁜 자식이었다가도 바로 다음 순간 갑자기 달라져서 이렇듯 다정해질 수가 있었다.

"정말로 해고하진 않을 거야. 사장은 집안끼리 아는 사람이니까. 내 말은 늦는다고 달라질 건 없다는 거야. 돈을 인상해 줄 시기도 지났고. 사장은 내가 좀 더 유능해지면 주겠다고 미루고 있어."

아치는 아주 사무적으로 고개를 끄떡였다.

"좋아, 우리 한번 해 보지. 널 유능하게 만들어 줄게. 누군가를 가게로 보내서 네 사장의 삶을 좀 재미있게 만들면

될 거야."

"됐어. 관둬."

오비가 재빨리 말했다. 그는 아치의 힘이 실제로 얼마나 대단한지를 생각하고 두려움에 떨었다. 바로 그렇기 때문에 이 녀석과 한 패가 되어야 한다. 이를테면 초콜릿 같은 건 항상 준비하고 있어야 한다. 초콜릿을 좋아하는 녀석의 식성을 맞춰 주기 위해서. 다행히도 아치는 대마초 같은 물건을 좋아하지는 않았다. 그랬더라면 정말이지 오비는 그에게 물건을 구해 주기 위해 마약 밀매상이라도 되어야 했을 것이다. 오비는 공식적으로는 야경대의 서기였다. 그러나 실제로는 무슨 일을 해야 하는지 알고 있었다. 거의 아치만큼이나 나쁜 놈인 대장 카터는 이렇게 말했다. "그를 행복하게 해라. 아치가 행복하면 우리 모두 행복하다."

"이름 두 개가 더 필요해."

아치는 생각에 잠겼다. 그는 일어서서 몸을 쭉 폈다. 키는 컸지만 뚱뚱하지는 않았다. 그는 섬세한 리듬을 타고 나른하게 움직였다. 운동선수 같은 걸음이었지만 실제로는 모든 스포츠를 싫어했다. 운동선수에 대해선 경멸 외에 다른 생각을 가진 적이 없었다. 특히 풋볼 선수들과 복싱 부원에 대해서. 이 두 종목은 트리니티 고등학교의 주요 스포츠였다. 보통 아치는 과제를 위해 선수들을 뽑지는 않았다. 그의 주장으로는 선수들은 너무 멍청해서 미묘하게 복잡하고도 섬세한 차이들을 알아내지 못한다는 것이다. 아치는 폭력을 싫어했다. 그의 과제 대부분은 물리적인 것이 아니라 심리적인 것이었다. 그것이 그가 그렇게 많은 일을 저지르고도 벌을 받지 않는 이유였다. 트리니티 선생들은 무슨 일이 있어도 평화를 원했다. 학교 안이 조용하기를, 그리고 뼈가 부러지는 일이 없기를 바랐다. 그밖에는 하늘만이 그를 가로막을 뿐이었다. 바로 아치의 전문 분야였다.

"애들이 '구버'라고 부르는 애." 아치가 말했다.

"롤랜드 구버트." 오비가 적었다.

"유진 선생의 교실."

오비는 이 달콤한 악의에 미소를 지었다. 그는 아치가 선생들을 과제에 포함시키는 것이 좋았다. 그것은 물론 가장 대담한 일이었다. 어느 날인가 아치도 과하게 선을 넘다가 제풀에 걸려 넘어지고 말 것이다. 물론 유진 선생까지는 아치의 뜻대로 될 것이다. 그는 아치를 위해 태어난 것처럼 천성적으로 평화로운 사람이었다.

떠가는 구름 뒤로 태양이 사라졌다. 아치는 다시 혼자 떨어져서 골똘히 생각에 잠겼다. 바람이 불어와 운동장에 먼지를 일으켰다. 운동장에는 잔디 씨를 뿌려야 하고 관중석도 보살필 필요가 있었다. 좌석은 푹 꺼지고 의자는 문둥병에 걸린 것처럼 페인트칠이 벗겨지고 있었다. 골대 그림자가 운동장 위로 기묘한 십자가처럼 기다랗게 뻗어 있었다. 오비는 오싹했다.

"빌어먹을, 녀석들은 나를 뭐라고 생각하는 거지?"

아치가 물었다.

오비는 아무 말도 하지 않았다. 대답이 필요한 질문 같지가 않았다. 아치가 혼잣말하는 것 같았다.

"빌어먹을, 이 과제 말이야. 녀석들은 이게 쉬운 일이라고 생각하지?"

아치가 말했다. 그의 목소리에는 슬픔이 배어 있었다.

"그리고 그 검은 상자도 말이야……."

오비는 하품했다. 피곤했다. 그리고 불편했다. 지금 같은 상황에서는 언제나 하품이 나오면서 피곤하고 불편했다. 오비는 어찌할 바를 모른 채, 아치의 목소리에 고민이 담겨 있다는 사실에 놀랄 뿐이었다. 아니면 아치가 자기를 놀리는 걸까? 아치에 대해서는 결코 제대로 알 수가 없었다. 오비는 아치가 마치 나쁜 주문이라도 털어 내려는 듯이 고개를 흔들자 고마운 기분이 들었다.

"넌 도움이 안 돼, 오비."

"네가 도움이 필요하다고 생각해 본 적 없어, 아치."

"내가 인간이라고 생각은 하냐?"

'그게 확실치가 않아.' 라고 하마터면 말할 뻔했다.

"좋아, 좋다고. 이 망할 놈의 과제 좀 끝내자. 하나 더 남았지."

오비의 연필이 제자리를 잡았다.

"몇 분 전에 운동장을 떠난 애가 누구였냐? 쟤들이 두들겨 패서 쫓아낸 애 말이야?"

"그 애 이름은 제리 르노야. 신입생이지."

오비가 공책을 쓱 훑으면서 대답했다. 르노를 찾으려고 R 항목을 뒤적였다. 오비의 공책은 학교의 여러 서류보다 더 복잡했다. 공책에는 조심스러운 부호로 트리니티 고등학교 내 모든 사람의 정보가 담겨 있었다. 공식 문서에는 나타나지 않는 온갖 종류의 정보였다.

"여기 있다. 제롬 E. 르노. 블레이크 거리에 사는 약사 제임스 르노의 아들. 그 애는 신입생이야. 생일, 이거 봐라, 걘 이제 겨우 열네 살이 되었군. 오, 걔 엄마가 올봄에 죽었어. 암이야."

거기에는 중학교에서 배운 과목과 과외활동 등에 관한

기록들이 더 있었다. 그러나 오비는 관 뚜껑을 덮듯이 공책을 덮었다.

"불쌍한 녀석이군. 어머니가 죽었다 이거지."

아치가 말했다.

그의 목소리에 다시 염려하는 마음과 동정심이 묻어 있었다.

오비는 고개를 끄떡였다. 이름 하나가 더 필요하다. 또 누가 있지?

"불쌍한 녀석. 힘들겠군."

"맞아."

오비가 얼른 동의하였다.

"걔가 필요한 게 뭔지 아냐, 오비?"

아치의 목소리는 부드럽고 꿈꾸는 것처럼·달콤했다.

"뭔데?"

"치료야."

이 끔찍한 단어가 아치의 목소리에 담긴 부드러움을 산산조각 냈다.

"치료라고?"

"맞아. 그 이름, 적어."

"대체 뭐 하려고, 아치. 걔가 나가는 거 봤잖아. 그냥 신입생에다 풋볼 팀에 들어가려고 애쓰는 말라깽이일 뿐이야. 코치가 걔를 햄버거처럼 씹어 줄 텐데. 게다가 엄마 무덤에 아직 풀도 안 말랐고 말이야. 뭐 하러 그런 애를 명단에 넣으려는 거야?"

"걔를 바보로 만들지 마라, 오비. 걔는 강한 애야. 그렇게 얻어맞아 나뒹굴고도 두 발로 일어서지 않던? 강하다고. 고집쟁이야. 그 녀석, 저기 운동장에 쭉 뻗어 있었어야지. 똑똑한 놈이라면 그렇게 했을 거라고. 그리고 죽은 엄마를 잊기 위해서라도 마음 붙일 일이 필요할 거다."

"넌 정말 나쁜 놈이야, 아치. 아까도 말했지만 또 말해야겠다."

"그 애 이름을 적어."

목소리는 얼음장이었다. 북극처럼 차가웠다.

오비는 이름을 적었다. '빌어먹을, 어쨌든 내 무덤은 아니야.'

"과제는?"

"생각 중이야."

"4시까지 마쳐야 해."

오비가 상기시켰다.

"과제가 그 녀석하고 잘 맞아야 해. 그게 이 일의 멋이거든, 오비."

오비는 일이 분가량 기다리고 나서 참지 못하고 다시 물었다.

"아이디어가 바닥났냐, 아치?"

위대한 아치 코스텔로의 아이디어가 바닥났다고? 그거야말로 놀랄 일이었다.

"그냥 예술적인 생각을 하는 거야, 오비. 이건 예술이거든. 이런 르노 같은 애를 고른다. 특별한 환경이다……."

그는 침묵했다.

"초콜릿 항목에 넣어."

오비는 적었다. '르노—초콜릿'. 아치는 절대로 아이디어가 마르지 않을 것이다. 예를 들어 초콜릿은 12개의 과제를 합친 것과 맞먹는 힘든 일이었다.

오비는 골대 그림자 근처에서 접전을 벌이는 소년들을 내려다보았다. 슬픔이 그를 사로잡았다. 난 풋볼 팀에 들어갔어야 하는 건데, 하고 생각했다. 오비는 팝 워너*에 알맞은 아이였다. 그런데 그 대신 야경대의 서기가 되었다. 훌륭해. 하지만, 빌어먹을, 부모에게도 그런 이야기는 할 수

....
* 미국의 청소년 풋볼 선수 훈련 프로그램. —옮긴이

가 없었다.

"이거 알아, 아치?"

"뭐?"

"인생은 슬퍼, 때로는 말이야."

이것이 아치의 좋은 점이었다. 이런 말을 할 상대가 된다
는 것 말이다.

"인생은 똥이야." 아치가 말했다.

골대 그림자는 십자가들로 만든 그물 같았다. 빈 십자가
였다. 이 하루를 위한 충분한 상징이군, 오비는 속으로 생
각했다. 서두르면 네 시 버스를 타고 일하러 갈 수 있겠군.

3

그 소녀는 마음을 쥐어짤 듯이, 정말 이해할 수 없을 만큼 아름다웠다. 욕망 때문에 그의 비위가 뒤틀렸다. 금발 머리 다발이 그녀의 드러난 어깨 위로 흘러내렸다. 그는 남몰래 사진을 바라보다가 잡지를 덮고 원래 있던 자리, 선반 맨 꼭대기에 올려놓았다. 혹시 누가 쳐다보지는 않나 사방을 둘러보았다. 가게 주인은 잡지 보는 것을 엄격하게 금지하였다. '사지 않으려면 읽지 말 것'이라는 팻말이 거기 놓여 있었다. 그러나 주인은 지금 가게 저편 끝에서 바빴다.

《플레이보이》나 그런 유의 잡지들을 볼 때마다 죄의식이

드는 것은 어째서일까? 꽤 많은 아이들이 그런 잡지들을
사서 학교에서 돌리기도 하고, 공책 표지 안에 감추거나 다
시 다른 애들에게 팔기도 했다. 그는 이따금 친구들의 집
커피 테이블에 그런 것이 흩어져 있는 것을 본 적도 있었
다. 한번은 그도 떨리는 손길로 거금 1달러 25센트를 내고
누드 잡지를 한 권 샀다. 다음 번 용돈을 탈 때까지 써야 할
돈을 몽땅 턴 것이었다. 그러나 이 빌어먹을 물건이 한번
자기 것이 되자 그것을 어떻게 해야 할지 몰랐다. 버스에
타고 그걸 집으로 가지고 와서 자기 방 서랍의 맨 아래 칸
에 감추어 놓고 들킬까 봐 벌벌 떨었다. 침대 속으로 책을
들고 들어가 재빨리 훑어보곤 하다가 나중에는 지쳤다. 거
짓말했다는 괴로움과 어머니가 잡지를 발견할지 모른다는
두려움에 고통을 받다가 그것을 집에서 몰래 들고 나와 하
수구에 버렸다. 하수구 바닥에서 음산하게 철썩 하는 소리
가 들려왔다. 함부로 써 버린 1달러 25센트와 그렇게 가슴
아픈 작별을 고했다. 그리움이 그를 가득 채웠다. 자기를
사랑해 줄 소녀가 있을까? 그의 마음속을 맴도는 괴로운
걱정 하나는 소녀의 젖가슴을 만져 보기도 전에 자기가 죽
지나 않을까 하는 두려움이었다.

　버스 정류장 옆에서 제리는 전봇대에 몸을 기대었다. 몸

은 풋볼 연습에서 입은 타격의 후유증으로 아직도 엉망이었다. 사흘 동안이나 그의 몸은 벌을 받았다. 그러나 어쨌든 명단에 올랐다. 멍하니 길 건너편에 있는 사람들을 바라보았다. 매일 보는 사람들이었다. 요즘 그들은 남북전쟁 시절의 대포나 세계대전 기념비 같은 풍경의 일부였다. '히피들', '꽃을 든 아이들', '거리의 사람들', '떠돌이들', '낙오자들'. 그런 사람들을 부르는 이름은 제 각각이다. 그들은 봄에 나타나서 10월까지 머물었다. 근처를 어슬렁거리면서 이따금 행인에게 조롱 섞인 말을 던지기도 했지만 대부분은 조용하고 나른하고 평화로운 사람들이었다. 제리는 그들에게 마음이 끌렸다. 때로는 그들의 낡은 옷, 너절함, 그리고 그 어떤 일에 대해서도 흥분할 것 같지 않은 태도가 부럽기도 했다. 트리니티는 끝까지 교복을 고집하는 마지막 학교들 중의 하나였다. 셔츠와 타이가 정해져 있었다. 그는 펄럭이는 모자를 쓴 소녀 주변에서 일어나는 연기 구름을 바라보았다. 혹시 마리화나일까? 그는 알지 못했다. 많은 것들을 그는 알지 못했다.

거리의 사람 하나가 다른 사람들에게서 떨어져 나와 날쌔게 자동차들을 피해 길을 건너왔다. 제리는 생각에 빠져서 그 사람이 다가오는 것을 보지 못했다.

"어이, 이봐."

제리는 그 사람이 자기에게 말을 거는 것을 알아채고는 깜짝 놀랐다.

"저 말이에요?"

그 사람은 초록색 폴크스바겐 차 지붕에 가슴을 기댄 채 길 가운데 서 있었다.

"그래, 너."

그는 열아홉쯤 되어 보였고, 기다란 검은머리를 어깨에 내려뜨렸다. 구불구불한 콧수염이 나긋나긋한 검은 뱀처럼 그의 윗입술을 덮었고, 수염 양쪽 끝은 거의 턱까지 내려와 매달려 있었다.

"어이, 넌 날마다 우리를 그렇게 바라본단 말이야, 여기서서 우릴 노려보지."

정말로 "어이." 하고 말을 거네 하고 제리는 생각했다. 그는 농담할 때 말고는 누구도 이렇게 말하지 않는 줄 알았다. 하지만 그 사람은 농담을 하는 것이 아니었다.

"어이 이봐, 우리가 동물원에 있다고 생각하나? 그래서 우릴 노려보냐고?"

"아니요. 노려보지 않았는데요."

하지만 그는 노려보았다. 매일.

"아니, 그랬어. 어이, 넌 여기 서서 우릴 바라보곤 했어. 숙제할 책들을 손에 들고 깨끗한 셔츠에다 넥타이까지 매고 말이야."

제리는 불편해서 사방을 둘러보았다. 온통 낯선 사람들뿐이었다. 아는 사람은 한 명도 없었다.

"어이, 우린 하류 인간이 아냐."

"전 그렇게 말하지 않았는데."

"하지만 넌 그렇게 바라보지."

"전 그냥. 버스를 타려고……."

이건 물론 웃기는 소리였다. 버스는 보이지도 않았기 때문이다.

"누가 하류 인간인지 알아? 너야. 바로 너라고. 매일 학교에 갔다가, 버스를 타고 집으로 돌아가서 숙제나 하고."

그 사람의 목소리에는 경멸이 묻어 있었다.

"열넷이나 열다섯 살짜리 모범생. 벌써 완전히 판에 박혔군. 대단해."

끼이익 소리와 매연을 내뿜으면서 버스가 도착했다. 제리는 그 사람에게서 멀어졌다.

"가서 버스나 타라, 모범생. 그 버스를 놓치지 마라. 꼬마야, 넌 세상에서 많은 것을 놓치고 있다. 그러니 버스라도 놓치지 말아야지."

제리는 꿈속에서 걷는 사람처럼 버스를 향해 걸어갔다. 그는 이런 식으로 시비가 붙는 게 싫었다. 가슴이 방망이질 쳤다. 버스에 올라 토큰을 집어넣었다. 커브 길을 돌아가는 버스 속에서 비틀거리며 좌석으로 갔다.

자리에 앉아서 깊은숨을 들이쉬며 눈을 감았다.

가서 버스나 타라, 모범생.

그는 눈을 뜨고 창문을 통해 들어온 햇빛을 가느다란 눈길로 바라보았다.

넌 세상에서 많은 것을 놓치고 있어. 그러니 버스라도 놓치지 마라.

물론 놀리는 말이다. 그게 그들의 장기다. 사람들은 그런 것을 좋아한다. 다른 사람들을 놀리는 일. 다른 할 일도 없이 그냥 빈둥거리면서 삶을 보내는 일.

그리고 아직……

아직, 뭐?

알 수가 없었다. 그는 자신의 삶을 생각해 보았다. 학교에 갔다가 집으로 돌아오기. 넥타이가 느슨하긴 했지만 셔츠에 매달려 있었다. 그것을 홱 잡아 당겼다. 창문 위쪽에 붙은 광고판들을 올려다보았다. 생각을 딴 데로 돌리기 위해서였다.

왜?

누군가가 광고판이 붙지 않은 빈 공간에 낙서를 해 놓았다.

왜 안 되는데?

누군가가 답을 달아 놓았다.

제리는 눈을 감았다. 갑자기 피곤했다. 너무나 힘들어서 생각조차 할 수 없을 것 같았다.

4

"몇 개요?"

"20,000개."

아치는 놀라서 휘파람을 불었다. 보통 그는 그렇게 쉽사리 냉정함을 잃지 않았다. 특히 레온 선생 같은 사람과 있을 때에는 더욱 그랬다. 그러나 초콜릿 20,000통을 여기 트리니티 고등학교에서 처분한다는 상상은 우스꽝스러운 것이었다. 그는 레온 선생의 윗입술에 묻은 물기와 축축한 눈가와 앞이마의 땀방울을 보았다. 학급을 손아귀에 쥐고 흔드는 그 침착하고 위험한 레온이 아니었다. 온갖 틈과 균열

들을 막으려고 애쓰는 누군가였다. 아치는 조금도 움직이지 않은 채 가만히 있었다. 격렬하게 쿵쾅대는 심장 소리 때문에 자기가 불현듯 깨달은 사실이 드러날까 봐 겁이 났던 것이다. 자신이 언제나 의심해 왔던 사실에 대한 증거를 잡았다는 것을 들킬까 봐 두려웠다. 레온 선생뿐만 아니라 어른들은 대부분 쉽게 상처받고 두려워하며 공격에 대해 무방비라는 사실을.

"정말 많은 양이라는 건 나도 알아."

레온 선생이 수긍하였다. 그는 목소리를 평소대로 유지하려고 애쓰고 있었다. 그런 점에서 아치는 그를 존경하였다. 영리한 사람이다, 레온은. 그에게 설명을 요구하기는 어려운 일이다. 미친 사람처럼 땀을 흘리고 있는데도 그의 목소리는 조용하게 평온을 유지했다.

"그러나 우린 우리 식대로 일을 처리하는 전통이 있지. 초콜릿 판매는 연례행사다. 학생들도 알고 있어. 보통 때 10,000통의 초콜릿을 팔았다면 올해 20,000통도 팔 수 있을 것 아닌가? 아치, 이건 특별한 초콜릿이야. 이윤이 많지. 특별가격이고."

"어떻게 특별합니까?"

자신의 유리한 입장을 감춘 채 아치가 물었다. 그 목소리에는 학생이 선생과 이야기할 때 나오는 허풍 같은 것은 없었다. 그는 레온의 사무실에 특별 초대를 받고 왔다. 레온은 이제 진짜 아치를 상대로 이야기해야 한다. 수학 시간에 책상에 앉아 수업을 듣는 어린애가 아니었다.

"사실은 이건 어머니날 초콜릿이다. 우린, 그러니까 난 말야 이걸 세일 가격으로 가져왔지. 아름다운 상자야, 선물 포장이지. 물건은 완벽한 상태다. 이 물건들은 지난봄부터 최상급 상태로 보관되어 왔어. '어머니'라고 쓰인 보라색 리본만 떼어 내면 그만이야. 개당 2달러씩 팔면 거의 1달러의 이윤을 남기게 되지."

"하지만 20,000개를."

아치는 수학에 뛰어나진 않았지만 재빨리 계산했다.

"학생수가 400명이죠. 그러니까 모두가 50개씩을 팔아야 한다는 뜻입니다. 보통 때는 한 사람당 25개씩 할당을 받았고, 가격도 1달러였죠."

그는 한숨을 쉬었다.

"이젠 모든 게 두 배가 되었네요. 이 학교로서는 무리예요. 레온 선생님, 어떤 학교라도 무리입니다."

"나도 알아, 아치. 하지만 트리니티는 특별하다, 그렇지 않나? 내가 트리니티 학생들이 할 수 있다고 생각지 않았다면 이런 모험을 했을 것 같냐? 우리에겐 다른 사람들이 갖지 못한 능력이 있어."

허튼 소리, 이것이 아치의 생각이었다.

"네가 어째서 놀라는지도 알아, 아치. 어째서 내가 이런 문제를 네게 털어놓느냐 이거지?"

아치는 정말로 어째서 레온 선생이 자기한테 계획을 털어놓을까 궁금하게 여겼다. 그는 절대로 레온이나 다른 어떤 트리니티 선생과도 특별히 친하게 지낸 적이 없었다. 그리고 레온은 특별한 종류의 인간이었다. 겉으로만 보면 창백한 인상에 남의 비위나 맞추는 타입이었다. 평생 동안 조심스러운 발걸음으로 살아가는 사람, 공처가에 남의 말 잘 믿는 마음 약한 사람으로 보였다. 교감이었지만 교장을 위해서 하인처럼 굽실거렸다. 심부름꾼 소년 같았다. 그러나 그 모든 것은 그냥 속임수에 지나지 않았다. 교실에서 레온은 완전히 달랐다. 비아냥거리며 능글맞게 웃었다. 가늘고 높은 목소리는 독을 품었다. 코브라처럼 쉬지 않고 학생들의 주목을 끌었다. 송곳니 대신 지휘봉을 휘둘러 대다가 여기저기 사방을 내리쳤다. 매처럼 의심에 가득 차서 학급을 살펴보고 속임수를 쓰는 녀석이나 딴생각 하는 녀석이 있나 두리번거리곤 했다. 그리고 학생들의 약점을 찾아내면 그 약점을 이용하였다. 하지만 아치에게 그렇게 한 적은 없었다. 아직까지는 없었다.

"내가 설명하지."

레온이 의자 앞쪽으로 몸을 기울이면서 말했다.

"가톨릭 재단이나 다른 재단이나 사립학교들은 모두 요즘 악전고투하고 있다. 일부는 문을 닫고 있지. 물가는 오르는데 수입원은 한정되어 있거든. 아치, 너도 알다시피 우린 상류층을 위한 기숙학교가 아니다. 그리고 기부금을 요청할 만큼 부자 동창도 없어. 그냥 중산층 출신 젊은이들을 훈련시켜서 대학에 들어가도록 준비시키는 보통 학교야. 여기 부잣집 아들은 없지. 너 자신을 예로 들어 보자. 너의 아버지는 보험회사에서 일하시지. 월급을 잘 받지만 부자라곤 할 수 없어. 토미 데자딘스를 보자. 걔네 아버지는 치과의사지. 사정이 좋아. 자동차도 두 대, 여름 별장도 하나. 이게 트리니티 고등학교 학부형 중에 가장 형편이 좋은 경우다."

그는 손을 번쩍 들었다.

"물론, 학부형들을 까대려는 건 아니다."

아치는 주춤했다. 어른들이 '까대다' 같은 애들 말을 쓸 때면 화가 났다.

"내가 하려는 말은, 아치, 학부형들이 대개 평범한 환경에 있고 그래서 수업료를 인상하면 감당할 수가 없다는 거다. 우린 가능하면 어디에서나 수입을 찾아내야 해. 풋볼 팀은 자체적으로 운영하기에도 빠듯하다. 지난 3년 동안 한 번도 우승하지 못했어. 복싱은 요즘 관심이 많이 떨어졌지. 텔레비전에서는 복싱 특집도 내보내지 않고……."

아치는 하품을 눌러 참았다. 그래서 뭐 달라진 거라도 있단 말인가?

"난 내 카드를 네게 보여 주는 거야, 아치. 확실히 알리기 위해서. 어째서 우리가 모든 수입원을 개척해야 하는지, 어째서 우리에겐 초콜릿 판매 같은 일조차도 절박한 게 되는지 말이야……."

침묵이 찾아왔다. 학교는 아주 조용했다. 너무나도 조용해서 아치는 이 사무실이 방음 처리가 되어 있는 게 아닌지 궁금했다. 물론 수업은 끝났다. 그러나 온갖 과외활동들이 시작되는 시간이었다. 무엇보다 야경대의 활동 말이다.

"또 다른 건……." 하고 레온이 말을 계속했다.

"우린 이 문제를 조용히 하고 있긴 하지만……. 교장이 몸이 안 좋아. 심각한 것 같더군. 내일 병원에 들어갈 예정이지. 검사도 받고 할 거야. 사정이 그리 좋지가 않아……."

아치는 레온이 핵심을 말하기를 기다렸다. 그래, 병든 교장의 명예를 위해서 초콜릿 판매를 성공리에 마쳐야 한다는 웃기는 연설을 할 셈인가? 지난 밤에 본 영화처럼 "기프*를 위해 우승을" 거두기라도 하라고?

"아마 몇 주 동안 학교 일을 보지 못할 거야."

"안됐네요."

그래서 어쩌라고?

"그 말은 학교가 내 수중에 있게 될 거란 뜻이지. 내가 책임지게 될 거야."

다시 침묵이 찾아왔다. 그러나 이번에 아치는 침묵 속에서 어떤 기다림을 느꼈다. 레온이 드디어 핵심을 말하려고 한다는 것을 느꼈다.

"네 도움이 필요하다, 아치."

"제 도움이요?"

아치는 놀라는 척하면서, 목소리에 어느 정도의 조롱을 담아서 물었다. 자기가 여기 불려온 이유를 알 만했다. 레온은 아치의 도움을 말하는 것이 아니다. 그는 야경대의 도움을 말하는 것이었다. 아무도 야경대에 대해서는 한마디

....

* 조지 기프. 1895~1920년. 전설적인 미국 풋볼 선수. ─옮긴이

말도 하지 않았다. 공식적으로 그런 것은 존재하지 않았다. 어떻게 학교가 야경대 같은 단체를 허용할 수 있겠는가? 학교는 그것을 완전히 부인함으로써, 그러니까 그것이 존재하지 않는 것처럼 여김으로써 야경대가 활동하는 것을 허용했다. 하지만 그것은 엄연히 존재했다. 아치는 생각했다. 그것은 어떤 목적에 부합하기 때문에 존재하는 거라고. 야경대는 많은 것을 조종하였다. 야경대가 없었다면 트리니티는 다른 학교들이 이미 그랬듯이 여러 조각으로 찢어졌을 것이다. 데모와 저항과 온갖 헛소리들로 갈가리 찢겼을 것이다. 아치는 야경대와 자신의 관계를 알면서 자기를 이런 식으로 이리로 불러들인 레온의 대담함에 놀랐다.

"하지만 제가 어떻게 돕지요?"

아치가 물었다. 야경대를 가리키는 복수를 쓰지 않고 자신만을 가리키는 말, "제가"에 힘을 주었다.

"판매의 뒤를 밀어다오. 아치, 20,000통이다. 네 말대로 그건 대단한 분량이야."

"가격도 두 배죠. 개당 1달러가 아니라 2달러니까."

아치가 이제 자신의 위치를 즐기면서 상기시켰다.

"하지만 우린 그 돈이 꼭 필요해."

"특별 수당은 어떡하고요? 학교는 항상 애들에게 특별

수당을 줬잖아요?"

"전과 같아, 아치. 초콜릿이 모두 팔리면 학교를 하루 쉬게 해 주마."

"올해는 공짜 여행은 없나요? 작년엔 보스턴으로 쇼를 구경하러 갔는데."

아치는 여행 따위에는 관심이 없었지만 이 뒤집힌 상황을 지금 즐기고 있었다. 그러니까 교실에서와는 완전히 다르게 자기가 질문하고 레온이 우물쭈물 대답하는 상황 말이다.

"보상을 생각해 보마."

레온이 말했다.

아치는 침묵이 계속되도록 가만히 있었다.

"네가 우리 편이라고 믿어도 될까, 아치?"

레온의 앞이마에 다시 물기가 어렸다.

아치는 상대를 몰아붙이기로 결심했다. 그가 어디까지 가는지 보기 위해서였다.

"하지만 제가 무얼 할 수 있죠? 전 그냥 학생일 뿐인데."

"넌 영향력이 있지, 아치."

"영향력이요?"

아치의 목소리가 크고 분명해졌다. 그는 영리했다. 사태를 지휘했다. 레온이 땀깨나 쏟게 만들자. 아치는 달콤하고 영리했다.

"전 반장도 아니에요. 학생회 임원도 아니고."

맙소사, 애들이 여기 내 모습을 본다면?

"우등생 명단에도 들지 못했는데……."

갑자기 레온은 땀을 흘리지 않았다. 땀방울은 아직도 그의 앞이마에서 춤을 추고 있었지만 그는 단단하고 싸늘해졌다. 아치는 그 차가움을 느낄 수 있었다. 차가움 이상이었다. 냉랭하고 치명적인, 우주에서 날아오는 죽음의 광선처럼 책상 저편에서 불어오는 얼음장 같은 증오였다. 내가 너무 앞으로 나갔나? 수학을 위해선 이 친구를 내 편으로 만들어야 하는데. 취약 과목이잖아.

"넌 내 말뜻을 알고 있지."

레온이 말했다. 문을 쾅 닫는 것 같은 목소리였다.

그들의 눈길이 맞부딪쳐서 멈추었다. 지금 막을 내린다? 바로 이 순간에? 그게 똑똑한 일일까? 아치는 자기가 언제나 똑똑한 일을 한다고 믿었다. 고통스러운 일이 아니고 충동적인 일도 아닌, 나중에 결실을 가져올 일 말이다. 그래서 그는 '과제를 내주는 사람'이었다. 그게 바로 야경대가 그에게 의존하는 이유였다. 빌어먹을, 야경대가 학교였으

45

며 그리고 자기, 아치 코스텔로가 야경대 자체였다. 그래서 레온이 자기를 여기로 부른 것이다. 그게 바로 레온이 자기의 도움을 간청한 이유였다. 아치는 갑자기 초콜릿이 끔찍하게 먹고 싶었다.

"무슨 말씀인지 알아요."

아치가 막 내리기를 주저하는 말투로 말했다. 레온은 장래에 쓸 것을 대비해 은행에 예금해 둔 돈과 같다.

"그렇다면 도울 거냐?"

"그 애들과 상의해 보고요."

아치는 이렇게 말하면서 "그 애들"이란 말을 공중에 매달아 놓았다.

그 말은 그대로 공중에 매달려 있었다.

레온은 그것을 붙잡지 않았다.

아치도 잡지 않았다.

그들은 한참 동안이나 서로 바라보았다.

"야경대가 도울 겁니다."

더 참을 수가 없어서 아치가 말했다. 그는 한 번도 어떤 선생 앞에서 '야경대', 이 단어를 이렇게 큰 소리로 말해 본 적이 없었다. 하도 오랫동안 이 조직의 존재를 부정해 왔기에 그 이름을 쓰는 것은 아주 멋진 일이었다. 창백하게

땀을 흘리는 레온의 얼굴에 나타난 놀라움을 보는 것 또한
아주 멋졌다.

그런 다음 그는 의자를 뒤로 밀어붙이고 선생의 인사말
을 기다리지도 않은 채 사무실을 떠났다.

5

"네 이름이 구버트냐?"

"응."

"애들이 널 구버라 부르던데?"

"응."

" '응' 이라고?"

아치는 자기가 말해 놓고도 스스로 역겨웠다. '응' 이라고? 흠, 낡은 제2차대전 영화의 한 장면 같군. 하지만 구버는 더듬으면서 "예." 하고 말했다. 아무것도 모르는 풋내기 같으니.

"여기 왜 왔는지 아나, 구버?"

구버는 망설였다. 키가 큰데도—183센티미터는 될 것 같았다.—구버는 아치의 눈에 어린애처럼 보였다. 성인전용 영화관에 몰래 숨어 들어온 어린애처럼 여기에 속하지 않았다. 확실히 너무 말랐다. 게다가 패배자의 모습이었다. 야경대가 그를 괴롭힌 것이다.

"예."

구버가 마침내 말했다.

아치는 자기 속에 대체 무엇이 숨어 있기에 이런 장난을 좋아하는 것일까 언제나 궁금했다. 애들을 가지고 놀다가, 살살 꼬드겨서, 결국에는 그들에게 창피를 주는 장난들. 그는 기민한 이해력, 순간적인 사고력, 풍부한 상상력 그리고 삶이 마치 거대한 장기판이기라도 한 것처럼 두 수 앞을 내다보는 능력 덕분에 과제를 내리는 이 위치를 얻었다. 그러나 그 이상의 무엇이 있었다. 그 누구도 그것을 묘사할 적절한 단어를 찾아낼 수 없는 '무엇'이었다. 아치는 표현할 수는 없었지만 그것이 무엇인지 알고 있었다. 어느 날 밤 막스 형제*의 영화를 보다가 이 형제가 잃어버린 그림을 찾

....

* 미국의 유명한 코미디언 팀. 이름이 그루초와 치코였다. —옮긴이

는 장면에 그만 넋을 잃고 말았다. 그루초가 말했다. "이 집에 있는 모든 방을 다 찾아볼 거야." 치코가 물었다. "하지만 그게 이 집에 없으면 어떡하지?" 그루초가 대답했다. "그럼 옆집을 찾아볼 거야." "옆집이 없으면 어떡하지?" 그러자 그루초가 대답하기를, "그럼 우리가 하나 짓지." 그리고 그들은 즉시 집을 지을 계획을 이리저리 궁리한다. 그게 바로 아치가 하는 일이었다. 그러니까 자기 자신 말고는 아무도 필요하다고 생각하지 않는 집을 짓는 일이었다. 그것은 나머지 모든 사람들에게는 보이지 않는 집이었다.

"구버, 안다면 왜 여기 왔는지 말해 봐라."

아치가 말했다. 이제 그의 목소리는 부드러웠다. 그는 항상 불려온 아이들을 부드럽게 대했다. 마치 그 아이들과 자기 사이에 어떤 유대가 있기라도 한 것처럼.

누군가 낄낄거렸다. 아치는 갑자기 굳어지면서 카터를 쏘아보았다. 놈들에게 입 닥치라고 해, 하고 지시하는 눈빛이었다. 카터는 손가락 마디를 꺾어서 툭툭 소리를 냈다. 그 소리는 의사당의 망치 소리처럼 조용한 창고 안으로 울려 퍼졌다. 멤버들은 언제나 그렇듯이 아치와 과제를 받는 소년을 중심으로 둥글게 모여 있었다. 체육관 뒤쪽에 있는 이 작은 방은 체육관으로 통하는 문만 빼고는 창문도 없었

50

다. 야경대의 모임을 위한 완벽한 장소였다. 은밀하고, 문이 하나뿐이라 지키기 쉽고, 어두웠다. 천장에 매달린 40와트 전구 하나만이 방에 희미한 빛을 던져 주었다. 카터의 손가락 소리가 나온 다음부터 고요함은 귀를 멍하게 만들 정도였다. 아무도 카터와는 상대하려고 하지 않았다. 카터는 야경대의 대장이었다. 그리고 대장은 언제나 풋볼 선수였다. 아치 같은 사람이 필요로 하는 근육질이었다. 그러나 누구나 야경대의 진짜 대장은 과제를 내주는 인물, 다른 놈들보다 언제나 한 발자국 앞서 있는 아치 코스텔로라는 사실을 알고 있었다.

구버는 겁먹은 모습이었다. 그는 언제나 모든 사람을 기쁘게 해 주려고 애쓰는 아이들 중 하나였다. 여자를 차지하지도 못하면서 덩치 큰 녀석이 여자와 더불어 저녁놀을 배경으로 사라져 갈 때 멀리서 쓸쓸히 그 뒷모습이나 바라보는 그런 아이였다.

아치가 말했다.

"말해 봐. 왜 여기 왔는지."

그의 목소리에 초조함이 약간 나타났다.

"과제……를 위해서."

"과제에는 개인적인 요소가 없다는 사실을 알고 있나?"

구버가 고개를 끄떡였다.

"이건 트리니티 고등학교의 전통이란 사실도?"

"예."

"그리고 침묵하기로 맹세해야 한다는 사실도?"

"예."

구버는 이 말을 하면서 침을 꿀꺽 삼켰다. 길고 가는 목에서 후두가 춤을 추었다.

침묵.

아치는 가만히 있었다. 그는 방 안의 관심이 집중되는 것을 느낄 수 있었다. 과제가 내려지는 순간은 언제나 이랬다. 그는 그들이 무슨 생각을 하는지 알고 있었다. 아치가 이번엔 어떤 과제를 낼까? 하는 생각이었다. 때로 그들은 아치를 화나게 만들었다. 야경대의 멤버들은 맡은 역할만 하면 되었다. 카터는 어깨였고 오비는 심부름꾼이었다. 아치 혼자만 언제나 스트레스를 받았다. 과제를 고안하고 그에 따른 계획까지 완벽하게 짰다. 마치 일종의 기계와 같았다. 단추를 누르면 과제 하나가 튀어 나오는 기계. 그들이 이 모든 고뇌를 알기나 할까? 뒤척이며 고민하는 그 밤들을? 그가 완전히 지친 채 공허함 속에서 보내는 그 시간들을? 그런데도 그는 자기가 이와 같은 순간에 기뻐하고 있다는 걸 부인할 수가 없었다. 기대감에 부풀어 몸을 앞으로 기울인 녀석들, 그들 모두를 둘러싸고 있는 신비감, 하얗게 겁에 질린 소년 구버, 너무나도 조용해서 자신의 심장 뛰는 소리조차 들릴 듯한 이 장소 그리고 아치 자신에게 쏠려 있는 모든 눈길들.

"구버."

"예. 예, 선배님." 꿀꺽.

"나사돌리개가 뭔지 알지?"

"예."

"그런 걸 하나 가지고 있나?"

"예, 선배님. 우리 아버지요. 아버지에게 연장통이 있거든요."

"좋아. 그럼 나사돌리개가 무엇에 쓰는 물건인지 알겠군?"

"예."

"무엇에 쓰는 물건이지?"

"나사를 돌리는 거지요……. 그러니까 나사를 구멍에 박아 넣는 거요."

누군가 웃었다. 아치는 웃음이 그치기를 기다렸다. 약간 풀렸다가 다시 긴장 상태로 돌아갔다. 아치가 말했다.

53

"그리고 말이야, 구버. 나사돌리개는 나사를 빼내기도 한다. 맞지?"

"예, 선배님."

"나사돌리개는 그러니까 느슨하게 풀기도 하고 단단히 조이기도 하는 거지. 맞지?"

"맞습니다."

구버는 고개를 끄떡이고 나사돌리개에 정신을 집중하려고 애쓰면서 대답했다. 그는 마치 최면에 걸린 것 같았다. 그리고 아치는 힘과 영광의 찬란한 파도에 몸을 내맡긴 채 구버를 최종 목적지로 데려가고 있었다. 정보를 조금씩 조금씩 알려 주면서. 바로 이 지저분한 일에서 최고 절정이었다. 아니 정말로 지저분한 게 아니다. 실제로는 위대한 일이었다. 아름다운 일이었다. 그 모든 땀을 흘릴 만한 가치가 있는 일이었다.

"유진 선생의 교실이 어디 있는지 알고 있지?"

그 순간 공기 중에 떠도는 기대감이 거의 눈에 보일 듯했다. 번쩍이는 전기와 같았다.

"예. 2층 19호실."

"맞다!"

아치가 말했다. 마치 구버의 암기력에 A학점이라도 주

는 것 같은 태도였다.

"다음 목요일 오후에 시간을 내라. 오후, 저녁, 필요하다면 밤새."

구버는 마법에 걸린 것처럼 가만히 서 있었다.

"학교는 완전히 빌 거다. 선생들 대부분은, 그러니까 중요한 사람들은 메인 주의 교육청 본부 회의에 참석하고 없다. 수위도 하루 비번이다. 그러니까 오후 3시 이후로는 건물에 아무도 없다. 구버 너 말고는 말이야. 너와 너의 나사돌리개."

이제 마지막 순간, 절정의 순간이 오고 있었다.

"그리고 네가 할 일은 구버."

침묵.

"너는 나사를 푼다."

"풀어요?"

목의 후두가 춤을 추었다.

"푼다."

아치는 한 박자 기다렸다. 방 안을 엄격하게 통제하였다. 침묵이 참을 수 없게 되자, 말했다.

"유진 선생의 교실에 있는 모든 것은 나사로 조여져 있다. 의자, 책상, 칠판 등 모든 것이. 이제 너의 작은 나사돌

리개로 풀기 시작한다. 아마 여러 사이즈를 다 가지고 오는
게 좋을 거야. 만일을 위해서 말이야. 나사를 완전히 빼지
는 마라. 그냥 거의 빠지기 직전까지만 푼다. 모든 것이 그
냥 간신히 매달려 있도록 말이지……."

즐거운 웃음소리가 소년들 사이에서 터져 나왔다. 아치
가 짓고 있는 집을 볼 수 있는 오비가 아마 맨 먼저 알아채
고 웃음을 터뜨렸을 것이다. 아치가 소년들의 마음에 지어
주기 전까지는 존재하지 않았던 집 말이다. 그리고 다른 아
이들은 이 일의 결과를 눈앞에 그려 보고 이 웃음에 동참하
였다. 아치는 숭배의 웃음에 휩싸였다. 다시 자기가 이겼
다. 그들은 언제나 아치가 실패하기를, 그래서 그의 얼굴이
납작해지기를 기다리고 있었지만 그는 한 번 더 이겼다.

"아니, 그건 정말 일이 많은데요. 거긴 의자와 책상이 아
주 많은데……"

구버가 말했다.

"밤새도록 하게 될 거다. 방해받지 않도록 보장해 주지."

"오, 이런."

후두에 경련이 일어났다.

"목요일이다."

아치가 말했다. 명령조의 목소리였다. 농담이 아니라 철

회될 수 없는 최종 명령이었다.

구버는 최후의 심판 판정처럼 과제를 받아들고서 고개를 끄떡였다. 다른 애들도 모두 빠져나갈 길도, 모면할 길도, 항의할 길도 없음을 알고 그렇게 했다. 야경대의 명령은 끝을 의미했다. 트리니티에서는 누구나 그 사실을 알고 있었다.

누군가 속삭였다. "와우."

카터가 다시 손가락을 꺾었다. 방에는 다시금 재빨리 긴장감이 돌았지만 이번에는 다른 종류의 긴장이었다. 가시가 박힌 긴장이었다.

낡아서 버려진 교탁에 이르자 카터는 대장 자격으로 작고 검은 상자를 꺼냈다. 그것을 흔들자 안에서 돌들이 부딪치는 소리가 들렸다. 오비가 손에 열쇠를 들고 앞으로 나섰다. 오비의 얼굴에 있는 저것은 미소일까? 아치는 확신하지는 못했다. 그는 오비가 정말로 자기를 미워할까 궁금했다. 녀석들 모두 나를 미워할까? 상관 없다. 아치가 권력을 쥐고 있는 한 상관 없는 일이다. 그는 그들 모두를 정복할 것이다. 심지어는 이 검은 상자도.

카터가 오비에게서 열쇠를 받아 쳐들었다.

"준비됐어?"

"준비됐어."

아치가 대답했다. 얼굴엔 아무런 표정도 드러내지 않았다. 언제나 그렇듯이 속을 알지 못하도록 조심하였다. 속으로는 겨드랑이에서 갈비뼈 쪽으로 식은땀 한 줄기가 흘러내렸다. 검은 상자는 그의 몫이었다. 그 안에는 대리석 돌멩이 여섯 개가 들어 있었다. 그중 다섯은 하얀 돌, 하나는 검은 돌이었다. 아치의 시대보다 훨씬 오래전, 누군가가 충분히 똑똑해서 아니면 충분히 악당이라서 고안해 낸 천재적인 아이디어였다. 모종의 제어가 없을 경우 이따금 과제를 내주는 사람 자신이 밑바닥으로 곤두박질 친다는 것을 알아챈 누군가의 발명품이었다. 그 상자는 제어력을 만들어 냈다. 매번 과제가 주어진 뒤에는 아치에게 이 상자가 건네졌다. 아치가 흰 돌을 뽑으면 과제는 명령대로 실행된다. 그러나 아치가 검은 돌을 뽑으면 아치 자신이 그 과제를 실행해야 했다. 그러니까 다른 아이에게 내린 명령을 아치 자신이 수행하는 것이다.

그는 지난 3년 동안 검은 상자를 이겨 냈다. 이번에도 해낼 수 있을까? 아니면 그의 행운은 이제 바닥났을까? 평균의 법칙이 그를 잡을까? 상자를 향해 손을 뻗을 때 팔이 떨렸다. 아무도 눈치 채지 못하기를 바랐다. 손이 바닥에 닿자 그는 돌 하나를 쥐고 손바닥 안에 감추었다. 손을 빼내서 팔을 쭉 뻗었다. 전혀 떨지 않았다. 아주 천천히 손을 활짝 펼쳤다. 하얀 돌이었다.

아치의 몸에 긴장이 풀리면서 입 가장자리가 씰룩거렸다. 그는 다시 녀석들을 해치운 것이다. 한 번 더 이겼다. 난 아치다. 난 패배하지 않는다.

카터가 손가락을 꺾고 모임은 해산되었다. 갑자기 아치는 공허해졌다. 지치고 버림받은 느낌이었다. 구버가 당황한 채 거기 서 있는 것이 보였다. 마치 울음을 터뜨릴 것 같은 모습이었다. 아치는 소년이 안됐다고 거의 느낄 뻔했다. 거의. 그러나 조금 부족했다.

6

레온 선생의 쇼가 준비되었다. 제리는 이 징후를 알고 있었다. 소년들은 모두 그것을 알고 있었다. 그들 대부분은 신입생이었고 레온의 수업을 들은 지 겨우 한 달밖에 되지 않았지만 선생의 패턴은 이미 다 드러나 있었다. 먼저 레온은 그들에게 읽기 과제를 내주었다. 그런 다음 속도를 높였다 늦추었다 높였다 늦추었다 했다. 한숨을 내쉬며, 쉬지 않고 책상 사이를 돌아다녔다. 칠판을 가리키는 막대를 손에 쥐고서는 지휘봉처럼 쓰기도 하고, 검처럼 사용하기도 했다. 지휘봉 끝으로 책상에 있는 책을 빙글 돌리기도 하고 소년의 넥타이를 슬쩍 치기도 하고 다른 소년의 등을 부드럽게 긁어 내리기도 했다. 그리고 마치 넝마주이처럼 교실의 잡동사니들을 쿡쿡 찌르며 지나기도 했다. 언젠가 한번은 지휘봉이 제리의 머리 위에 한동안 멈추어 있다가 지나갔다. 뜻밖이었다. 제리는 방금 끔찍한 운명을 벗어난 것처럼 몸을 떨었다.

지금 레온이 쉬지 않고 교실을 이리저리 돌아다니는 것을 보고 제리는 눈길을 종이에다 고정했다. 글이 눈에 들어오는 것 같지도 않았다. 두 시간 남았다. 그는 풋볼 연습을 기다리고 있었다. 여러 날 동안 유연체조만 시키던 코치가 드디어 오늘 오후에 그들에게 공을 내주겠다고 말했다.

"이런 쓰레기는 이제 그만."

레온 선생은 언제나 충격을 주려고 애쓰는 사람이었다. 쓰레기니, 헛소리니 하는 말을 쓰고, 빌어먹을, 제기랄 따위를 한꺼번에 사용하곤 했다. 그는 정말로 충격을 주었다. 창백한 얼굴에, 처음엔 전혀 공격적이지 않을 것처럼 보이던 작은 남자에게서 나온 말이기 때문이다. 그러나 나중에는 그가 진짜로 공격적인 사람이라는 것을 알아채게 된다. 이제는 모두가 레온을 바라보았다. 쓰레기라는 말이 교실 안에서 메아리가 되어 울렸다. 10분 남았다. 레온이 좋아하는 게임을 하기에 충분한 시간이었다. 교실의 모든 사람이 두려움 속에서 홀린 듯이 그를 바라보았다.

선생의 눈길은 천천히 교실 안을 돌았다. 마치 친숙한 해안을 따라 돌아가는 등대의 불빛 같았다. 감추어진 문제점이라도 찾아내려는 듯이. 제리는 두려움과 기대감을 동시에 느꼈다.

"베일리." 레온이 말했다.

"예, 레온 선생님."

레온은 베일리를 선택하였다. 약한 소년들 중의 하나였다. 성적은 좋았지만 부끄럼 많고 내성적이고 언제나 책만 읽는 아이였다. 안경을 쓴 눈길이 흐릿한 아이였다.

"이리 나와라."

레온이 손가락을 까딱하면서 말했다.

베일리는 서둘러서 교실 앞으로 나갔다. 제리는 소년의 관자놀이 핏줄이 고동치는 것을 볼 수 있었다.

"여러분도 알다시피."

레온 선생이 말을 시작했다. 베일리가 바로 자기 옆에 서 있는데도 그를 완전히 무시하면서 학급 전체를 향해 말했다.

"여러분도 알다시피 학교에는 어떤 규율이 필요하다. 교사와 학생 사이에는 어떤 선이 필요하다는 말이다. 우리 교사들도 기꺼이 학생이 되고 싶다. 그렇지만 이런 분리는 유지되어야 한다. 보이지 않을지라도 그 선은 아직도 존재한다."

그의 축축한 눈길이 빛을 뿜었다.

"여러분은 바람을 보지 못하지만 바람은 존재한다. 그 하는 짓을 보고 그걸 안다. 나뭇가지를 휘게 하고 잎사귀를 흔들고……."

그는 말하면서 동작을 취했다. 그의 팔이 바람이 되고 손에 쥔 지휘봉이 바람의 방향을 따라 움직이다가 아무런 예고도 없이 갑자기 베일리의 뺨을 후려쳤다. 소년은 고통과 놀라움으로 뒤로 물러났다.

"베일리, 미안하다."

레온은 이렇게 말했지만 그의 목소리에는 사과의 뜻이 없었다. 그것은 우연이었나? 아니면 레온의 작은 잔인함의 하나였던가?

모든 눈길은 이제 얻어맞은 베일리에게 가서 꽂혔다. 레온 선생은 그를 살펴보았다. 마치 베일리가 현미경 아래 놓인 표본이고 거기에 치명적인 질병을 만들어 내는 세균이라도 묻은 것처럼 자세히 살펴보았다. 레온은 대단한 배우였다. 그는 큰 소리로 단편소설 읽기를 좋아했다. 모든 등장인물의 역할을 하면서 온갖 음향효과를 만들어 낼 수 있었다. 레온의 수업시간에는 아무도 하품하거나 졸지 않았다. 언제나 깨어 있어야 했다. 바로 지금도 모두가 깨어서 베일리를 바라보면서 레온의 다음 동작이 무엇일까 궁금해하고 있었다. 레온이 계속 바라보자 베일리는 뺨을 쓰다듬다가 멈추었다. 뺨에는 핑크 빛 자국이 나쁜 얼룩처럼 퍼져 나가고 있었다. 이상하게도 상황이 바뀌었다. 이제 베일리가 잘못을 저지른 것처럼 보였다. 베일리가 무슨 잘못을 저지르고 잘못된 시간에 잘못된 장소에 나타나서 스스로 자신의 불운을 자초한 것처럼 보였다. 제리는 의자 속에서 몸을 꿈틀거렸다. 레온은 베일리가 항복하게 만들었다. 말 한마디 하지 않고도 교실의 분위기를 바꿀 수가 있었다.

"베일리."

레온이 말했다. 그러나 베일리를 보지 않고 학생들을 보았다. 그들 모두가 베일리만 모르는 농담을 하는 것 같았다. 학급 전체와 레온이 서로 결탁하여 비밀 음모라도 준비한 것 같았다.

"예, 레온 선생님?"

베일리가 대답했다. 안경 뒤에 그의 눈이 커졌다.

침묵.

"베일리, 어째서 넌 부정행위를 할 필요가 있다고 생각하는 거지?"

레온 선생이 말했다.

사람들 말로는 수소폭탄은 소리를 내지 않는다고 한다. 하얀 불꽃이 번쩍하면 도시들을 죽음으로 몰아간다. 폭발이 있은 다음, 침묵이 흐른 다음에야 소리가 난다. 지금 교실에서 번쩍이는 것은 바로 이런 종류의 침묵이었다.

베일리는 말없이 서 있었다. 그의 입은 단지 벌어진 상처였다.

"침묵하는 것은 죄를 인정한다는 뜻인가, 베일리?"

레온 선생이 마침내 소년을 돌아보면서 물었다.

베일리는 머리를 세차게 가로저었다. 제리는 자기도 모르게 베일리의 말없는 부인에 동조하면서 함께 머리를 저었다.

"아, 베일리."

레온이 한숨을 쉬었다. 목소리에는 슬픔이 배어 있었다.

"넌 대체 무엇이 될 셈이냐?"

다시 학급 전체를 바라보자 선생과 학생들 사이에 동료 의식이 생겼다. 부정행위에 반대하는 공감대였다.

"전 부정행위를 하지 않았습니다, 선생님."

베일리가 말했다. 그의 목소리는 삐걱거리는 것 같았다.

"하지만 여기 증거를 봐라, 베일리. 너의 점수는 모두가 A야. 모든 시험, 모든 퀴즈, 모든 숙제가 다 A다. 오직 천재만이 그런 업적을 이룰 수가 있지. 넌 자신이 천재라고 주장하는 거냐, 베일리?"

베일리를 가지고 장난치고 있다.

"네가 천재로 보인다는 점을 인정하겠다. 그 안경하며, 뾰쪽한 턱, 헝클어진 머리……."

레온은 학급 아이들을 향하여 턱을 흔들었다. 웃음을 이끌어 내는 행동이었다. 그의 행동 전부가 웃음을 유도하고 있었다. 그리고 정말로 웃음이 터졌다. 모두들 웃었다. 이봐, 대체 일이 어떻게 되어 가는 거야, 제리는 자기도 함께 웃고 있음을 알았다. 베일리에겐 어딘지 모르게 천재 아니면 적어도 옛날 영화에 나오는 미친 과학자의 모습 같은 데가 있었기 때문이다.

"베일리."

레온 선생이 말했다. 웃음이 잦아들자 소년에게 완전히 주의를 집중시켰다.

"예."

베일리가 비참하게 대답했다.

"넌 내 질문에 대답하지 않았다."

레온은 유유히 창가로 걸어가서 갑자기 바깥 거리에 빠져들었다. 9월의 나뭇잎들이 갈색으로 변하면서 말라 가고 있었다.

베일리는 교실 앞에 나와 혼자 서 있었다. 사형대에 서 있는 것 같은 모습이었다. 제리는 자신의 뺨이 뜨뜻해지는 것을 느꼈다. 뜨뜻함과 함께 고동치고 있었다.

"그래, 베일리?"

창가에 서서 아직도 바깥세상에 주의를 빼앗긴 채 레온이 말했다.

"선생님, 전 부정행위를 하지 않았어요."

베일리가 말했다. 그의 목소리에는 마지막 입장을 밝히는 것처럼 강인함이 배어 있었다.

"그렇다면 넌 어떻게 A만 받지?"

"모르겠습니다."

레온 선생이 빠른 걸음으로 이리저리 돌아다녔다.

"넌 완벽한가, 베일리? 모두 A라⋯⋯. 그건 완벽하다는 뜻인데. 이게 답변인가, 베일리?"

베일리는 말없이 호소하듯 처음으로 학급 아이들을 바라보았다. 마치 패배하고 누군가에게 상처받고 버림받은 것 같은 모습이었다.

"오직 하느님만이 완벽하시다, 베일리."

제리의 목덜미가 아프기 시작했다. 그의 폐가 타올랐다. 그는 자기가 숨을 참고 있음을 알았다. 근육을 움직이지 않으려고 조심스럽게 헐떡이며 공기를 들이켰다. 자기가 보이지 않기를 원했다. 이 교실에 있지 않기를 원했다. 저 바깥 풋볼 경기장에 있기를, 뒤로 물러서면서 공을 받을 사람을 살피고 있기를……

"넌 자신을 하느님과 비교하려는 건가, 베일리?"

그만둬요, 선생님, 이제 그만 하세요. 제리는 속으로 외쳤다.

"하느님이 완벽하고 또 네가 완벽하다고 말하면, 베일리, 이 말이 네 마음에 드나?"

베일리는 대답하지 않았다. 눈은 불신으로 크게 벌어졌다. 교실 안은 완전히 조용했다. 제리는 전자시계가 웅 소리를 내는 것을 들을 수 있었다. 전에는 전자시계가 이런 소리를 내는지 몰랐다.

"다른 대답은 말이야, 네가 완벽하지 않다는 거다. 물론 넌 완벽하지 않지."

레온의 목소리가 부드러워졌다.

"난 네가 그렇게 신을 모독하는 생각을 하진 않으리라는 걸 안다."

"그렇습니다, 레온 선생님."

베일리가 안심하고 대답했다.

"그렇다면 우리에게 단 하나의 결론만 남는데."

레온이 말했다. 그의 목소리는 밝고도 승리감에 가득 차 있었다. 마치 중요한 것을 발견한 것 같았다.

"네가 부정행위를 한 거야!"

이 순간 제리는 레온 선생이 미웠다. 그는 배 속에서 그 미움을 느낄 수 있었다. 시고, 썩고, 타는 듯한 맛이었다.

"넌 부정행위를 했다, 베일리. 넌 거짓말쟁이야."

이 말은 채찍 같았다.

넌 쥐새끼야, 제리는 생각했다. 나쁜 새끼.

목소리 하나가 교실 뒤쪽에서 튀어나왔다.

"오, 그 애 좀 내버려 둬요."

레온이 재빨리 뒤로 돌았다.

"누구야?"

그의 축축한 눈길이 빛을 뿜었다.

수업이 끝났음을 알리는 종이 울렸다. 소년들이 의자를 뒤로 밀면서 발소리가 났다. 이 끔찍한 장소를 벗어날 준비를 하는 소리였다.

"잠깐 기다려."

부드럽게 레온 선생이 말했다. 그러나 누구나 들을 수 있었다.

"아무도 움직이지 마라."

레온 선생은 그들이 불쌍하다는 듯이 머리를 저으며 바라보았다. 입술에 슬프고도 음침한 미소가 떠올랐다.

"가엾은 녀석들. 너희들은 바보다. 여기서 누가 최고인 줄 아는가? 모두 중에서 누가 가장 용감한지 아나?"

그는 손을 베일리의 어깨에 얹었다.

"바로 그레고리 베일리다. 그는 부정행위를 인정하지 않았다. 나의 비난을 견뎌 냈어. 그는 자기 입장을 지켰다. 그러나 여러분, 여러분은 거기 앉아서 이 일이 일어나도록 내버려 두면서 자기 입장을 즐겼다. 여러분은 이 교실이 몇 분 동안 나치 독일이 되도록 그대로 방임한 것이다. 그래, 그렇지. 누군가 마지막에 항의했지. '그 애 좀 내버려 둬요.'"

그 깊은 목소리를 완벽하게 흉내 냈다.

"약해 빠진 항의였다. 너무 적고 너무 늦었어."

복도에서 발소리가 들렸다. 교실 안으로 들어오려는 학

생들의 발소리였다. 레온은 그 소리를 무시했다. 그는 베일리를 향해 돌아섰다. 베일리의 머리끝을 지휘봉으로 건드렸다. 마치 기사 작위를 내리는 것 같았다.

"잘했다, 베일리. 난 자네가 자랑스럽다. 가장 큰 시험을 통과한 거야. 넌 네 자신에 충실했어."

베일리의 턱이 덜덜 떨렸다.

"베일리, 물론 자네는 부정행위를 하지 않았지, 속임수를 쓰지 않았어."

그의 목소리는 부드럽고 자상했다. 레온은 학급을 향했다. 정말 대단한 동작을 취했다.

"여기 있는 너의 급우들, 그들이 속였지. 그들이 오늘 너를 속인 거다. 그들은 너를 의심했어. 하지만 난 한 번도 그러지 않았다."

레온은 자기 책상으로 돌아갔다.

"수업 끝."

그의 목소리는 모두에 대한 경멸로 가득 차 있었다.

7

"에밀, 여기서 뭘 하는 거냐?"

아치가 즐거운 목소리로 물었다. 에밀 진저가 무슨 일을 하는지 아주 분명했기 때문에 즐거웠다. 그는 대롱으로 자동차에서 휘발유를 뽑아내면서 유리병이 채워지는 모습을 바라보고 있었다.

에밀은 킥킥거렸다. 그도 아치가 이런 일을 하는 자기를 본 것을 즐거워했다.

"이번 주 휘발유를 마련하는 중이야."

에밀이 말했다. 학교 주차장 맨 끝에 주차된 자동차는 칼슨이라는 상급생의 것이었다.

"칼슨이 이리 와서 네가 휘발유 훔치는 꼴을 본다면 어떡할 거냐, 에밀?"

아치는 대답을 알고 있으면서도 이렇게 물었다.

에밀은 수고스럽게 대답하지 않았다. 그냥 아치를 향해서 잘 알면서, 하는 뜻으로 씩 웃었다. 칼슨은 그런 일을 할 위인이 아니었다. 야위고 온화한, 말썽에 말려들기를 싫어하는 아이였다. 살이 쪘건 야위었건, 온화하건 아니건 어차피 에밀 진저에게 대드는 애들은 많지 않았다. 에밀은 짐승이었다. 그러나 그는 짐승처럼 보이지 않았다. 특별히 강하거나 크지 않았다. 실제로는 너무 작아서 풋볼 팀에서 뛸 수 없는 정도였다. 그러나 그는 짐승이었고 규칙대로 게임을 하지 않았다. 어쨌든 가능한 범위에서는 그랬다. 창백한 피부 속에 작은 눈이 있었다. 그의 얼굴에 이따금 킥킥거림과 씩 짓는 웃음이 나타나기는 했지만 그 눈은 미소 짓는 일이 드물었다. 특히 그가 사람을 다룰 수 있을 때에는 그랬다. 에밀 진저는 그것을 사람을 다루는 일이라고 불렀다. 교실에서 나직하게 휘파람을 불어서, 간신히 들릴 정도의 소리로 선생을 초조하게 만드는 일 따위였다. 그것이 에밀 진저가 보통 아이들과는 반대로 행동하는 이유였다. 똑똑

73

한 애들은 보통 뒷자리에 앉았다. 에밀은 아니었다. 그는 선생을 괴롭히기에 더 좋은 앞쪽 자리를 골랐다. 휘파람, 툴툴거림, 트림, 발로 가볍게 바닥을 톡톡 치기, 쉬지 않고 몸을 뒤척이기, 코를 훌쩍이기 등등. 이런 일을 교실 뒤쪽에서 한다면 선생은 알아채지 못할 것이다.

그러나 에밀이 선생들만 괴롭히는 것은 아니었다. 그는 세상이 스스로 희생자가 되고 싶은 사람들로 가득 차 있다는 것, 특히 또래 아이들이 그렇다는 사실을 깨닫고 있었다. 삶의 진실을 일찌감치 배운 것이다. 초등학교 4학년 때 벌써 배웠다. 아무도 말썽을 원치 않는다. 아무도 말썽 만들기를 원치 않고 남에게 치부가 드러나기를 원치 않는다. 이런 깨달음은 계시였다. 그것이 문들을 활짝 열어 주었다. 어떤 애의 점심을 훔치거나 아예 그 애가 점심 사 먹을 돈을 훔쳐도 별탈이 없었다. 아이들 대부분은 어떤 대가를 치르더라도 평화를 원했기 때문이다. 물론 희생자를 고를 때는 조심스러워야 한다. 예외도 있기 때문이다. 항의하고 대들었던 애들은 차라리 에밀을 그대로 놔두는 편이 편하다는 사실을 깨달았다. 누가 다치고 싶어 하겠는가? 뒷날 에밀은 다른 진실도 알게 되었다. 그것은 말로 표현하기 어려운 일이었다. 그는 사람들이 당황하거나 수치를 당하는 것,

그러니까 혼자서 특별한 주목을 끄는 일을 두려워한다는 사실을 깨달았다. 버스 같은 데서 얼굴을 잘 붉히는 애의 이름을 부르고 "아이고, 입 냄새, 너 이빨 안 닦았냐?" 하고 말하는 것. 비록 그 애가 세상에서 가장 아름다운 이를 가지고 있어도 상관없었다. 아니면, "방귀 뀌었냐? 진짜 지 저분하다." 나직하게, 그러나 누구에게나 들릴 정도로 말한다. 이런 일들을 매점에서나 점심시간, 수업시간에 하는 것이다. 낯선 사람들, 특히 여자 애들이 있는 공공장소는 더 좋았다. 남자 애들이 더 쩔쩔매기 때문이다. 그 결과 사람들은 에밀 진저에게 특별히 친절하게 되었다. 에밀은 이런 대우를 받으면서 이득을 얻었다. 그는 바보는 아니었지만 공부를 잘하지는 못했다. 그래서 F는 겨우 면하고 D학점 몇 개를 받아 낼 수 있었다. 멍청한 아버지를 만족시킬 수 있는 점수였다. 아버지의 꿈은 아들이 트리니티 같은 멋진 사립학교를 졸업하는 것이었다. 아버지는 이곳이 얼마나 지겨운 곳인지 알지 못했다.

"에밀, 넌 정말 멋진 놈이야."

유리병에 휘발유가 흘러넘치는 것을 보고 만족한 에밀이 조심스럽게 연료 주입구 마개를 돌리는데 아치가 말했다.

에밀은 의심스럽다는 듯이 긴장해서 올려다보았다. 아치

코스텔로가 진심으로 말하는 것인지 알 수가 없었다. 에밀은 아치를 건드리지 않았다. 아치는 세상에서 에밀이 존경하는 몇 안 되는 사람 중의 하나였다. 아니 두려워하는 존재였다. 아치와 야경대 멤버들 말이다.

"멋지다고 말했냐?"

아치가 웃었다.

"내 말은 에밀, 넌 정말 특별하단 뜻이야. 누가 이렇게 훤한 대낮에 휘발유를 훔치겠냐? 이렇게 다 보이는 곳에서 말이야? 정말 멋져."

에밀은 아치를 보고 미소를 지으면서 갑자기 생각에 잠겼다. 그는 아치와 다른 어떤 것을 함께 나눌 수 있었으면 했다. 그러나 그럴 수가 없었다. 왠지 너무나 사적인 일로 느껴졌으니까. 하지만 에밀은 이따금 사람들과 그것에 대해 이야기를 나누기를 원했다. 바로 자기가 어떻게 짜릿함을 얻는가 하는 것에 대해 말이다. 예를 들어 그는 학교 화장실에서 변기의 물을 내리는 일이 드물었다. 다음 녀석이 들어와서 변기 안에 든 오물을 볼 생각을 하면 짜릿함을 느꼈다. 정말 짜릿했다. 그러나 누군가에게 설명하기가 힘들었다. 예를 들어 풋볼에서 어떤 애를 아주 호되게 다루고 나서나 고약한 태클을 건 다음, 그 자리에서 한 방 더 먹일 때면 정말로 흥분을 느끼는 것처럼 말이다. 어떻게 다른 사람에게 그런 이야기를 할 수 있겠는가? 그러나 아치라면 이해할 거라고 느꼈다. 아치는 같은 종류의 인간이었다. 그 사진 사건에도 불구하고 말이다. 그의 삶을 따라다니는 그 놈의 사진.

아치가 저만치 멀어졌다.

"이봐 아치, 어디 가는 거야?"

"난 방조범이 되기 싫어, 에밀."

에밀이 웃었다.

"칼슨은 말썽 부리지 않을 거야."

아치는 감탄하는 뜻으로 머리를 흔들며 말했다.

"멋져."

"이봐, 아치. 사진 어떻게 됐냐?"

"무슨 사진?"

"내 말 뜻 알잖아."

"멋져."

아치는 이렇게 말하고는 재빨리 가 버렸다. 에밀 진저가 사진에 대해서 계속 땀깨나 흘리기를 바랐다. 아치는 진저와 같은 녀석들의 소행에 감탄하기는 했지만 그런 사람들을 정말로 싫어했다. 진저와 같은 사람들은 짐승이었다. 하지만 그들은 쓸모가 있었다. 진저와 사진, 그것은 은행에 맡겨 둔 돈 같은 것이었다.

에밀 진저는 아치 코스텔로의 모습이 멀어지는 것을 바라보았다. 어느 날인가 자기도 아치처럼 될 것이다. 똑똑하고, 또 야경대의 멤버가 되는 것 말이다. 에밀은 칼슨의 자동차 뒷바퀴를 걷어찼다. 칼슨이 나타나서 자기가 휘발유를 훔치는 현장을 목격하지 않은 것이 약간 실망스러웠다.

8

구버는 달릴 때 아름다웠다. 그의 기다란 팔과 다리는 유연하고도 흠 없이 움직였다. 둥실 떠가는 몸은 다리가 땅에 닿지 않는 것 같았다. 그는 달릴 때면 여드름도 잊고, 여자가 바라볼 때 자신을 마비시키곤 하는 어색함도, 수줍음도 다 잊었다. 생각도 더 예리해져서, 모든 일이 단순하고도 쉽게 여겨졌다. 달릴 때나 풋볼 작전을 암기할 때면 수학 문제를 푸는 일도 문제없을 것 같았다. 종종 다른 사람들보다 일찍 일어나서 아침 햇살이 비치는 거리로 달려 나갔다. 그럼 모든 것이 아름답고, 모든 것이 적절한 궤도에 놓여 있고, 불가능한 것은 아무것도 없으며 온 세상을 얻을 수 있을 것만 같았다.

달릴 때면 심지어 고통조차 사랑스러웠다. 달리기의 고통, 폐가 타는 듯한 느낌과 때때로 장딴지에서 느껴지는 아픔도 상관없었다. 자기가 이 아픔을 이기고 더 나아갈 수 있음을 알기에 아픔조차 사랑하였다. 결코 한계선까지 몰아가는 일은 없었지만 구버는 이 모든 것이 자기 내면에 힘을 모아 주는 것을 느꼈다. 힘 이상의 것이었다. 그것은 어떤 결단력 같은 것이었다. 달릴 때면 그것이 노래를 불렀다. 심장은 즐겁게 고동치면서 온몸으로 피를 내보냈다. 풋볼 경기에 나가면 제리 르노의 패스를 받아 다른 사람들을 따돌리고 점수를 향해 달렸다. 그러나 그가 정말 좋아하는 것은 달리기였다. 이웃 사람들은 그가 거리를 폭포처럼 전속력으로 달려 내려오는 모습을 보고는 이렇게들 소리쳤다. "구버야, 올림픽 경기에 나가냐?" 아니면 "구버야, 세계기록에 도전한 거냐?" 그는 둥둥 떠서 계속 달렸다.

그러나 구버는 지금 달리고 있지 않았다. 유진 선생의 교실에서 공포에 떨고 있었다. 이미 열다섯 살 나이에 185센티미터의 키, 울기에는 너무 자라 버렸다. 하지만 눈물이 앞을 가려서 교실은 물속에 있는 것처럼 뿌옇게 보였다. 그는 자기 자신이 부끄럽고 역겨웠지만 어쩔 수가 없었다. 좌절과 공포 속에서 눈물이 나왔다. 이 공포는 전에 알았던 어떤 종류와도 달랐다. 걸어 다니는 악몽 같은 공포였다. 괴물이 나타나 자신을 잡으려는 찰나, 나쁜 꿈에서 깨어나 꿈이었음을 깨닫고 안도의 숨을 쉬자마자 이번에는 달빛에 비친 괴물의 그림자가 침대를 향해 다가오는 꼴이었다. 악몽이 다른 악몽으로 이어진다면, 어떻게 현실 세계로 돌아갈 수 있단 말인가?

구버는 물론 지금 이 순간 현실 세계에 있다는 것을 알고 있었다. 모든 것이 충분히 현실적이었다. 나사돌리개와 펜치들은 모두 현실이었다. 책상과 의자들, 칠판도 현실이었다. 바깥 세계도 현실이었다. 그러나 이날 오후 3시에 학교로 몰래 숨어 들어온 이후로 그는 바깥 세계에서 쫓겨나 있었다. 세상은 변했다. 낮이 끝나면서 모든 것이 흐릿해졌다. 저녁 어스름 속에서는 보라색으로 보이더니 이제는 아주 캄캄해졌다. 저녁 9시가 되었다. 구버는 바닥에 앉아서 머리를 책상에 처박고 있었다. 자신의 축축한 뺨 때문에 화가 났다. 눈은 너무 혹사당해 쿡쿡 쑤셨다. 야경대는 교실에 비치된 작은 비상용 손전등만을 허락했다. 일반 손전등은 바깥에서 수상하게 보일 수 있다는 이유로 금지됐다. 구버는 이 일이 거의 불가능하다는 것을 알았다. 교실에 벌써 여섯 시간이나 있었는데도 겨우 책상과 의자 두 줄밖에 해치우지 못했다. 나사들은 아주 고집이 셌다. 대개는 이미 공장에서 고정된 것으로 나사돌리개 따위에는 꿈쩍도 하지 않았다.

절대 끝내지 못할 거야 하고 구버는 생각했다. 밤을 새고, 식구들이 전부 걱정으로 죽을 지경이 될 때까지도 끝내지 못할 거야. 그는 내일 아침 자기가 여기서 지쳐 쓰러진 모습으로 발견되는 꼴을 머릿속에 그려 보았다. 자신과 야경대와 학교 모두에게 불명예였다. 배도 고프고 머리도 아팠다. 그냥 여기서 빠져나가 달리기만 하면, 이 끔찍한 과제에서 해방되어 거리로 달려 나가기만 하면, 모든 게 해결될 것만 같았다.

복도에서 소음이 들렸다. 이건 또 다른 문제였다. 이것은 등골이 오싹한 일이었다. 온갖 종류의 소음이 다 들렸다. 벽들이 그 삐걱거리는 언어로 말을 하고 복도는 우지끈거리고, 어디선가 엔진이 웅웅거리는 소리가 들렸다. 마치 사람 소리처럼 웅웅거렸다. 소년을 겁주어서 죽이기에 충분한 소리였다. 한밤중에 깨어나 어머니를 부르던 어린 시절 이후로 이렇게 두려웠던 적은 없었다.

탁. 이건 또 다른 소리였다. 두려움 속에서 교실 문을 바라보았다. 보고 싶지는 않았지만 알 수 없는 이끌림을 이길 수가 없었다. 어린 시절의 나쁜 꿈이 기억났다.

"이봐, 구버."

속삭이는 소리가 들려왔다.

"누구야?"

구버도 낮은 목소리로 대답했다. 안도감이 그의 몸을 쓸고 지나갔다. 그는 이제 혼자가 아니었다. 누군가 다른 사람이 있었다.

"어떻게 되어 가냐?"

그림자 하나가 짐승처럼 네발로 기어서 그에게 다가왔다. 이 짐승의 모습에 ─ 어쨌든 다시 나쁜 꿈이었다. ─ 그는 뒤로 물러났다. 두드러기가 난 것처럼 피부가 따끔거리고 달아올랐다. 그는 다른 그림자들이 교실에 기어 들어오는 것을 보았다. 바닥을 무릎으로 쓸고 있었다. 첫 번째 그림자가 이제 바로 코앞에 이르렀다.

"도움이 필요하냐?"

구버는 곁눈질로 보았다. 녀석은 가면을 썼다.

"속도가 아주 느려."

구버가 대답했다.

가면을 쓴 녀석은 구버의 셔츠 앞깃을 붙잡더니 단단히 조여 자기 쪽으로 바싹 잡아당겼다. 소년의 숨결에서 피자 냄새가 났다. 가면은 검은색이었다. 영화에 나오는 '조로' 같은 모습이었다.

"잘 들어, 구버. 과제는 다른 어떤 것보다 중요한 거다, 알겠어? 너나 나, 학교보다도 더 중요해. 그래서 우리가 너를 도우러 온 거다. 일을 제대로 끝내기 위해서 말이야."

소년의 주먹이 구버의 가슴으로 파고들었다.

"누구한테든 이 일을 이야기하면 트리니티에서 넌 끝이다. 알았어?"

구버는 숨을 참고 고개를 끄떡였다. 목구멍이 바싹 말랐다. 믿을 수 없을 정도로 행복했다. 구원 부대가 도착한 것이다. 불가능한 것이 가능해졌다.

가면 쓴 녀석이 머리를 쳐들었다.

"좋아, 애들아, 일하자."

다른 애가 역시 가면 쓴 얼굴을 쳐들고 말했다.

"이거 죽이는데."

"주둥이 닥치고 일해."

대장임이 분명한 녀석이 말했다.

그는 구버의 셔츠를 놓아주고 자신의 나사돌리개를 집어

들었다.

그들이 모두 덤벼들고도 세 시간이 걸렸다.

9

제리의 어머니는 봄에 죽었다. 아버지, 삼촌들과 숙모들 그리고 제리, 그들 모두가 어머니가 병원에서 돌아온 다음 부터 밤마다 그녀를 지켰다. 서로 교대하면서 마지막 주간을 보냈다. 모두가 지쳤고 슬픔으로 말이 없었다. 더는 병원에서 어머니를 위해 할 수 있는 일이 없었다. 그래서 죽음을 기다리기 위해 집으로 돌아온 것이었다. 어머니는 집을 몹시 사랑했다. 항상 어떤 일을 계획하여 해내곤 했다. 벽지 바르기, 페인트칠 하기, 가구 단장 하기 따위였다. "너네 엄마 같은 사람 20명만 있으면 작은 공장을 차려서 백만

장자가 될 텐데." 아버지는 이렇게 농담하곤 했다. 그러다가 어머니가 병들었다. 그리고 죽었다. 어머니가 시들어 가는 것을 보는 일, 그 아름다움이 사라지는 것을 지켜보는 일, 얼굴과 몸이 끔찍하게 나이 들어 가는 것을 보는 일은 제리에게는 견디기 힘든 일이었다. 그는 때때로 허약한 자신을 부끄러워하며 어머니 방에서 아버지 몰래 달아났다. 제리는 자기도 아버지처럼 강해서 자신을 항상 통제하고 근심과 슬픔을 감출 수 있기를 바랐다. 어머니는 마침내 세상을 떠났다. 어느 날 오후 3시 30분, 갑작스럽게 아무런 소리도 없이 조용히 눈을 감았다. 제리는 분노에 휩싸였다. 어머니의 관 앞에 섰을 때 말없는 분노에 사로잡혔다. 질병이 어머니를 빼앗아 간 방식에 그는 분노하였다. 어머니를 살리기 위해 아무 일도 하지 못한 것이 화가 났다. 그의 분노는 슬픔을 짓누를 만큼 깊고도 날카로웠다. 그는 세상을 향해 호통치고, 어머니의 죽음에 대해 통곡하고 싶었다. 건물을 무너뜨리고, 땅을 가르고, 나무들을 쓰러뜨리고 싶었다. 하지만 정작 한 일이라곤 어머니의 몸이 그곳 무덤 속에 누워 있을 것을 생각하면서 어둠 속에서 잠들지 않은 채로 누워 있는 게 전부였다. 어머니의 몸은 더는 어머니가 아닌, 그냥 차갑고 창백한 사물일 뿐이었다. 아버지는 그 끔찍한 며칠 동안 낯선 사람이 되고 말았다. 몽유병 환자처럼 움직였다. 마치 보이지 않는 끈으로 조종되는 인형 같았다. 제리는 아무런 희망 없이 버림받은 느낌이었다. 속이 갑갑했다. 묘지에서도 아버지와 제리는 서로 떨어져 서 있었다. 그들 사이에는 엄청난 거리가 있었다. 나란히 서 있었지만 서로를 전혀 건드리지 않았다. 장례식이 끝나고 묘지를 떠나려고 했을 때 제리는 자신도 모르는 새, 아버지 품에 안겨 있었다. 얼굴을 아버지 몸에 꼭 갖다 대고 담배 냄새와 페퍼민트 양치액 냄새를 맡았다. 친숙한 아버지 냄새였다. 그곳 묘지에서 그들은 슬픔과 상실감 속에 서로 꼭 매달려 함께 눈물을 흘렸다. 제리는 어디서 자기 눈물이 시작되며 어디부터가 아버지 눈물인지 알 수 없었다. 그들은 부끄러움도 없이, 무어라 이름 붙일 수 없는 욕구 속에서 울었다. 그러고 나서 팔짱을 끼고 자동차를 향해 걸었다. 분노의 매듭이 풀어졌다. 묘지에서 돌아오는 동안 제리는 더 나쁜 것이 분노가 있던 자리에 들어찼다는 사실을 깨달았다. 공허함, 가슴속에 커다란 구멍처럼 입을 벌린 공허함이었다.

그것이 제리와 아버지가 마지막으로 함께 나눈 친밀감이었다. 제리는 학교의 일상에, 아버지는 일에 붙잡혔다. 두 사람 다 스스로 학교와 일에 몸을 던졌다. 아버지는 집을 팔았고 그들은 정원 딸린 아파트로 이사했다. 그곳에는 사방에 추억이 서려 있지 않았다. 제리는 여름 대부분을 캐나다에 있는 먼 친척의 농장에서 보냈다. 그는 기꺼이 농장의 일상에 빠져들었다. 가을에 시작될 고등학교 생활과 풋볼팀 시험을 위해 몸을 단련할 생각에서였다. 어머니는 그곳 작은 캐나다 마을에서 태어났다. 어머니가 어린 시절 걸었던 좁은 길을 따라 편안하게 산책할 수 있었다. 8월 말에 제리가 뉴잉글랜드로 돌아온 다음 그들은 각자의 일상생활에 빠져들었다. 일과 학교였다. 그리고 풋볼이었다. 운동장에서 멍들거나 터지고 몸이 더러워지면 제리는 자기가 무엇이라도 된 것처럼 느꼈다. 그리고 이따금 아버지는 어떨까 생각했다.

제리는 지금 아버지를 보자 그 생각이 났다. 방금 학교에서 돌아와 보니 아버지는 팔짱을 낀 채 소파에 잠들어 있었다. 제리는 아버지를 깨우지 않을 생각으로 소리 없이 움직였다. 아버지는 약제사였고 그 지역의 약국 체인점에서 일했다. 아버지는 이따금 야간 근무를 해야 했고 그러다 보니 잠자는 시간이 불규칙했다. 그래서 틈이 날 때마다 눈을 붙이는 습관을 들였다. 제리는 배고픔으로 위장이 아플 지경이었지만 아버지 맞은편에 조용히 앉았다. 아버지가 깰 때까지 기다릴 셈이었다. 계속된 연습과 기합으로 몸이 고단했다. 게임이 도무지 끝나지 않거나 패스가 완벽하지 않아서 생기는 좌절, 코치의 비꼬는 말, 그리고 아직도 남아 있는 9월의 무더위 등으로 지쳤다.

잠에 빠져든 아버지 얼굴에는 세월의 사나운 주름이 덜 뚜렷해 보였다. 제리는 결혼해서 함께 오래 산 사람들은 서로 닮는다는 말이 기억났다. 그는 섬세한 그림을 관찰하는 것처럼 슬그머니 곁눈질로 아버지의 얼굴에서 어머니의 모습을 찾아보았다. 그러자 갑작스럽게 어머니를 잃은 고통이 복부에 한 방 얻어맞은 것처럼 되돌아왔다. 그는 기절할까 두려웠다. 악몽 같은 기적을 통해 어머니 얼굴의 윤곽을 아버지 얼굴에 덮어씌울 수 있었다. 한순간 어머니의 모든 달콤한 모습들이 거기에 나타났다. 그는 다시 관 속에 든 어머니를 보는 두려움을 겪어야 했다.

아버지는 보이지 않는 손에 얻어맞은 것처럼 깨어났다. 환상은 사라지고 제리는 얼른 일어섰다.

"제리, 왔구나."

눈을 비비고 일어나 앉으며 아버지가 말했다. 아버지는 머리카락도 흐트러지지 않았다. 하긴 저렇게 빳빳한 짧은 머리가 흐트러질 게 뭐가 있을까?

"오늘 잘 보냈니, 제리?"

아버지의 목소리는 평온을 회복했다.

"그럼요. 풋볼 연습을 했어요. 곧 패스를 끝낼 거예요."

"괜찮구나."

"아빠는 어땠는데요?"

"괜찮았어."

"좋네요."

"헌터 부인이 캐서롤 요리를 해 놓았단다. 참치 캐서롤이야. 지난번에 보니 네가 그걸 괜찮게 먹는다고 하시던데."

헌터 부인은 가정부 아줌마였다. 오후면 집을 청소하고 저녁 식사를 준비하곤 했다. 초등학교 3학년짜리를 다루듯 제리의 머리를 헝클어뜨리면서 "요 녀석." 하고 불러서 제리를 당황하게 만들곤 하는, 머리가 희끗한 부인이었다.

"배고프니, 제리? 5분이나 10분이면 준비할 수 있는데 오븐을 켜면……."

"괜찮아요."

제리는 아버지의 '괜찮다'라는 말을 아버지에게 도로 던졌다. 아버지는 그 사실을 알아채지 못했다. 그건 아버지가 좋아하는 말이었다.

"아빠."

"응?"

"오늘 약국에서 정말 괜찮았나요?"

아버지는 부엌 문 옆에 멈추어 섰다.

"무슨 뜻이냐, 제리?"

"제 말은 제가 오늘 어땠느냐고 물으면 아빤 만날 괜찮다고 대답하신다는 거죠. 아주 좋은 날은 없나요? 아님 아주 고약한 날도?"

"약국은 언제나 거의 똑같아. 처방전이 오고 그럼 우린 그걸 보고 조제하고 예방조치를 하고 꼼꼼하게 한 번 더 확인하고……. 의사들의 필체가 읽기 어렵다는 말은 사실이란다. 하지만 그건 전에도 말했지."

아버지는 기억을 더듬어 아들을 기쁘게 해 줄 무엇인가를 찾는 듯이 눈살을 찌푸렸다.

"3년 전엔 강도미수 사건이 있었지. 마약중독자가 미친 사람처럼 덤벼들었을 때 말이야."

제리는 자신이 받은 충격과 실망을 감추려고 애썼다. 그것이 아버지에게 일어난 가장 흥분되는 사건이란 말인가? 잔뜩 겁을 집어먹은 채 장난감 권총을 휘두르던 그 서투른

강도가? 삶이란 그토록 따분하고 지겹고 지루한 건가? 제리 자기 앞에 놓인 삶도 그런 길을 따라 갈 거라고 생각하고 싶지 않았다. 그냥 괜찮은 낮과 밤들의 긴 연속. 좋지도 나쁘지도 않고, 대단하지도 아주 형편없지도 않고, 흥분도 없고, 그밖에 어떤 것도 없는 그런 삶 말이다.

제리는 아버지를 따라 부엌으로 들어갔다. 편지가 편지함에 들어가듯이 캐서롤이 오븐으로 들어갔다. 제리는 갑자기 배고프지 않았다. 식욕이 싹 가셨다.

"샐러드는 어때? 양상추랑 다른 재료들도 좀 있는 것 같던데."

아버지가 물었다.

제리는 기계적으로 고개를 끄떡였다. 이게 삶의 전부란 말인가? 학교를 마치고 직업을 갖고 결혼하고 아버지가 되고 아내가 죽는 것을 목격하고 그러고 나서도 밤낮으로 해가 뜨는 일도 지는 일도 없고 황혼도 없이 그냥 단조로운 일상만 존재하는 것 말이다. 아니면, 자신은 아버지에게 공정한가? 자기 자신에게는? 모든 사람이 다르지 않던가? 사람은 각기 선택을 하지 않던가? 자신은 아버지에 대해서 정말로 얼마나 많은 것을 안단 말인가?

"아빠."

"응, 제리?"

"아무것도 아니에요."

정신 나간 것처럼 들릴 게 뻔한데 대체 무슨 질문을 할 수 있을까? 게다가 아버지가 자기에게 솔직하게 털어놓을지도 의문이었다. 제리는 몇 년 전에 아버지가 이웃 약국에서 일할 때 일어났던 일을 기억했다. 그곳은 마치 약제사가 의사면허라도 가진 것처럼 고객과 상담을 하는 곳이었다. 어느 오후 제리는 약국 근처에서 어슬렁거리고 있었다. 그때 늙은 남자 하나가 약국으로 들어갔다. 나이가 많아서 몸이 구부정해진 사람이었다. 그는 몸 오른편에 통증이 있었다. 어떻게 하면 좋을까요, 약제사 선생님. 이게 뭐라고 생각하세요? 여기 좀 눌러 보세요, 약제사 선생님, 거기 부은 게 만져지나요? 좀 낫게 해 줄 약이 있을까요? 제리의 아버지는 참을성 있게 관심을 갖고 이 노인의 말을 들으며 고개를 끄떡였다. 마치 진단하려는 것처럼 자기 턱을 쓰다듬었다. 그러다가 결국에는 노인에게 의사를 찾아가 보라고 설득하였다. 그러나 제리는 한순간 내과의사 노릇을 하는 아버지를 보았다. 지혜롭고 전문적이었으며 배려하는 마음이 있었다. 비록 약국이었지만 환자를 대하는 바람직한 태도였다. 노인이 떠나고 난 다음 제리가 물었다. "아빠, 의사가 되고 싶었던 적 있어요?" 아버지는 놀라서 흘긋 제리를 바라보며 망설였다. "아니, 물론 아니다." 아버지가 대답했다. 그러나 제리는 아버지의 태도와 목소리에서 대답과는 정반대의 뭔가를 읽었다. 제리가 이 이야기를 계속하려고 했지만 아버지는 갑자기 처방전과 약품을 처리하느라 바빠졌다. 제리는 다시는 이 이야기를 꺼내지 않았다.

제리는 아버지가 부엌에서 저녁 준비를 하는 모습을 물끄러미 지켜보았다. 의사가 되지도 못했다. 아내는 죽고 없는 데다 하나뿐인 아들 녀석마저 이렇게 잔뜩 아버지를 의심하고 있다. 정말 희미하고 지루한 삶. 제리는 슬픔에 빠져 들었다. 오븐이 소리를 냈다. 캐서롤이 준비되었다.

나중에 잠잘 준비를 하면서 제리는 거울 속의 자기 모습을 들여다보았다. 지난번에 길거리에서 그 히피가 보았을 자신의 모습 그대로를 바라보았다. 어수룩한 소년의 모습이었다. 그는 어머니의 모습이 아버지의 얼굴 위에 포개졌듯이 이제는 자기 얼굴에 아버지의 얼굴이 포개지는 것을 볼 수 있었다. 얼굴을 돌렸다. 아버지를 반사하는 거울이 되고 싶지 않았다. 이런 생각이 그를 움찔하게 만들었다. 나는 성공한 사람이 되고 싶어. 하지만 대체 무엇이 되고 싶다는 거지?

풋볼이다. 자기는 팀에 들어갔다. 그것만 해도 대단한 일이었다. 아니, 정말 그런가?

아무런 이유도 없이 그레고리 베일리가 생각났다.

10

나중에서야 아치는 인정하지 않을 수 없었다. 레온 선생은 초콜릿 판매를 지나치게 화려하게 과장했고 그것이 레온 선생 자신과 야경대와 학교 전체를 곤경에 처하게 만들었음을 말이다.

맨 먼저 레온 선생은 학교 부속 예배당에서 특별 집회를 소집하였다. 기도식과 종교 행사들에 뒤이어 학교의 정신 어쩌고 하는 연설의 순서가 됐다. 그러나 이번에는 시작이 약간 달랐다. 강단에 서서 그는 그의 똘마니들에게 신호를 보냈고 그들은 커다란 마분지 포스터 열 장을 가져왔다. 거기에는 전교생 이름이 알파벳 순서대로 적혀 있었다. 각각의 이름 곁에는 네모 칸이 그려져 있었는데 그 안에 학생들이 판매한 초콜릿의 숫자를 쓸 거라고 레온 선생이 설명하였다.

학생들은 레온 선생의 똘마니들이 포스터를 무대 벽면에 스카치테이프로 붙이는 모습을 환호성을 지르며 바라보았다. 포스터는 붙어 있지 않고 바닥으로 계속 미끄러져 떨어졌다. 벽은 콘크리트로 되어 있어서 압정으로 박을 수가 없었다. 야유하는 우 소리가 공기를 가득 채웠다. 레온 선생은 못마땅해서 바라보았고 그 때문에 우 소리와 휘파람 소리가 더욱 커졌다. 선생이 화내는 모습보다 더 신나는 것은 세상에 없는 법이다. 마침내 포스터가 붙고 레온 선생이 연설할 차례였다.

아치는 레온 선생이 가장 위대한 공연을 시작했음을 인정하지 않을 수 없었다. 아카데미 상 수준이었다. 마치 나이아가라 폭포처럼 말을 쏟아 냈다. 학교의 정신, 한 번도 실패한 적이 없는 전통이 깃든 판매, 아파서 병원에 입원한 교장 선생님, 트리니티 고등학교의 형제애 그리고 이 당당한 교육기관이 완벽하게 계속 돌아가기 위해 꼭 필요한 재원의 중요성. 그리고 과거의 승리를 회상하였다. 훌륭한 진열장에 넣어져 중앙 복도에 전시된 트로피들과 오랫동안 트리니티를 승리의 장소로 만든 '하면 된다'의 정신, 기타 등등. 물론 모두 헛소리다. 그러나 레온 같은 대가가 말과 몸짓으로 그런 연설을 하면 효과 만점이었다.

레온 선생은 강조하였다.

"그렇습니다. 올해 할당량은 두 배가 되었습니다. 우리는 이전보다 더욱 위태로운 상태에 있기 때문입니다."

이제 그의 목소리는 공기가 가득 채워진 오르간이 되었다.

"여러분 각자가 50통씩을 팔아야 합니다. 그러나 여러분은 기꺼이 자기가 맡은 분량을 달성할 것을 나는 압니다. 그 이상을 달성할 것입니다."

그는 포스터를 가리켰다.

"여러분에게 장담합니다. 판매 기간이 끝나기도 전에 여러분 각자의 기록 판에 '50'이라는 숫자가 쓰일 거라고 말입니다. 여러분이 트리니티에서 맡은 바 몫을 다했다는 사실을 보여 줄 거라고 말입니다……."

그 밖에도 말이 아주 많았지만 아치는 듣지 않았다. 말, 말, 말. 학교에서 들은 것이라곤 말뿐이다. 아치는 자기 자리에서 불편하게 몸을 꿈틀거리면서 지난번 야경대 모임을 떠올렸다. 레온 선생이 판매에 대해 협조를 요청했고 자기가 야경대의 후원을 보증했다는 사실을 밝혔다. 아치는 멤

버들이 의심하며 웅성대는 소리와 회의적인 태도에 놀랐
다. 카터가 말했다. "맙소사, 아치, 우린 그런 일에는 끼어
들지 않아." 그러나 언제나 그렇듯이 아치가 그들을 눌렀
다. 레온이 멤버들의 보증을 필요로 한다는 것은 야경대가
얼마나 막강한지를 보여 주는 상징적인 사실이라는 것을
지적하였다. 그래 봤자 시시한 초콜릿 판매일 뿐이야. 그러
나 맙소사, 지금 레온이 마치 학교 전체가 십자군 전쟁에라
도 나가는 것처럼 떠들어 대는 소리를 듣고 있으려니 아치
도 의심이 들었다.

포스터에 있는 자신의 이름을 보면서 아치는 자신의 할
당량 50통을 어떻게 판매할 것인지 궁리해 보았다. 그는 입
학한 이후로 단 한 통도 건드린 적이 없었다. 야경대의 과
제 배당자인 자기에게 선택된 것을 대단히 특별한 일이라
고 생각하고 기꺼이 자기 몫까지 함께 처분해 줄 누군가를
언제나 찾아내곤 했다. 아마도 올해에는 이 짐을 여럿에게
나누어 맡겨야 할 것 같다. 이를테면 다섯 명을 골라서 각
자 열 통씩을 맡기는 거다. 할당량 전부를 한 녀석에게 떠
맡기는 것보다 그쪽이 더 낫다.

편안하게 등을 기대고 앉아서 아치는 자신의 공평함과
너그러움에 기뻐하며 만족스럽게 한숨을 내쉬었다.

11

마치 누군가가 폭탄이라도 떨어뜨린 것 같았다.

브라이언 켈리가 의자를 건드리면서 일이 시작되었다. 의자가 주저앉았다.

그런 다음 한꺼번에 모든 일이 일어났다.

앨버트 르블랑이 책상들 사이로 지나다가 어떤 책상에 부딪혔다. 책상은 잠시 미친 듯이 떨다가 주저앉았다. 이 충격이 전달되어 다른 의자 두 개와 책상 하나가 주저앉았다.

존 로우는 막 앉으려다가 무너지는 소리를 들었다. 몸을 돌리면서 자신의 책상을 건드렸다. 책상은 그의 놀란 눈앞에서 그대로 해체되었다. 뒤로 물러나면서 그는 의자를 건드렸다. 의자는 아무렇지도 않았다. 그러나 뒤에 있던 헨리 쿠처의 책상이 심하게 떨더니 바닥으로 쿵 쓰러졌다.

소동으로 귀가 멍멍할 지경이었다.

"맙소사."

유진 선생이 교실로 들어서다가 이 난리 통을 보고 소리를 질렀다. 책상들과 의자들이 모두 해체되면서 넘어졌다. 마치 들어 보지도 못한 다이너마이트가 폭발한 것 같았다.

유진 선생은 자기 책상으로 달려갔다. 그곳은 선생이 언제나 안정을 얻곤 하던 안전한 피난처였다. 그가 건드리자 책상이 술에 취한 듯이 흔들리더니 한쪽으로 기울어진 모습으로 — 기적 중의 기적처럼 — 그대로 서 있었다. 그러나 의자는 무너졌다.

학생들은 이 사태를 즐거워하면서 미친 듯이 이리저리 교실을 돌아다녔다. 무슨 일이 일어났는지 깨닫자마자 그들은 교실 안을 휘젓고 다니면서 책상과 의자를 모조리 흔들었다. 그리고 그것들이 해체되어 주저앉는 모습을 즐거워하며 바라보았다. 좀처럼 주저앉지 않으려고 하는 고집 센 것들은 마구 흔들어 주었다.

"와우, 대단해."

누군가 소리쳤다.

"야경대야."

또 다른 누군가가 소리쳤다. 당연한 지적이었다.

19호 교실이 붕괴하는 데는 정확하게 37초 걸렸다. 아치는 문간에서 그 시간을 쟀다. 교실이 엉망진창으로 바뀌는 것을 보면서 그의 마음에 감미로움이 고였다. 그 끔찍한 선별, 검은 상자 등 그 모든 괴로움을 보상해 주는 달콤한 승리의 순간이었다. 이 아수라장을 바라보면서 이것이 자신이 거둔 가장 큰 승리라는 사실을 알았다. 아름답게 결말이 난, 대담한 과제들 중의 하나였다. 분명히 전설이 될 일이었다. 그는 장래의 트리니티 학생들이 19호 교실이 무너지던 날을 놀라워하며 이야기하는 광경을 눈앞에 그려 볼 수가 있었다. 이 파괴의 현장을 바라보면서 즐거움의 탄성을 ─ 내가 이 일을 만들어 낸 거야. ─ 참기가 어려웠다. 그는 유진 선생의 떨리는 턱과 두려움에 사로잡힌 표정을 바라보았다.

유진 선생의 뒤에서 커다란 칠판이 걸린 자리에서 천천히 풀리더니 장엄하게 바닥으로 미끄러져 떨어졌다. 마치 난장판 위에 내려오는 최후의 커튼 같았다.

"너!"

아치는 분노로 가득 찬 목소리를 듣자마자 자신을 돌려세우는 손길을 느꼈다. 그는 돌아서면서 레온 선생을 보았다. 레온은 이번에는 창백하지 않았다. 주홍색 얼룩이 그의뺨에서 번쩍였다. 기괴한 연극에 출연하기 위해서 화장한것만 같은 모습이었다. 아마도 공포 연극일 것이다. 이 순간 레온에겐 즐거울 일이 없었기 때문이다.

"너!"

레온이 한 번 더 소리쳤다. 기분 나쁜 속삭임이었다. 레온이 먹은 아침식사, 묵은 베이컨과 달걀의 불결한 뒷맛이아치의 얼굴에 훅 풍겨 왔다.

"네가 그랬지."

레온이 한 손의 손톱으로 아치의 어깨를 후벼 파면서 다른 손으로는 19호실에서 벌어진 참상을 가리켰다.

호기심에 가득 찬 학생들이 다른 교실에서 달려와서 이교실의 출입구 두 군데로 몰려들었다. 부딪치고 깨지는 소리에 끌려 온 것이다. 어떤 애들은 두려움 속에서 파편들을바라보았다. 또 어떤 애들은 레온 선생과 아치를 호기심에넘쳐서 바라보았다. 그들이 어디를 바라보든 상관없이 그것은 대단한 일이었다. 판에 박힌 듯한 학교의 일상을 깨뜨리고, 죽도록 지겨운 하루 일과를 뒤엎은 대단한 일이었다.

"모든 것이 부드럽게 진행되기를 바란다고 내가 말했지? 아무 사고도 없이 말이다. 웃기는 일 없이 말이야."

레온의 분노에서 가장 나쁜 부분은 그가 속삭이는 방식이었다. 그의 입에서는 끔찍하게 괴로운 쉿소리가 나왔다. 그것은 고함이나 악쓰는 소리보다도 더 치명적인 어조였다. 동시에 아치의 어깨를 잡은 손길이 더욱 강해졌다. 아치는 통증으로 움츠러들었다.

"전 아무 일도 하지 않았습니다. 정말입니다."

아치는 기계적으로 말했다. 언제나 모든 것을 부정하고 절대로 사죄하지 않았으며 그 무엇도 인정하지 않았다.

레온은 아치를 벽 쪽으로 밀어붙였다. 이제 학생들이 복도를 가득 채우기 시작했다. 그들은 19호 교실로 몰려 들어가서 붕괴된 모습을 구경했다. 바깥쪽에도 학생들이 밀려들었다. 놀라움 속에서 손짓발짓을 하고 떠들고 머리를 흔들었다. 전설은 이미 시작되었다.

"내가 책임을 맡았단 말이다. 모르겠나? 이 학교는 이제 내 책임이야. 초콜릿 판매가 시작되었는데 넌 이런 일이나 저지르고."

레온은 아무런 예고도 없이 그를 풀어주었다. 아치는 공중에 매달린 것처럼 그대로 있었다. 몸을 돌리고 일부 학생들이 레온과 자기를 바라보는 것을 보았다. 자기를 바라본다! 아치 코스텔로가 이 빌어먹을 선생 새끼한테서 창피를 당했다. 달콤한 승리의 순간이 이 멍청이와 그 웃기는 초콜릿 판매 때문에 망가졌다!

아치는 레온이 분노해서 소리치는 것을 보고는, 소란스러운 복도를 헤치며 몰려드는 소년들 속으로 사라지기로 했다. 아치는 어깨를 주무르면서 레온의 손톱이 깊이 파고든 자리를 조심스럽게 만졌다. 그런 다음 아이들 속으로 파고들었다. 문가에 모여 있는 애들을 옆으로 밀쳤다. 문간에 서서 19호 교실의 아름다운 파편들을 바라보았다. 자신의 걸작이었다. 유진 선생이 이 혼란 한가운데 서서 진짜로 눈물을 흘리는 것을 보았다.

멋져, 멋지다.

제기랄, 레온 선생.

12

"다시 해."

코치가 고함을 질렀다. 쉰 목소리였다. 위험한 신호다.
참을성을 잃고 노발대발 난리 칠 상황에 이르면 그는 언제
나 목부터 먼저 쉬었다.

제리는 몸을 추슬렀다. 입안이 말라서 침을 모아 보려고
애썼다. 갈비뼈가 아프고 왼쪽 몸 전체가 화끈거렸다. 제리
는 센터를 보는 아다모 뒤 자기 자리로 돌아갔다. 이미 다
른 친구들은 전부 자리를 잡고서 코치가 자기들을 못마땅
하게 여기는 것을 알고 긴장하였다. 못마땅하다고? 아니,

노발대발하고 지긋지긋해하고 있었다. 그는 신입생들을 위해 특별 연습을 기획하였다. 신입생들이 대표선수 몇 명에게 맞설 기회를 주는 것이었다. 자기가 그동안 그들에게 가르친 모든 것을 보이게 할 셈이었다. 하지만 지금 신입생들은 정말이지 끔찍하게 형편없는 꼴을 보이고 있었다.

작전 타임 따위는 없었다. 코치는 다음 플레이의 번호를 불렀다. 카터에게 집중된 플레이였다. 그는 신입생들을 씹어서 내뱉을 수 있을 것 같은, 크고 살진 대표팀 가드였다. 코치는 미리 이렇게 말했다. "카터를 놀라게 하자." 스타 선수들을 신입생 팀과 대결하게 한 뒤 스타들을 막아 내도록 플레이를 짜는 것이 트리니티의 전통이었다. 이것은 신입생 팀이 얻는 유일한 보상이었다. 그들 대부분은 대표팀과 맞붙기에는 너무 어리거나 너무 작았기 때문이다.

제리는 아다모 뒤에서 몸을 웅크렸다. 자기가 이번 플레이를 풀어 나가도록 되어 있었다. 앞선 플레이에선 자기가 타이밍을 놓치고 카터가 어디선가 갑자기 나타나는 것을 보지 못하는 바람에 실패했다. 그는 카터를 기습 공격 할 생각이었다. 하지만 이 덩치 큰 가드는 후퇴하면서 라인으로 밀리는 대신 오히려 뒤에서 공격해 제리를 무력하게 만들었다. 제리를 정말로 화나게 하는 일은 카터가 자기를 점

잖게 공격했다는 사실이었다. 자신이 우월하다는 것을 입증하기라도 하려는 듯이 매우 부드럽게 그를 쓰러뜨렸다. 난 널 죽일 필요도 없어, 꼬마야, 이런 건 식은 죽 먹기지, 카터는 이렇게 말하려는 듯했다. 그러나 이것은 이미 일곱 번째 이어지고 있는 플레이였고 플레이마다 거듭 태클을 당한 충격이 차츰 강하게 나타나고 있었다.

"좋아, 친구들. 이거야. 해내든지 죽든지."

"다 끝났어, 이놈들아."

카터가 비아냥거렸다.

제리가 소리를 질렀다. 자기 목소리가 자신만만하게 울리기를 바라면서. 그는 자신만만하지 않았다. 그렇다고 희망을 버리지도 않았다. 플레이마다 새로운 시작이었다. 무언가 삐걱거려도 그는 자기들이 성공에 가까이 있다고 느꼈다. 구버와 아다모와 크로토 같은 녀석들은 믿음직했다. 머지않아 우린 성공할 거다. 이 모든 일이 반드시 잘될 것이다. 코치가 자기들을 모조리 빼 버리지만 않는다면 말이다.

제리의 두 손이 오리 주둥이처럼 맞붙어서 공을 삼키기를 기다렸다. 제리의 신호에 따라 아다모가 공을 그의 손바닥으로 던졌다. 제리는 그와 동시에 움직이기 시작했다. 재빨리 오른쪽으로 비스듬하게 움직였다. 그는 이미 패스하기 위해 팔을 위로 올릴 준비를 마쳤다. 카터가 다시 스크럼 라인을 뚫고 다가오는 것이 보였다. 마치 투구를 쓴 괴물 파충류 같았다. 갑자기 카터의 팔다리가 공중을 붕 날아 가로질렀다. 그 순간 낮게 덤비는 크로토의 몸에 부딪혔다. 카터는 크로토 위로 쓰러졌고 그들 두 사람은 함께 뒤엉켜서 뒹굴었다. 제리는 자유로워진 느낌이었다. 계속 움직였다. 편하게, 편하게, 그러다가 마침내 구버가 보였다. 키가 크고 손발이 가늘고 긴 구버가 상대편의 마지막 방어 선수를 벗어날 수 있는 다운필드 구역에서 기다리고 있는 것을 보았다. 그 순간 제리는 구버의 손이 신호를 보내는 것을 알아챘다. 자신의 소매를 잡으려는 손길을 피해 공을 던졌다. 누군가가 그의 엉덩이에 부딪혔지만 그는 충격을 떨쳐 버렸다. 패스는 아주 멋졌다. 정말이지 아주 멋졌다. 곧바로 목표 지점을 향해서 날아갔다. 물론 그는 공이 어디로 가고 있는지 볼 수는 없었다. 어떻게 해서인지 다시 몸을 일으킨 카터한테 붙잡혀 운동장으로 나뒹굴었기 때문이다. 운동장에 떨어지는 순간 제리는 기쁨의 환호성을 들었다. 그것은 구버가 공을 잡아 득점을 했다는 의미였다.

"좋아, 좋아, 좋아, 좋아!"

코치의 목소리였다. 승리에 도취된 소리였다.

제리는 간신히 두 발로 일어섰다. 카터가 인정한다는 뜻으로 그의 엉덩이를 툭 쳤다.

코치는 여전히 노려보면서 그들 쪽으로 다가왔다. 그는 미소조차 짓는 법이 없었다.

"르노."

코치가 말했다. 쉰 목소리는 사라졌다.

"우린 방금 너를 쿼터백으로 만든 것 같다. 이 말라깽이 꼬맹이 망할 자식아."

동료들이 모두 자기를 둘러싸고, 그는 숨을 헐떡이고, 구버는 공을 가지고 돌아오고 있는 이 순간. 바로 이 순간에 제리는 완벽한 만족, 완전한 행복을 맛보았다.

학교에 전해 오는 이야기에 따르면 코치가 "망할 자식아."라고 불러 주어야만 비로소 선수로 받아들여진 것이라고 했다.

소년들은 다시 정렬했다. 공이 자기 손 안으로 빨려 들어오기를 기다리면서 제리는 시와 음악처럼 온통 달콤한 기분에 젖었다.

연습이 끝나고 건물로 돌아왔을 때 그는 자기 사물함 문에 스카치테이프로 붙여진 편지를 보았다. 야경대의 소환장이었다. 과제를 위해서였다.

13

"아다모?"

"예."

"보베?"

"예."

"크레인?"

"옙."

크레인은 코미디언이었다. 절대로 반듯이 대답하지 않았다.

"캐로니?"

"예."

레온 선생이 즐거워하고 있음을 누구나 알 수 있었다. 이
것이 바로 그가 좋아하는 일이었다. 명령을 내리고 명령대
로 모든 일이 순조롭게 풀리는 일, 이름 불린 학생들이 영
리하게 대답하고 초콜릿 상자를 받아 가는 일, 그렇게 학교
의 정신을 보여 주는 일 말이다. 구버는 학교의 정신을 생
각하자 마음이 울적해졌다. 19호 교실이 무너져 내린 이후
로 그는 약한 쇼크 상태에 빠져 있었다. 매일 아침 울적한
마음으로 깨어났다. 눈도 뜨기 전에 벌써 무언가가 잘못되
었다는 것을 느꼈다. 자기 삶에 뭔가가 비뚤어졌다는 사실
이 느껴졌던 것이다. 그러고 나서야 19호 교실이 기억났다.
처음 하루 이틀은 흥분 상태였다. 19호 교실을 무너져 내리
게 한 것은 야경대가 그에게 시킨 과제였다는 말이 돌았다.
아무도 그에게 이런 말을 직접 하지는 않았지만 그는 일종
의 지하 영웅이 된 것처럼 느꼈다. 상급생들도 그를 두려움
과 존경심으로 바라보았다. 그가 지나가면 사람들이 그의
엉덩이를 툭툭 쳤다. 특별함을 인정해 주는 트리니티의 전
통적인 방식이었다. 그러나 며칠이 지나자 불안감이 교정
에 감돌았다. 소문들이 나돌았다. 학교는 어차피 언제나 소
문들로 가득 차게 마련이지만 이번에는 19호 교실 사건과

관련된 소문이었다. 초콜릿 판매가 일주일 연기되었다. 레온 선생은 채플 시간에 구구한 변명을 늘어놓았다. 교장 선생님이 병원에 입원했고 그래서 처리할 서류가 산더미 같다는 식의 변명이었다. 그리고 레온이 19호실 문제에 대해 조용히 조사를 계속하고 있다는 소문도 있었다. 가엾은 유진 선생은 그 끔찍한 순간 이후로 다시는 모습을 나타내지 않았다. 그는 신경쇠약에 걸렸어, 누군가 말했다. 다른 아이들 말로는 가족 중에 누군가가 죽어서 그리로 갔다고 했다. 어쨌든 이 모든 소문들은 구버와 관련된 것이었고, 그는 밤마다 잠을 이루기 어려웠다. 학교 친구들의 아첨에도 불구하고 그는 자기와 친구들 사이에 일종의 거리가 생겼음을 느꼈다. 그들은 물론 구버에게 경탄하였다. 그러나 아무도 지나치게 가까워지려고 하지 않았다. 어느 날 오후 구버는 아치 코스텔로를 복도에서 만났다. 아치는 그를 구석으로 끌고 갔다. "선생들이 너를 불러서 뭔가 물어보거든 아무것도 모른다고 해." 구버는 이것이 아치가 좋아하는 장난이라는 것을 전혀 모르고 있었다. 누군가를 협박해서 걱정하게 만드는 것 말이다. 그 이후로 구버는 두려움에 사로잡혔다. 게시판에 빌어먹을 자기 이름이 쓰인 것을 보게 될 거라는 생각이 들었다. 그는 친구들의 아첨을 원치 않았다.

풋볼을 하고 아침마다 달리기나 하는 그냥 보통 때의 구버가 되기만을 바랐다. 레온 선생이 부를까 봐 두려웠다. 과연 자기가 레온 선생이 캐묻는 것을 견뎌 낼 수가 있을지, 그의 축축한 눈길을 바라보면서 정말로 거짓말을 할 수 있을지 의문이었다.

"구버트?"

구버는 레온 선생이 두세 번이나 자기 이름을 계속 부르고 있었다는 사실을 깨달았다.

"예."

구버가 대답했다.

레온 선생은 잠깐 멈추고는 질문하듯이 그를 바라보았다. 구버는 몸이 움츠러들었다.

"오늘은 정신이 딴 데 팔려 있구나, 구버트."

레온이 말했다.

"죄송합니다, 선생님."

"정신 이야기를 하는 거야, 구버트. 이 초콜릿 판매가 단순한 판매나 평범한 사업이 아니라는 사실을 알고 있겠지?"

"예, 레온 선생님."

레온이 자기를 괴롭히려는 것일까?

"이 판매에서 가장 멋진 부분은 말이지, 이것이 완전히 학생들에 의한 일이라는 거야. 학생들이 초콜릿을 판매한다. 학교는 그냥 이 일을 관리만 하는 거지. 이것은 여러분이 판매하는 것이고 바로 여러분의 일이다."

헛소리, 누군가 레온이 듣지 못하게 속삭였다.

"예, 레온 선생님."

구버는 선생이 초콜릿 문제에 너무 열을 올리느라 구버의 유죄 여부를 조사할 여유가 없다는 사실을 깨닫고 안도하였다.

"그렇다면 자넨 50통을 받겠는가?"

"예."

구버가 마음 편하게 대답했다. 50통은 상당히 많은 초콜릿이었지만 그래도 예라고 말하고 관심의 초점에서 벗어나게 된 것이 기뻤다.

레온의 손길이 아주 엄숙하게 움직이면서 구버의 이름을 적었다.

"하트넷."

"예."

"존슨?"

"물론이죠."

레온은 존슨의 약간 농담기 어린 이런 대답도 받아들였다. 기분이 좋았기 때문이다. 구버는 자신이 다시 기분이 좋아져도 될까 생각해 보았다. 알 수가 없었다. 19호실 사건 때문에 어째서 자기가 이렇게 엉망이 되어야 하는 거지? 그것을 붕괴라고 할 수 있던가? 사실 책상과 의자들은 하루 만에 모조리 도로 조립되었다. 레온은 그 일을 저지른 학생들에게 벌을 줄 생각을 했지만 결국 포기하고 말았다. 책상과 의자의 모든 나사못과 부속들이 그 대단한 사건을 기억나게 했다. 학생들은 자발적으로 그 일을 맡고 나섰다. 그런데 어째서 이렇게 끔찍한 죄의식을 느껴야 한단 말인가? 유진 선생 때문에? 아마 그럴 것이다. 구버는 19호실 곁을 지나갈 때면 그 안을 들여다보지 않을 수 없었다.

그 교실은 다시는 예전처럼 되지 못할 것이다. 비품들은 아무런 예고도 없이 다시 주저앉기라도 하려는 것처럼 기묘하게 삐걱거리는 소리를 냈다. 그 교실을 사용하는 여러 선생들은 모두 불편해했다. 그들이 불안해한다고 말할 수 있을 정도였다. 한동안 일부 아이들은 선생이 두려움으로 움찔하거나 껑충 뛰는 모습을 보려고 일부러 책을 떨어뜨리곤 했다.

구버는 자기 생각에 몰두해서 교실 안에 끔찍한 침묵이

퍼진 것도 알아채지 못했다. 그러나 마침내 고요함을 알아
채고 레온 선생의 얼굴을 올려다보았다. 그 얼굴은 이전 어
느 때보다도 창백했고, 눈길은 햇빛이 비치는 풀장처럼 번
득이고 있었다.

"르노?"

침묵이 계속되었다.

구버는 책상 세 개 건너에 앉아 있는 제리를 바라보았다.
제리는 팔꿈치를 책상에 받치고 뻣뻣한 자세로 앉아서 최
면에 걸린 것처럼 앞만 바라보고 있었다.

"여기 있는 거지, 그렇지 않은가, 르노?"

레온이 이 순간을 농담으로 돌리려고 애쓰면서 물었다.
그러나 그의 노력은 반대 효과를 냈다. 아무도 웃지 않았다.

"마지막 호명이다, 르노."

"아니요."

제리가 대답했다.

구버는 자기가 제대로 들었는지 자신이 없었다. 제리는
그토록 조용히 말했다. 입술을 거의 움직이지도 않았다. 그
래서 이토록 극단적으로 조용한 가운데서도 그의 대답은
거의 들리지 않을 정도였다.

"뭐라고?"

레온.

"아니요."

이제는 혼란. 누군가가 웃었다. 학급에서 하는 농담은 일상의 지루함을 깨기 위한 것으로 간주되었고 항상 높은 평가를 받았다.

"아니라고 말했나, 르노?"

레온 선생이 물었다. 그의 목소리는 퉁명스러웠다.

"예."

"예라니, 뭐가?"

이런 변화에 학급 전체가 즐거워했다. 어디선가 킥킥거리는 소리, 그리고 나서 픽 웃는 소리, 이어서 예사롭지 않은 일이 일어날 때면 반 전체를 사로잡는 이상한 분위기가 나타났다. 그것은 계절이 변할 때처럼 학생들이 분위기의 변화를, 일기의 변화를 감지할 때 나타나는 현상이었다.

"자, 다시 한 번 정리해 보자, 르노."

레온 선생이 말했다. 그의 목소리가 다시 교실을 장악하였다.

"나는 자네 이름을 불렀다. 대답은 예 혹은 아니요 둘 중 하나다. 이 학교의 다른 학생들처럼 예라고 말하면 일정 분량의 초콜릿을 판매하기로 하는 것이다. 이번 경우는 50통이다. 아니라고 말하는 것은……. 우선 이 판매가 철저히 학생들의 자발적인 의지에 의한 것임을 밝혀 두겠다. 트리니티는 누구에게도 개인의 의지에 반해서 여기 참여할 것을 강요하진 않는다. 이것이 트리니티 고등학교의 빛나는 부분이거든. 아니라고 대답하는 것은 그러니까 자네가 초콜릿 판매를 원치 않는다는 말이다. 곧 참여를 거부하는 것이지. 자, 자네 대답은 무언가? '예'인가, '아니요'인가?"

"아니요."

구버는 믿을 수 없다는 듯이 제리를 바라보았다. 언제나 약간 근심스러운 듯한, 심지어는 그 멋진 패스를 훌륭하게 해내고 난 다음에도 별로 자신 없어 하던 녀석이 이 제리 르노 맞나? 언제나 어쩔 줄 몰라 하는 것 같았는데? 그 제리가 정말로 레온 선생에게 대들고 있다는 말인가? 레온 선생뿐만 아니라 트리니티의 전통에 대들고 있다고? 이제 레온 선생의 얼굴을 보니 총 천연색 영화 빛깔이었다. 뺨에서는 붉은빛이 소용돌이치고, 축축한 눈은 실험실 시험관 속의 표본 같았다. 마침내 레온 선생은 머리를 숙이고 연필을 든 손길을 움직였다. 마치 제리의 이름 옆에 끔찍한 표시를 하는 것 같았다.

교실 안의 침묵은 구버가 한번도 경험한 적이 없는 것이었다. 끔찍하고 무시무시하고 질식할 것 같은 분위기였다.

"산투치?"

레온이 이름을 불렀다. 그의 목소리는 다시 교실을 장악했다. 하지만 실제로는 보통 때처럼 보이기 위해 싸우고 있었다.

"예."

레온은 산투치를 바라보더니 그에게 미소를 지었다. 그의 뺨에서 붉은 기운이 사라져 갔다. 장의사가 시체의 얼굴에 던지는 것 같은 미소였다.

"테시어?"

"예."

"윌리엄스?"

"예."

윌리엄스가 마지막이었다. 이 교실에 그 다음 철자로 시작하는 이름은 없었다. 윌리엄스가 "예." 하고 대답하는 소리가 공기 중에 머물러 있었다. 누구도 다른 사람을 바라보지 않는 것 같았다.

"제군들, 체육관에서 초콜릿을 가져가라."

레온 선생이 말했다. 그의 눈은 빛났다. 번들번들 물기 어린 빛이 났다.

"진정으로 트리니티의 아들인 사람에게 말한 것이다. 그렇지 않은 사람은 유감이다."

그의 얼굴에는 그 끔찍한 미소가 그대로 남아 있었다.

"수업 끝."

아직 종이 울리지 않았는데도 레온은 수업을 끝냈다.

14

어디 보자. 그는 자기가 여름 내 잔디를 깎아 드린 아그네스 이모와 마이크 테라시니 씨, 그리고 오툴 신부님을 계산에 넣을 수 있음을 알고 있었다. 물론 오툴 신부님을 목록에 올렸다는 사실을 어머니가 안다면 자기를 죽이려 들겠지만. 그리고 손튼 부부, 그들은 초콜릿을 원하지는 않았지만 언제나 도움을 주었다. 그리고 토요일 아침이면 언제나 자기가 심부름을 해 주는 과부 미첼 부인, 또 노총각인 헨리 바비노. 헨리가 현관문을 열어 줄 때면 그의 끔찍한 입 냄새에 거의 쓰러질 지경이 된다. 하지만 이웃의 모든 어머니들은 이 사람을 가장 친절하고 가장 신사적인 남자로 꼽곤 했다.

존 설키는 학교에서 초콜릿 판매가 있을 때마다 이런 목록을 작성하는 것을 좋아했다. 지난해 11학년 때 그는 학교의 복권 판매에서 가장 많은 양을 팔았기에 1등 상을 탔다. 묶음당 12장씩인 복권 125묶음을 팔았다. 그는 학년 말 수상식에서도 특별상을 받았다. 트리니티를 상징하는 삼각형 모양에 학교의 색인 자주색과 금색이 칠해진 특별한 배지였다. 그가 얻은 유일한 명예였다. 부모님의 얼굴은 자랑으로 환하게 빛났다. 존은 스포츠를 잘하지 못했고, 공부도 별 볼일 없었다. 사실 최선을 다하면 신께서 나머지를 보살펴 주시리라는 어머니의 말처럼 겨우 낙제를 면하는 정도였다. 물론 계획이 필요했다. 그래서 존은 미리 목록을 작성하곤 했다. 때로는 판매가 시작되기도 전에 단골들을 방문해서 앞으로 닥쳐 올 일을 알리기도 했다. 존에게 거리로 나가서 집집마다 벨을 누르고 자기 주머니에 돈이 쌓이는 것을 보는 것보다 더 좋은 일은 없었다. 다음 날 출석을 부를 때 자기가 판 양을 말할 것이다. 그러면 선생님은 자기를 바라보며 미소를 지을 것이다. 작년에 상을 받으러 단상에 올라갔을 때, 교장 선생님이 학교를 위한 봉사에 대해 연설한 다음 "이 특별한 공로를 세운 존 설키 군은 우리들의 모범입니다."라고 말했던 순간(한 마디 한 마디의 말들이 아직도 존의 마음속에 그대로 남아 있었다. 특히 학기마다 받는 성적표에서 C와 D 같은 점수들을 볼 때면 더욱 그랬다.)의 그 타오르는 기분을 여전히 기억하고 있었다. 어찌 되었든 또 다른 판매였다. 이번에는 초콜릿이었다. 작년보다 값이 두 배나 되었지만 존은 자신 있었다. 레온 선생은 할당량을 다 팔았거나 그 이상을 판 사람들의 명단을 1층 중앙 복도 게시판에 고시하겠다고 약속하였다. 50통이었다. 어느 때보다도 많았다. 그래서 존은 행복했다. 다른 아이들은 이 할당량을 채우기가 힘들었다. 그들은 벌써 신음하고 탄식하고 있었다. 그러나 존은 아주 자신만만했다. 사실 레온 선생이 특별 명단을 말했을 때 존 설키는 선생님이 곧바로 자기를 바라보고 있다는 것을 확신할 수 있었다. 레온 선생은 자기가 좋은 모범을 보일 것이라고 기대하고 있는 것 같았다.

그러니, 어디 보자. 메이플 거리에 새로운 주택 단지가 만들어졌다. 올해는 이곳에서 특별 판매를 해 볼까? 그곳에는 새로운 주택들이 아홉이나 열 곳 정도 있었다. 그러나 그 누구보다도 예전 고객들, 언제나 그의 고객이 되어 준 사람들이 먼저다. 스완슨 부인은 이따금 독한 술 냄새를 풍기기는 했지만, 그리고 그를 붙잡고 그가 알지도 못하는 사람들의 이야기를 너무 오래 하는 버릇이 있었지만 그래도 무엇이든 열심히 사 주었다. 그리고 믿을 수 있는 루이 아저씨. 그는 언제나 자동차에 광을 냈다. 요즘에는 자동차에 광내는 일이 중세시대 이야기처럼 여겨지지만. 그리고 거리 끝에 있는 카폴레티 씨네 사람들. 그들은 항상 그에게 무엇인가를 먹으라고 내놓았다. 존이 별로 좋아하지 않는 차가운 피자 같은 것을 내놓았는데 피자에서는 사람을 거의 쓰러뜨릴 정도로 심한 마늘 냄새가 났다. 하지만 학교에 봉사하기 위해서는 크건 작건 어느 정도 스스로를 희생해야만 한다……

"아다모?"

"넷이요."

"보베?"

"하나요."

레온 선생은 말을 멈추고 그를 바라보았다.

"보베, 보베. 그보다는 더 잘할 수 있지 않나. 겨우 하나라고? 작년에 자네는 일주일 만에 전부 다 팔아 치운 기록을 세웠잖아?"

"전 시작이 좀 느려요."

보베가 말했다. 성품이 좋은 아이였다. 공부가 뛰어나지
는 않았지만 성품이 좋아서 세상에 적이라곤 없었다.

"다음 주에 다시 확인해 보세요."

보베가 말했다.

학급 전체가 웃었고 레온도 이 웃음에 합세하였다. 구버
도 웃었다. 이렇게 조금이라도 교실 안에 맴도는 긴장이 풀
린 것이 기뻤다. 그는 최근에 교실에서 아이들이 별로 재미
없는 일들을 보고도 웃으려고 애쓴다는 것을 알아챘다. 그
냥 잠시라도 기분을 전환하려는 거였다. 그리고 'R' 자로
시작하는 이름이 불리는 것을 조금이라도 늦추기 위해서였
다. 제리 르노의 이름이 불리면 어떤 일이 벌어질지 누구나
알고 있었다. 그들은 이런 웃음으로 이 상황을 무시하려는
것 같았다.

"폰테인?"

"열 통이요!"

박수갈채가 터져 나왔다. 레온 선생이 직접 이끌어낸 박
수였다.

"대단해, 폰테인. 진짜 트리니티 정신이다. 놀라운 학교

정신의 표현이야."

구버는 제리를 바라보지 않을 수 없었다. 그의 친구는 하얗게 되도록 주먹을 꼭 쥐고 뻣뻣하게 긴장해서 앉아 있었다. 판매를 시작한 지 나흘째가 되는 날이었고 제리는 아직도 아침마다 "아니요."라는 대답을 계속하고 있었다. 똑바로 앞을 바라보면서 고집스럽고도 확고한 태도로. 전날 연습이 끝난 다음 운동장을 벗어날 때 구버는 한순간 자신이 안고 있는 모든 문제들을 잊고서 제리에게 다가가려고 해 보았다. 그러나 제리가 거부하였다. "나를 그냥 내버려 둬, 구버. 네가 뭘 물어보고 싶어 하는지 알아. 하지만 그만둬."

"파멘티어?"

"여섯이요."

그러고 나자 다시 긴장감이 돌았다. 다음 차례는 제리였다. 구버는 기묘한 소리를 들었다. 마치 학급 전체가 한꺼번에 숨을 들이쉬는 것 같았다.

"르노?"

"아니요."

침묵. 레온 선생이 지금쯤은 이 상황에 익숙해져서 르노의 이름을 쓱 건너뛸지도 모른다고 생각할 수도 있다. 그러나 선생의 목소리는 날마다 희망을 품고 노래하듯이 흘러나왔고 그 목소리 뒤엔 매번 부정의 답변이 나왔다.

"산투치?"

"셋이요."

구버는 숨을 내쉬었다. 나머지 애들도 마찬가지였다. 순전히 우연하게 구버는 레온 선생이 산투치의 기록을 적는 모습을 보았다. 레온의 손길이 떨리고 있었다. 자기들 모두에게 최후의 심판이 닥쳐 온다는 두려운 느낌이 들었다.

텁스 카스퍼는 짧고도 통통한 다리를 부지런히 움직여서 이웃집에 이르렀다. 그로서는 기록적인 속도였다. 자전거 바퀴 하나가 펑크만 나지 않았어도 시간을 좀 더 줄일 수 있었을 것이다. 그냥 펑크만 난 것이 아니라 완전히 고칠 수 없을 정도로 망가졌는데 새 타이어를 살 돈이 없었다. 텁스는 정말로 돈이 필요했기에 이 집 저 집으로 미친 사람처럼 벨을 누르고 돌아다녔다. 문을 두드리고 벨을 누르고 초콜릿을 팔았다. 게다가 남 몰래 그 일을 해야 했다. 아버지나 어머니가 볼까 봐 겁이 났다. 아버지와 부닥칠 가능성은 적었다. 아버지는 가게에서 일을 해야 했으니까. 그러나 어머니는 전혀 달랐다. 어머니는 아버지 표현대로 자동차에 미쳐서 집에 있지 못하고 언제나 자동차를 타고 이리저리 돌아다녔기 때문이다.

텁스의 왼팔이 초콜릿의 무게로 아파 오기 시작했다. 그는 짐을 오른팔로 옮겼다. 그러면서 두둑한 지갑을 확인하기 위해서 톡톡 두들겨 보았다. 세 통을 팔았지만—6달러였다.—그것으로는 충분하지 않았다. 아직도 절망적이었다. 오늘 저녁까지 훨씬 더 많은 돈이 필요했다. 마지막으로 방문한 여섯 집에서는 한 사람도 초콜릿을 사지 않았다. 그는 자기가 받은 용돈을 마지막 한 푼까지 아꼈다. 그리고 어제저녁에는 반쯤 취해 흔들거리며 집에 들어온 아버지의 호주머니에서 구겨지고 기름 묻은 1달러짜리 지폐를 훔쳐내기까지 했다. 이런 짓이 싫었다. 자기 아버지에게서 도둑질 하는 일. 그래서 가능한 한 빨리 이 돈을 갚겠다고 맹세했다. 그러나 언제가 될까? 알 수가 없었다. 돈, 돈, 돈, 그것은 그의 삶에서 지속적으로 필요한 것이 되고 말았다. 돈과 리타를 향한 사랑. 용돈으로 할 수 있는 것은 리타를 영화관에 데려가고 영화가 끝난 다음에 콜라 한 잔 마시는 게 고작이었다. 한 사람당 영화관 입장료가 2달러 50센트 그리고 콜라 두 잔이 50센트였다. 부모님은 어떤 이유에선지 리타를 미워했다. 그래서 집에서 몰래 빠져나와서 그 애를 만나야 했다. 전화도 오시 베이커의 집에서 해야만 했다.

그 앤 너한텐 나이가 너무 많아 하고 어머니는 말했다. 실제로는 텁스가 6개월 먼저 태어났다. 좋아, 그 애는 어쨌든 나이 들어 보여 하고 어머니가 말했다. 어머니는 그 애가 예쁘다고 말했어야 옳았다. 그 애는 너무 예뻐서 텁스의 마음속을 마치 지진이 일어난 것처럼 흔들어 놓았다. 밤에 잠자리에 들 때면 텁스는 자신의 몸을 건드리지도 않고 그냥 그 애 생각만으로도 흥분되었다. 내일이면 리타의 생일이다. 그리고 자신은 리타가 원하는 선물을 사야만 한다. 시내 중심가 블랙 보석상 진열장에는 정말 끔찍하고도 아름다운 팔찌가 빛나고 있었다. 그녀가 동경하던 팔찌였다. 18.95달러와 세금 별도라는 가격표가 붙어 있기에 끔찍했다. "하니." 리타는 텁스라는 이름을 부른 적이 없었다. "저게 내가 세상에서 가장 갖고 싶은 거야." 맙소사. 18.95달러와 3퍼센트 세금이면 모두 합쳐서 19.52달러라는 엄청난 액수가 나온다. 그는 물론 자기가 꼭 그 팔찌를 사 줘야 하는 건 아니라는 사실을 알고 있었다.

리타는 텁스를 있는 그대로 사랑해 주는 정말 사랑스러운 소녀였다. 둘은 인도를 따라 나란히 걸었다. 리타의 가슴이 자기 팔에 스치면 그는 몸에 불이 붙는 것 같았다. 그녀가 처음으로 그에게 몸을 비비던 날 그는 그것이 실수라고 생각하고 몸을 빼고 사과하면서 옆으로 좀 떨어졌다. 그러고 난 다음 그녀는 또 다시 그에게 몸을 부딪쳐 왔다. 그것은 바로 그가 귀고리를 사 준 날 밤이었다. 이번에는 실수가 아니라는 것을 알았다. 그는 몸이 딱딱해지는 것을 느꼈고 갑자기 부끄럽고 당황스러웠고 행복했다. 한꺼번에 이 모든 느낌이 다 들었다. 아버지가 거듭 강조하는 것처럼 정상 체중보다 20킬로그램이나 더 나가는 자기 텁스 카스퍼에게 이 아름다운 소녀가 가슴을 밀착하고 있다. 어머니가 말하는 식으로 아름다운 것이 아니라 성숙하고 거칠게 아름다운 소녀, 빛바랜 청바지가 엉덩이에 꽉 달라붙고, 스웨터 아래 그 아름다운 젖가슴이 흔들리는 소녀였다. 그녀는 겨우 열네 살, 그는 열다섯을 갓 넘겼지만 그래도 그들은 사랑에 빠졌다. 그들을 갈라놓는 것이라곤 오로지 돈, 그녀 집까지 가는 버스를 탈 돈이었다. 그녀는 도시 저쪽 편에 살고 있었다. 그들은 그녀의 생일인 내일 만나기로 했다. 모뉴먼트 공원에 소풍을 가기로 했다. 그녀는 샌드위치를 가져오기로 했고, 그는 팔찌를 가져갈 생각이었다. 그는 리타가 기쁜 마음으로 자신을 기다리리라는 것을 알고 있었다. 하지만 속으로는 다른 무엇보다 팔찌가 중요하다는 것도 잘 알고 있었다……

이제 그를 앞으로 몰아가는 이유, 헉헉 가쁘게 숨을 몰아쉬며 모양도 고약하게 뒤뚱거리며 이렇게 자신을 몰아가는 이유는 오로지 하나였다. 돈이었다. 그는 이 돈 때문에 결국 문제가 생기리라는 것을 어렴풋이 느끼고 있었다. 학교로 들어갈 돈은 대체 어떻게 마련한단 말인가? 그러나 그게 무엇이 되었든 그것은 나중에 걱정할 일이었다. 지금은 우선 돈을 모아야 한다. 리타는 자기를 사랑한다. 내일 어쩌면 그녀는 스웨터 속도 허락해 줄지 모른다.

텁스는 스턴스 대로변에 있는 부유하게 보이는 집의 벨을 누르고 문을 여는 사람에게 미소를 보일 준비를 했다. 자신의 가장 순진하고 달콤한 미소를.

여자의 머리는 축축하게 엉켜 있었다. 두세 살쯤 된 아이가 그녀의 치마 꼬리를 잡아당기고 있었다.

"초콜릿이요?"

그녀는 어이없다는 듯이 웃었다. 마치 그가 세상에서 가장 기묘한 것을 내놓기라도 한 것 같았다.

"날더러 초콜릿을 사라고요?"

축축해 보이는, 축 늘어진 기저귀를 찬 아이는 "엄마, 엄마."를 거듭 불렀다. 또 다른 아이가 집 안 어디선가 울부

짖고 있었다.

"좋은 데 쓸 거예요. 트리니티 고등학교요."

폴이 말했다.

폴은 오줌 냄새를 맡고 인상을 썼다.

"맙소사. 초콜릿이라니!"

여자가 말했다.

"엄마, 엄마……."

아이가 꽥꽥 소리를 질러 댔다.

폴은 나이 든 사람들이 안됐다고 느꼈다. 집에 틀어박혀서 아이들을 돌보고 살림살이에 매여 있었다. 자기 부모님을 생각해 보았다. 아무 쓸모도 없는 그들의 삶. 아버지는 저녁식사가 끝나면 곧장 쓰러져서 선잠에 빠져 들었다. 어머니는 언제나 지치고 늘어진 모습이었다. 대체 그들은 무엇을 위해서 사는 것일까? 때때로 그는 참지 못하고 밖으로 도망치곤 했다. 그가 도망칠 때면 어머니가 물었다. "대체 넌 어디를 그렇게 쏘다니는 거냐?" 집이 싫다는 말을 대체 어떻게 어머니에게 하겠는가? 아버지와 어머니는 언제나 그렇게 축 늘어진 모습을 하고 있다. 텔레비전이 없다면집이 무덤 같아 보인다는 사실도 모른다. 폴은 부모를 사랑하기 때문에 그런 말을 할 수가 없었다. 한밤중에 집에 불이 난다면 그는 그들을 구할 것이다. 그들을 구하기 위해서 자신의 목숨이라도 바칠 것이다. 그러나 집에 있는 일은 너무나 지겹고 끔찍했다. 대체 그들은 무엇을 위해서 살고 있는 걸까? 그들은 침대에서 사랑을 나누기에도 이미 너무 늙었다. 물론 폴은 이런 생각을 머릿속에서 얼른 지워 버렸다. 그는 믿을 수가 없었다. 자기 어머니와 아버지가 언젠가 정말로……

"미안해요."

여자가 말하더니 그의 눈앞에서 문을 탁 닫아 버렸다. 그가 팔려는 물건에 대해 머리를 내저으면서.

폴은 문간에 서서 어떻게 할까 생각해 보았다. 오늘 오후는 재수가 없었다. 단 한 통도 팔지 못했다. 어차피 그는 초콜릿을 팔기 싫었다. 비록 집 밖으로 나올 훌륭한 구실은 되어 주었지만 정말로 판매에 마음을 쏟을 수는 없었다. 그냥 이리저리 돌아다니며 흉내만 내고 있었다.

아파트 건물 밖에서 폴은 어떻게 할까 생각해 보았다. 오늘은 재수가 없다. 판매를 그대로 강행할까, 아니면 집으로 돌아갈까. 거리를 건너가서 다른 아파트의 벨을 눌렀다. 아파트에서는 대여섯 집을 단번에 해치울 수가 있었다. 어디서나 오줌 냄새가 나긴 했지만.

레온 선생은 초콜릿 판매의 회계원 자리에 브라이언 코크란을 임명하였다. '자원 봉사'라는 명목이었다. 그러니까 이 말의 뜻은 그가 교실을 살피면서 돌아다니다가 그 축축한 눈길을 브라이언에게 고정하고 손가락으로 "보알라*(voilà)." — 프랑스어 시간에 에메 선생이 말하듯이 — 하고 가리켜서 브라이언을 회계원으로 만들었다는 이야기다. 그는 레온 선생이 두려웠기 때문에 이 일이 싫었다. 레온은 절대로 알 수가 없는 사람이었다. 브라이언은 이미 졸업반이었고 4년째 레온을 만났다. 담임일 때도 있었고 생활 지도 선생일 때도 있었다. 그런데도 여전히 레온 선생이 있으면 마음이 편치 못했다. 레온 선생은 예측할 수가 없었고, 그러면서도 예측할 수가 있었다. 이것이 브라이언을 혼란스럽게 했다. 그는 심리학 분야에 능하지 못했기 때문이다. 그러니까 사정은 다음과 같았다. 레온 선생은 언제나 뜻밖의 일을 한다. 그것은 예측할 수가 있으면서도 예측할 수가 없는 것이 아닌가? 그는 수업시간에 깜짝 시험을 치르기를 좋아했다. 그러다가 갑자기 좋은 사람으로 돌변하기도 했다. 여러 주 동안 시험을 치지 않거나, 시험을 치기는 하지

* 봐라, 여기다라는 뜻. — 옮긴이

136

만 결과는 그대로 무시해 버리는 식으로. 가끔은 당락만 결정하는 시험을 봤다. 레온 선생은 그것으로 유명한 사람이었다. 그는 질문들을 괴상하게 한데 엮어 만들었다. 이 질문들에는 대답할 수 있는 답변이 백만 개쯤 되어서 언제라도 마음대로 한 놈을 낙제시킬 수가 있었다. 그는 또한 지휘봉을 든 남자이기도 했다. 이것은 보통 신입생들에게만 보여 주는 모습이었다. 그가 지휘봉 익살을, 예컨대 카터 같은 학생과 벌인다면 아마 대단한 구경거리가 될 것이다. 그러나 모든 아이들이, 야경대의 대장이고 풋볼 팀의 스타 가드이며 권투부 회장인 카터는 아닌 것이다. 브라이언 코크란이 어떻게 존 카터처럼 되기를 바랄 수가 있겠는가? 안경 대신 근육, 숫자 대신 권투 글러브를 끼고 말이다.

숫자에 대해 말하자면 브라이언 코크란은 판매 총액을 이중으로 꼼꼼하게 검토하였다. 언제나 그렇듯이 팔렸다고 보고된 초콜릿 총량과 실제로 들어온 돈 사이에는 차이가 있었다. 학생들은 마지막 순간이 될 때까지 판매액 일부를 손안에 꼭 움켜쥐곤 했다. 정상적으로 따지면 그것 때문에 흥분할 일은 아니었다. 그것은 인간의 본성이었다. 많은 아이들이 초콜릿을 판 돈을 멋진 데이트나 아니면 신나는 밤을 보내며 써 버리고는 나중에 용돈을 타거나 아니면 부업으로 돈을 벌어서 메워 넣었다. 레온 선생은 1달러 1달러가 죽고 사는 문제인 것처럼 굴었다. 정말이지 그는 브라이언 코크란을 궁지로 몰아넣고 있었다.

회계 업무 때문에 브라이언은 마지막 시간에 있는 생활 지도 시간에 참석해서 학생들이 보고한 수익을 기록했다. 몇 통이 팔렸나, 돈은 얼마나 들어왔나 등이었다. 그런 다음 브라이언은 레온 선생의 사무실로 가서 숫자를 맞추어 보았다. 그러면 레온 선생은 만족해하면서 브라이언의 보고를 살펴볼 것이다. 단순하다. 그렇지 않은가? 그러나 그렇지가 않았다. 레온 선생은 날마다 있는 보고가 핵심 사건이기라도 한 것처럼 일을 진행했다. 브라이언은 레온 선생이 그토록 날카롭고 신경질적인 것을 본 적이 없었다. 처음에는 선생의 걱정에서 스릴을 느꼈다. 그는 마치 몸속에 땀을 생산하는 특별 펌프라도 있는 것처럼 땀을 흘렸다. 레온 선생이 사무실로 돌아가 교실에서 사계절 내내 입도록 규정된 검은 겉옷을 벗으면, 겨드랑이는 온통 땀으로 얼룩져 있었다. 마치 10회전 권투 시합을 방금 끝내고 온 사람 같은 냄새를 풍겼다. 그는 안절부절못하고 몸이 달아올라 설쳐 댔다. 브라이언이 가져온 숫자를 거듭 검토하며 연필을 잘근잘근 씹고 사무실 안을 이리저리 걸어 다녔다.

오늘 브라이언은 다른 어느 때보다도 더욱 당황하였다. 레온은 생활 지도 시간마다 보고를 계속 받아서 총 판매고를 기록하였다. 그것은 4,582통에 이르렀다. 그것은 거짓이었다. 학생들은 정확하게 3,961통을 팔았고 2,871통에 해당하는 수익금을 냈다. 판매량은 작년에 비해 현저히 떨어졌고 액수도 마찬가지였다. 그는 레온이 어째서 거짓 보고를 내놓는지 이해할 수가 없었다. 그런 방식으로 학생들을 부추길 수 있다고 믿는 걸까?

브라이언은 잔뜩 움츠리고 자신의 총계를 한 번 더 확인해 보았다. 레온 선생이 이런 차이에 대해 자신을 탓하지 못하도록 하기 위해서였다. 그는 레온 선생을 적으로 만들고 싶지 않았다. 그랬기 때문에 별다른 풍파를 일으키지 않고 이 회계 일을 맡기로 했다. 브라이언은 레온 선생에게서 대수 과목을 듣고 있었다. 특별 숙제나 기대하지도 않은 F학점을 갑작스럽게 받고 싶지는 않았던 것이다.

총계를 한 번 더 바라보다가 브라이언은 르노라는 이름 옆에 '0'이라고 되어 있는 것을 보았다. 그는 킬킬 웃었다. 초콜릿 판매를 거부한 신입생의 이름이었다. 브라이언은 고개를 흔들었다. 대체 누가 이 체제에 반항하려는 거지? 맙소사, 누가 대체 레온 선생에게 반항하려는 거지? 이 녀석은 분명 미친 놈일 거다.

"르블랑?"

"여섯이요."

"맬로런?"

"셋이요."

침묵. 숨을 들이쉰다. 이제 이것은 게임이 되었다. 레온 선생의 생활 지도 시간에서 가장 황홀한 순간이었다. 구버 마저 참지 못하고 이 긴장에 사로잡히곤 했다. 전체 상황은 점차 그를 짓눌러서 위통을 일으킬 지경이었는데도 그랬다. 구버는 순한 성격이었다. 그는 긴장과 다툼을 싫어했다. 평화, 제발 평화를 달라. 그러나 아침에 레온 선생이 초콜릿 판매 상황을 점검할 때면 교실에 평화는 없었다. 그는 물기 어린 눈을 깜박이면서 책상 앞에 긴장하고 서 있었고, 제리 르노는 언제나 그렇듯이 자기 책상에 앉아서 아무런 감정도 보이지 않고 얼어붙은 채 팔꿈치를 책상 위에 얹어 놓고 있었다.

"파멘티어?"

"둘이요."

지금이다.

"르노."

숨을 들이쉰다.

"아니요."

내쉰다.

레온의 얼굴색이 변해 갔다. 마치 혈관이 자주색 네온사
인으로 변한 것 같았다.

"산투치?"

"둘이요."

구버는 종이 울리기를 기다릴 수가 없었다.

15

"이봐 아치."

에밀 진저가 불렀다.

"그래, 에밀."

"사진 아직 가지고 있지?"

"어떤 사진 말이야?"

미소를 억눌렀다.

"어떤 사진인지 알잖아."

"오, 그 사진 말이야. 그럼, 에밀. 갖고 있지."

"팔지는 않겠지, 아치."

"팔진 않아, 에밀. 대체 그 사진으로 뭘 하고 싶은 건데? 에밀, 솔직히 그건 네 사진 중에 가장 멋진 것도 아냐. 내 말은 넌 뭐 웃거나 그러지도 않았다는 거지. 네 얼굴에는 재미있는 표정이 나타나 있어. 하지만 웃고 있는 건 아냐."

바로 이 순간 에밀의 얼굴에 진짜로 재미있는 표정이 나타났다. 하지만 웃고 있는 것은 아니었다. 아치 말고 다른 아이였다면 이 모습에 위협을 느꼈을 것이다.

"그 사진 어디다 뒀냐, 아치?"

"안전해, 에밀. 대단히 안전해."

"그건 좋아."

아치는 사진에 대한 진실을 이야기해야 할까 하고 생각해 보았다. 그는 에밀 진저가 위험한 적으로 돌변할 수 있음을 알고 있었다. 다른 한편으로 이 사진은 무기로 이용될 수도 있었다.

"네게 한 가지 말해 주지, 에밀. 아마 넌 언젠가는 그 사진을 가질 수 있을 거야." 아치가 말했다.

에밀은 담배꽁초를 나무 쪽으로 휙 던지고는 그것이 하수구로 날아 들어가는 것을 바라보았다. 호주머니에서 담뱃갑을 꺼냈지만 속이 비어 있어서 그것 역시 던져 버렸다. 담뱃갑은 바람에 날리면서 길 위로 떨어졌다. 에밀 진저는 미국을 아름답게 보존하는 데 관심이 없었다.

"그럼 어떻게 하면 그 사진을 가질 수 있지?"

"팔진 않아, 에밀."

"그럼 그냥 주겠다는 뜻이냐? 그렇담 이건 분명 함정인데, 아치."

"그래, 에밀. 때가 되면. 하지만 네가 못할 일은 아냐."

"때가 되면 알려 주라. 알았지, 아치?"

에밀이 말하고는 그 멍청한 킥킥거리는 웃음을 웃었다.

"네가 가장 먼저 알게 될 거야."

아치가 말했다.

그들은 가볍게 장난치는 듯한 말투로 얘기를 주고 받았다. 그러나 아치는 에밀이 속으로는 죽도록 진지하다는 것을 알고 있었다. 그 사진을 찾기 위해서라면 에밀은 아치가 잠들었을 때 그를 죽일 수도 있다는 걸 알고 있었다. 그런데 끔찍한 아이러니는 사진 같은 건 없다는 것이었다. 아치는 그냥 이 웃기는 상황을 이용하고 있을 뿐이었다. 사건은 다음과 같았다. 그날 아치는 수업을 빼먹고 선생들 눈을 피해서 복도를 살금살금 걸어갔다. 열린 사물함 앞을 지나가다가 옷걸이에 사진기가 매달린 것을 보았다. 습관적으로 아치는 사진기를 집어 들었다. 그는 물론 도둑질 같은 것은 하지 않았다. 다만 그것을 어딘가에 그냥 버려서 사진기 임자가 그것을 찾아 학교 안을 돌아다니게 만들 셈이었다. 누가 되었든지. 화장실에 잠깐 들러서 담배 한 모금을 빨려고 칸막이 문을 홱 당겨 열었다. 그 안에서는 에밀이 변기에 앉아서 한 손을 사타구니에 넣고 사납게 움직이는 중이었다. 바지는 바닥에 흘러내려 있었다. 아치는 카메라를 들어 올리고 "계속해." 하고 소리치면서 사진을 찍는 척했다.

"멋진데." 아치가 말했다.

에밀은 하도 놀라서 재빨리 반응하지 못했다. 그가 정신을 차리는 동안에 아치는 문간에 서서 에밀이 움직이기만 하면 도망칠 자세를 취했다.

"그 카메라 이리 내놓는 게 좋을걸."

에밀이 소리쳤다.

"화장실에서 일을 벌이려면 적어도 문은 잠가야지."

아치가 비아냥거렸다.

"고장이야. 잠금 장치가 모두 고장 났어."

에밀이 대꾸했다.

"좋아, 걱정 마라, 에밀. 네 비밀은 안전하게 지켜 줄게."

지금 에밀은 아치에게서 몸을 돌리고 서둘러 길을 건너는 신입생을 보았다. 신입생은 분명 수업에 늦을까 봐 걱정

145

하고 있었다. 최후의 순간까지 교문 앞에서 빈둥거릴 시간 감각이 생기려면 적어도 일이 년 정도는 걸렸다.

"이봐, 꼬마야." 에밀이 외쳤다.

소년은 이쪽을 바라보다가 에밀 진저를 발견하고는 소스라치게 놀랐다.

"늦을까 봐 겁나나?"

소년은 침을 삼키면서 고개를 끄떡였다.

"걱정하지 마, 꼬마야."

마지막 종소리가 울렸다. 정확하게 45초 지나면 생활 지도 시간이다.

"나, 담배가 떨어졌거든."

에밀이 자기 호주머니를 툭툭 치면서 말했다.

아치는 에밀이 무슨 생각인지 알아채고 미소를 지었다. 그는 자기가 야경대의 후보라고 여기고 언제나 아치에게 깊은 인상을 주려고 애쓰고 있었다.

"내가 바라는 건 꼬마야, 네가 베이커네 가게로 가서 담배 한 갑을 사다 주는 거야."

"전 돈이 없어요. 학교도 늦었고."

소년이 저항했다.

"그게 인생이다, 꼬마야. 인생이란 그런 거야. 내가 머리

쪽에서 돈을 따고 넌 꼬리에서 잃는 거지. 돈이 없다면 담배를 훔쳐. 아니면 돈을 빌려. 담배를 갖고 점심시간에 나를 만나자. 어떤 담배든 상관없어. 에밀 진저는 그렇게 까다롭지 않거든."

이름을 말하며 힘을 주어 소년이 지금 누구를 상대하는지 알게 해 주었다. 그는 분명히 에밀 진저에 대한 경고를 들었을 것이다.

아치는 에밀이 지각생을 데리고 장난치고 있다는 사실을 알고서 그대로 남아 있었다. 그러나 그는 에밀에게 경탄하였다. 그가 그토록 거칠고 무식하게 구는 것이 놀라웠다. 세상에는 두 종류의 인간이 있다. 희생자와 희생자를 만들어 내는 사람. 진저가 어느 편에 속하는지는 의심의 여지가 없었다. 그 자신도 마찬가지였다. 그리고 돌아서서 뺨에 눈물을 매달고 언덕을 내려가는 녀석도 위치가 분명했다.

"걔는 돈이 있어, 아치. 상상할 수 있지? 돈을 갖고 있으면서 거짓말을 내뱉는 거라고."

에밀이 말했다.

"장담하지만, 넌 계단에서 할머니를 걷어차서 아래로 굴러 떨어지게 할 수도 있고, 길 가다가 절름발이에게 발을 걸 수도 있는 놈이지."

아치가 말했다.

에밀이 킬킬거렸다.

이 킬킬거리는 웃음소리에 아치의 등골은 서늘해졌다. 자기는 할머니를 해치거나 절름발이에게 발을 거는 일은 할 수 없을 거라고 생각했다.

16

"끔찍한 점수로구나, 캐로니."

"압니다."

"자넨 원래 훌륭한 장학생이지."

"고맙습니다, 레온 선생님."

"다른 점수는 어떤가?"

"좋습니다. 선생님. 정말이지, 제 생각에…… 그러니까 저는 이번 학기에 높은 점수를 목표로 했는데. 하지만 이제 이 F 때문에……."

"안다."

선생은 동정하는 듯 고개를 끄덕이면서 말했다.

캐로니는 혼란스러웠다. 그는 전에는 한 번도 F를 받아 본 적이 없었다. 정말이지 A 이하를 받는 경우도 아주 드물 었다. 세인트 주드 학교 시절에는 2년 연속 A만 받았고, 단 한 번 B 플러스를 받았다. 트리니티 입학시험 때도 높은 점 수를 받아서 몇 안되는 트리니티 장학생이 되었다. 수업료 100달러를 면제받은 것이다. 그리고 신문에 사진도 실렸다. 그런데 이 끔찍한 F라니, 평범한 시험이 악몽으로 변했다.

"이 F를 보고 나도 놀랐다. 넌 아주 뛰어난 학생이니 말 이지, 데이빗."

레온 선생이 말했다.

캐로니는 깜짝 놀라면서도 동시에 희망을 느끼며 레온 선생을 바라보았다. 레온 선생은 성 대신 학생의 이름을 부 르는 경우가 드물었다. 그는 언제나 자신과 학생들 사이에 거리를 유지하였다. "선생과 학생 사이에는 보이지 않는 선 이 있다."라고 그는 언제나 말했다. "그리고 이 선을 뛰어 넘어서는 안 된다." 그런데 지금 자기를 그렇게 친절한 태 도로, 그리고 그렇게 다정하고 이해심이 넘치는 말투로 "데 이빗"이라고 불렀다. 그 소리에 캐로니는 희망을 품었다. 하지만 대체 무엇에 대해서? F가 대체 실수였단 말인가?

"이번 시험은 몇 가지 이유에서 힘든 시험이었지."

선생이 말을 계속하였다.

"사실들에 대한 잘못된, 미묘한 해석이 당락을 결정하는 시험이었거든. 그러니까 이것은 합격, 불합격을 가리는 시험이니까 말이야. 자네 답변을 읽었을 때 한순간 난 자네가 합격할 수도 있다고 생각했네. 여러 가지 점에서 그 주장이 정확했으니까. 하지만, 다른 한편으로는 말이야……."

그의 말소리는 꼬리가 흐려졌다. 그는 깊은 생각에 잠긴 듯이 보였다.

캐로니는 기다렸다. 밖에서 경적이 울렸다. 학교 버스가 요란한 소리를 내며 떠나갔다. 그는 아버지와 어머니를 떠올렸다. 부모님이 이 F에 대해 들으면 어떻게 할까 생각해 보았다. 이것은 그의 평균 점수를 끌어내릴 것이다. 나머지 점수를 모두 A로 받는다 해도 이 F를 극복하기란 거의 불가능한 일이었다.

"학생들이 알지 못하는 일 하나는 말이야, 데이빗."

레온 선생이 말을 계속했다. 부드럽고 친근하게, 마치 이 세상에 그들 두 사람 말고는 아무도 없는 것처럼, 마치 지금 이 순간 데이빗에게 말하는 태도로는 세상의 누구하고도 말해 본 적이 없는 것처럼 말했다.

"학생들이 깨닫지 못하는 일은 선생도 인간이라는 점이야. 다른 사람들과 똑같이 인간이라는 거지."

레온 선생은 마치 농담을 하듯이 미소를 지었다. 캐로니 자신도 약간 미소를 지었다. 그는 일을 그르치는 행동을 하지 않으려 했지만 어찌해야 할 바를 몰랐다. 교실이 갑자기 따뜻해졌다. 사람이 가득 찬 것 같았다. 실제로는 그들 두 사람뿐이었다.

"그래, 그래, 우린 모두 인간이지. 좋은 날과 힘든 날이 있어. 우린 피곤하다. 우리의 판단은 이따금 틀리지. 우린 이따금 애들 말처럼 멍청이가 되곤 하지. 그러니까 우리도 말이야 채점을 하다가 실수를 하는 수도 있어. 특히 답이 그렇게 아주 명료하지 않을 경우엔 말이야. 이것이나 저것, 검은색이나 흰색이 아닐 경우엔 말이다……."

캐로니는 정신을 온통 귀에 집중했다. 레온 선생은 대체 무슨 말을 하는 거지? 그는 레온 선생을 주시하였다. 선생은 평상시와 똑같이 보였다. 축축한 눈길은 삶은 양파를 연상시켰다. 창백하고 축축한 피부와 차가운 말소리, 변함 없는 침착함. 손에는 분필 하나를 담배처럼 아니 작은 지휘봉처럼 쥐고 있었다.

"선생이 자기도 잘못을 저지를 수 있다고 말하는 것을

들어 본 적이 있나, 데이빗? 이런 말을 전에도 들어 본 적이 있느냐 말이다."

레온 선생이 웃으면서 물었다.

"심판이 휘슬을 잘못 불었다고 말하는 것처럼요?"

캐로니는 선생의 가벼운 농담에 동참하면서 말했다. 하지만 어쩌자고 농담을 하는 거지? 어째서 이 모든 잘못에 관한 이야기를 하는 거야?

"그래, 그래."

레온이 동의했다.

"잘못이 없는 사람은 아무도 없어. 이해할 만한 일이기도 하지. 우리 모두에겐 의무가 있고 그것을 이행해야 하네. 교장 선생님은 아직도 병원에 계시고 난 교장 선생님을 대신해서 일하고 있어. 이것 말고도 과외활동들이 있지. 초콜릿 판매 같은 것 말이야……."

레온 선생의 손은 이제 분필을 꽉 쥐었다. 캐로니는 그의 손가락 관절이 분필처럼 하얗게 되는 것을 보았다. 선생이 말을 계속하기를 기다렸다. 그러나 침묵만 흘렀다. 캐로니는 레온 선생의 손안에 든 분필을 관찰하였다. 그가 분필에 힘을 주는 모습, 그것을 굴리는 모습. 그의 손가락이 거미줄에 잡힌 희생물을 가지고 노는 창백한 거미처럼 움직였다.

"하지만 거기엔 보상이 따르지."

레온은 말을 계속했다. 분필을 쥔 손이 저토록 긴장하고 있는데, 핏줄이 살을 뚫고 터져 나오려는 듯이 저렇게 튀어나와 있는데, 어떻게 그의 목소리는 이토록 침착할 수 있을까.

"보상이요?"

캐로니는 레온 선생 머릿속 생각의 실마리를 놓치고 있었다.

"초콜릿 판매 말이야."

레온이 말했다. 분필이 그의 손 안에서 쪼개졌다.

"예를 들면 말이지."

레온은 분필 조각을 놓고 트리니티 학생 누구에게나 잘 알려진 장부를 열면서 말했다. 그 장부는 일일 판매 현황을 기록한 것이었다.

"어디 보자. 자네는 판매를 아주 잘했군, 데이빗. 18통을 팔았네. 좋아. 자네는 훌륭한 장학생이고 게다가 학교 정신을 잘 실천하고 있군."

캐로니는 기분이 좋아서 얼굴이 벌게졌다. 그는 칭찬에 저항할 수가 없었다. 온갖 감정이 다 뒤섞여 있는 이 순간에도 마찬가지였다. 시험에 대한 이야기, 선생들이 피곤해

서 실수를 한다는 이야기, 그리고 초콜릿 판매…… 두 동강
이 난 분필은 책상 위에 버려져 있었다. 하얀 뼈 같았다. 죽
은 사람들의 하얀 뼈.

"데이빗, 누구나 자네처럼 자기 몫을 해낸다면 판매는
순식간에 성공할 거야. 물론 누구나 자네와 같은 정신을 가
진 것은 아니지……"

캐로니는 무엇에서 레온 선생이 전달하려는 암시를 알아
채야 하는지 알 수가 없었다. 바로 이 시점에 선생이 말을
잠시 멈춘 것에서? 어딘지 정상이 아닌 이 대화 전체에서?
아니면 태연한 목소리를 내면서도 손에 든 분필을 두 동강
내 버린 것에서? 과연 어느 쪽이 진짜인 걸까? 분필을 잡은
긴장한 손? 아니면 태연하고도 편안한 목소리?

"예를 들어 르노를 보자."

레온 선생이 말을 계속했다.

"웃기는 녀석이야, 그렇지?"

캐로니는 알았다. 그는 자신이 선생의 축축한 눈길을 뚫
어지도록 바라보는 것을 알았다. 이 모든 것이 대체 무엇
때문인지, 레온 선생이 대체 무슨 일을 하고 있는지, 방과
후에 이런 대화를 하게 된 이유가 무엇인지 그는 알았다.
갑자기 오른쪽 눈 위에서 통증이 나타났다. 고통이 그의 살

을 파고들었다. 편두통이었다. 위장도 심하게 꼬였다. 선생들도 다른 사람들과 같다는 말인가? 선생들도 책에서 읽거나, 영화나 텔레비전에서 본 악당들처럼 지저분한 존재란 말인가? 그는 언제나 선생들을 존경하였다. 그리고 자신도 앞으로 어느 날인가 이 수줍음을 극복하고 선생이 되려고 생각하고 있었다. 그런데 지금 이 일이 일어난 것이다. 통증은 지독하게 커져서 앞이마가 고동쳤다.

"정말이지 르노 때문에 기분이 나빠."

레온 선생이 말하고 있었다.

"이런 식으로 행동하는 걸 보니 그 녀석은 말썽꾸러기가 분명해."

"그런 것 같습니다."

레온 선생이 원하는 것을 자신이 정말로 알아냈는지 아직도 불확실했기에 시간을 끌면서 말했다. 그는 매일 레온 선생이 교실에서 이름을 부르는 것을 보았다. 그리고 제리 르노가 초콜릿을 거부할 때면 세게 한 방 맞은 것처럼 움찔하는 것도 보았다. 그것은 친구들 사이에서 일종의 농담이 되었다. 캐로니는 그동안 제리 르노를 정말로 동정했다. 어떤 아이도 레온 선생의 상대가 될 수 없다고 여겼다. 그러나 이제 보니 레온 선생이 오히려 희생자였다. 레온 선생은 이 기간 내내 힘든 일을 견디고 있었던 게 분명하다고 캐로니는 생각했다.

"그렇다, 데이빗."

교실에 자기 이름이 메아리치는 것을 듣고 그는 깜짝 놀랐다. 사물함에 아스피린을 남겨 두었던가, 궁금했다. 아스피린은 잊어버려, 두통도 잊어라. 그는 이제 사정이 어떤지, 레온이 무슨 말을 듣고 싶어 하는지 알았다. 가만, 정말 확실한가?

"제리 르노 이야기는……."

캐로니가 말했다. 얼른 뒤로 물러설 수 있도록 조심스럽게 시작했다. 그것은 레온 선생의 반응에 달려 있었다.

"그래?"

손이 재빨리 분필 한 조각을 집었다. 그리고 "그래?" 하는 말이 너무나 빨리 그리고 갑작스럽게 들려왔기 때문에 이제 레온 선생이 듣고 싶어 하는 말이 뭔지 의심의 여지가 없었다. 캐로니는 자신 앞에 선택들이 놓여 있음을 알았다. 두통은 전혀 도움이 되지 않는다. 레온 선생이 듣기 원하는 말을 하는 것만으로 F를 지울 수 있을까? 그게 뭐 그리 어려운 일인가? 다른 한편으로 보면 F학점은 자기를 파멸시킬 수도 있다. 그리고 앞으로도 레온이 자기에게 줄지 모르는 다른 F들은 다 어떡하나?

"제리 르노는 웃겨요."

캐로니는 자기 목소리가 이렇게 말하는 것을 들었다. 그리고 본능적으로 이렇게 덧붙였다.

"하지만 왜 그러는지 선생님도 아실 거라고 생각하는데요. 야경대죠. 과제요⋯⋯."

"물론이지, 물론이야."

레온은 뒤로 물러나 앉으면서 말했다. 그리고 손에서 분필을 부드럽게 아래로 내려놓았다.

"그건 야경대의 묘기예요. 제리는 처음 열흘 동안 초콜릿 판매를 거부하기로 되어 있지요. 열흘 동안요. 그러고 나서 받아들이는 겁니다. 맙소사, 야경대라니. 그 애들은 정말 대단해요."

그의 머리는 터질 것만 같았고 위장은 구역질로 일렁였다.

"애들은 애들이니까."

레온이 머리를 끄떡이면서 말했다. 그의 목소리는 속삭임이 되었다. 그가 놀라고 있는지 안심하고 있는지 판단하기 힘들었다.

"트리니티 정신을 알면 분명하지. 가엾은 르노. 기억하나, 캐로니? 르노는 분명히 힘들 거라고 내가 말했지. 어린

애를 자기 의지에 반해서 그런 상황에 몰아넣다니 끔찍한 일이야. 하지만 그 기간이 이제 끝났지, 그렇지 않은가? 열흘이라. 그럼 어디 두고 보지, 내일 말이야."

그는 유쾌하게 미소를 지었다. 그리고 말 자체가 문제가 아니라 말하는 것이 중요한 것처럼, 말이 안전판이기라도 한 것처럼 말을 계속했다. 캐로니는 레온 선생이 자기 성을 부르는 것을 알아챘다. 그는 데이빗이라고 더는 부르지 않았다…….

"좋아, 이제 때가 된 것 같네. 자네를 너무 오래 붙잡고 있었군, 캐로니."

레온 선생이 말했다.

"레온 선생님."

캐로니가 말했다. 그는 여기서 그냥 물러날 수 없었다.

"제 점수에 대해서 말씀하시겠다고 했는데요……."

"오, 그렇지. 그렇지, 맞아. 자네의 그 F말이지."

캐로니는 최후의 심판이 다가오는 것을 느꼈다. 그러나 어쨌든 말을 계속했다.

"선생님 말씀으로는 선생님들도 잘못을 하신다고요, 선생님들도 피곤해진다고……."

레온 선생은 멈추어 서 있었다.

"한 가지만 말하지, 캐로니. 학기 마지막에 점수를 줄 때 이 테스트를 다시 한 번 살펴보겠네. 어쩌면 그때는 정신이 더 맑아지겠지. 전에는 보이지 않던 어떤 좋은 점을 보게 될지도 모르고……."

이제 캐로니가 긴장된 상황에서 벗어날 차례였다. 그런데도 그의 두통은 더 심해졌고, 위장은 발칵 뒤집어졌다. 그보다 더 나빴다. 그는 레온 선생이 자기를 협박하는 것을 그대로 놔두고 말았다. 선생들이 이런 방식으로 행동한다면 세상이란 대체 어떤 곳일까?

"다른 한편으로 보면 말이야, 캐로니, 어쩌면 F는 그대로 있을 수도 있어."

레온 선생이 말했다.

"상황에 따라서……."

"알았습니다, 레온 선생님."

캐로니가 말했다.

캐로니는 인생이 부패한 것이라는 사실을 알았다. 진정으로 이 세상에 영웅은 없으며, 아무도 믿어서는 안 된다는 것을, 자기 자신조차 믿어서는 안 된다는 사실을 깨달았다.

그는 레온 선생의 책상 위에 모든 것을 토해 버리기 전에 가능한 한 빨리 밖으로 나갈 수밖에 없었다.

17

"아다모?"

"셋이요."

"보베?"

"다섯이요."

구버는 이런 점검이 지나가기를 기다릴 수가 없었다. 아니면 이 점호가 제리에게 도달하는 것을 참을 수가 없었다. 다른 애들처럼 구버도 제리가 야경대의 과제를 수행하고 있다는 이야기를 마침내 들었다. 그게 바로 제리가 매일 초콜릿을 거부한 이유였다. 그리고 그가 구버하고도 이야기하고 싶어 하지 않은 이유였다. 이제 제리는 다시 그 자신이 될 수 있다. 다시 인간이 되는 것이다. 풋볼은 그동안 잘되지 않았다. "빌어먹을, 대체 너 어떻게 된 거야, 르노? 게임을 할 거냐, 말거냐?" 코치가 어제 화가 나서 물었다. 그러자 제리는 이렇게 대답했다. "게임을 하고 있어요." 모든아이들은 이 대답이 이중적인 의미를 담고 있음을 알았다. 이제 그것은 모두에게 알려져 있었기 때문이다. 구버는 과제에 대해 아주 짤막한 대화를 주고받았다. 그건 사실 대화라 할 수도 없었다. 어제 풋볼 연습을 끝내고 가면서 구버가 속삭였다. "과제는 언제 끝나는 거야?" 제리가 대답했다. "내일 난 초콜릿을 받을 거야."

"하트넷?"

"하나요."

"좀 더 분발해야 하지 않나, 하트넷"

레온이 말했다. 그러나 그의 목소리에 분노나 실망은 없었다. 오늘 레온 선생은 기분이 좋았다. 그리고 그의 기분은교실 전체로 퍼졌다. 이것이 바로 레온의 교실에서 늘 일어나는 일이었다. 그가 기분과 분위기를 정했다. 레온 선생이행복하면 모두 행복하고, 그가 불행하면 모두 불행했다.

"존슨?"

"다섯이요."

"좋아, 좋아."

킬렐리, 르블랑, 맬로런, 점호는 계속되었다. 목소리들은 각기 판매량을 말하고 선생은 이름 옆에 기록하였다. 이름과 대답은 거의 노래처럼 들렸다. 학급을 위한 멜로디, 많은 목소리들을 위한 하나의 곡조였다. 레온은 파멘티어를 불렀다. 공기 중에는 긴장감이 떠돌았다. 파멘티어가 어떤 숫자를 말하든 상관없었다. 그것은 전혀 충격을 만들어 내지 못할 것이다. 다음 이름이 르노였기 때문이다.

"셋이요."

파멘티어가 대답했다.

"좋아."

레온 선생이 말하고 이름을 확인하였다. 다시 이쪽을 바라보면서 이름을 불렀다.

"르노."

침묵. 빌어먹을 침묵.

"아니요!"

구버는 자기 눈이 텔레비전에 나오는 다큐멘터리 방송의 카메라 렌즈 같다고 느꼈다. 재빨리 제리 쪽으로 눈을 돌리고 친구의 얼굴을 살펴보았다. 하얀 얼굴, 입술은 반쯤 벌리고, 팔은 양쪽에 덜렁덜렁 매달려 있었다. 이번에는 레온 선생을 바라보았다. 선생의 얼굴에서 충격을 읽었다. 선생의 입은 놀라서 동그라미가 되었다. 마치 제리와 선생이 거울처럼 서로를 반사하는 것처럼 보였다.

마침내 레온 선생이 아래를 내려다보았다.

"르노."

그가 다시 말했다. 채찍 같은 목소리로.

"아니요. 전 초콜릿 판매를 하지 않을 겁니다."

도시들이 무너졌다. 땅이 열리고 행성들이 기울었다. 별들이 떨어졌다. 그리고 끔찍한 침묵이 찾아왔다.

18

왜 그렇게 했니?

몰라.

너, 미쳤니?

어쩌면.

아무튼 미친 짓이야.

나도 알아.

네 입에서 "아니요."라는 말이 튀어나가는 꼴이라니. 왜
그랬지?

나도 몰라.

마치 경찰이 엄중하게 취조하는 것 같았다. 다만 그는 경찰과 피의자, 양쪽의 역할을 다 맡았다. 사나운 경찰관과 비열한 죄수, 눈이 멀듯이 환한 불빛 아래서 다시 그에게 비춰지는 스포트라이트. 그가 침대에 몸을 던질 때 이 모든 것이 이미 그의 마음속에 있었다. 시트가 마치 수의처럼 숨이 막히도록 몸을 감쌌다.

그는 시트와 싸웠다. 갑자기 밀실공포증에 사로잡혔다. 산 채로 파묻히는 것 같았다. 자신이 죽을 운명임을 깨닫는 순간 그는 한 번 더 몸을 뒤척였고, 시트와 몸이 뒤엉켰다. 베개가 바닥으로 떨어지면서 둔한 털썩 소리를 냈다. 가벼운 시신을 떨어뜨리는 것 같았다. 죽은 어머니가 관에 누워 있던 모습이 생각났다. 죽음이 언제 나타나던가? 그는 심장이식에 대한 잡지 기사를 읽은 적이 있었다. 의사들도 죽음이 일어나는 정확한 순간을 두고 의견이 분분했다. 들어봐, 그는 자신에게 말했다. 요즘은 방부제 같은 재료들이 없던 옛날처럼 산 채로 파묻히는 일은 없어. 지금은 피를 모두 제거하고 화공약품을 주입하지. 확실하게 죽도록 하기 위해서 말이야. 하지만 만일에 말이야, 두뇌에 어떤 작은 전기 불꽃 같은 것이 죽은 다음에도 살아남아서 무슨 일이 진행되는지 알 수 있다고 치자. 어머니 그리고 언젠가 자기 자신도 앞으로 어느 날인가는.

그는 두려움에 사로잡혀 침대에서 일어나 시트를 밀쳐냈다. 몸은 축축하고 땀이 계속 배어 나왔다. 몸을 떨면서 침대 가장자리에 앉았다. 발을 바닥에 내리고 차가운 리놀륨을 딛자 현실감이 되살아났다. 질식의 망령이 사라졌다. 그는 어둠을 뚫고 창가에 이르러 커튼을 젖혔다. 바람이 불자 10월의 잎사귀들이 운이 다한 병든 새들처럼 펄럭이며 바닥으로 떨어졌다.

왜 그렇게 했지?

몰라.

고장 난 녹음기 같았다.

레온 선생이 사람들에게, 그러니까 베일리 같은 아이들에게 하는 짓 때문이야? 그가 모두의 눈앞에서 아이들을 괴롭히고 바보로 만들기 때문에?

그것 말고 더 있어. 더 있다.

그렇다면 대체 뭐야?

그는 커튼을 도로 내린 채 어두컴컴한 방 안에 눈길을 던져 침대를 살펴보았다. 한밤중에만 느껴지는 그런 추위에 몸을 떨면서 침대로 돌아갔다. 밤의 소리에 귀를 기울였다. 아버지는 옆방에서 코를 골았다. 자동차 한 대가 쏜살같이

거리를 질주하였다. 그는 거리를 따라 질주하고 싶었다. 어디로든 가고 싶었다. "나는 초콜릿을 팔지 않을 겁니다."라니, 맙소사.

그는 그런 일을 계획하지 않았다. 이 끔찍한 과제가 끝나서 행복했다. 과제를 끝마치고 삶이 다시 정상으로 돌아와서 기뻤다. 매일 아침 그는 점호가 두려웠다. 레온 선생의 얼굴을 바라보면서 "아니요."라고 말하고 레온의 반응을 보는 것이 두려웠다. 선생은 제리의 반항을 마치 아무렇지도 않은 일이라는 듯이 그냥 넘기려고 애쓰고, 무관심한 척했지만 그래 봤자였다. 짐짓 꾸며내고 있는 것이 뻔히 보였다. 레온 선생이 점호하는 것을 바라보고, 자신의 이름이 불리기를 기다리다가 마침내 이름이 공중에서 불꽃을 튀기고, 도전적인 "아니요."라는 답변이 나오는 과정은 재미있고도 끔찍한 일이었다. 선생은 자기 역할을 성공적으로 해낼 수 있었을지도 모른다. 그의 눈만 아니었다면. 그의 눈은 금세 속셈을 드러냈다. 그 얼굴 표정은 언제나 통제되고 있었지만 그의 두 눈은 상처 받기 쉬운 마음을 드러내었고, 그 두 눈을 통해 제리는 선생의 내면에서 타오르는 지옥을 들여다볼 수 있다. 그 축축한 눈길, 흰자위와 희미한 푸른색 눈동자, 그 눈은 교실에서 일어나는 모든 일을 반영했고, 모든 것에 반응하고 있었다. 레온 선생의 비밀이 그 눈에 드러난다는 사실을 한번 알아챈 이후로 제리는 무슨 일이 있을 때마다 긴장한 채 그 눈을 바라보게 되었다. 그 눈이 레온 선생을 어떻게 폭로하는지. 그러고 나서 마침내 제리가 그 모든 일에 지치고, 선생을 바라보는 일에 지치는 순간이 왔다. 그리고 이 경쟁에 완전히 물려 버렸다. 그것은 실제로는 경쟁이 아니었다. 제리 쪽에서는 선택의 여지가 없었기 때문이다. 잔인한 과제 때문에 제리는 병들었다. 그가 며칠 뒤에야 알아챈 일이지만 그 과제는 잔인한 것이었다. 물론 아치 코스텔로는 그것은 그냥 곡예일 뿐이고 누구나 나중에 그냥 스릴을 얻을 것이라고 주장하기는 했다. 그래서 제리도 과제가 끝나기만을 초조하게 기다렸다. 레온 선생과 자기 사이에 벌어지는 침묵의 전쟁이 끝나기만을 정말로 학수고대하였다. 생활이 정상으로 돌아가기를 원했다. 풋볼, 숙제, 그것 없이도 일상의 무게가 그를 내리누르고 있었다. 그는 다른 친구들에게서 고립된 것을 느꼈다. 자기가 수행해야 하는 비밀 과제 때문에 다른 애들과 거리가 생겼다. 그는 한두 번 구버와 이 문제에 대해 이야기할 생각이 있었다. 한번은 구버가 이야기를 시작했을 때 거의 말할 뻔했다. 그러나 그는 조심스럽게 두 주 동안 비밀을 지키면서 모든 일을 잘 해 나갔다. 어느 날 오후 늦게 풋볼 연습이 끝난 다음 복도에서 레온 선생과 부딪쳤다. 그리고 선생의 눈에 증오의 빛이 이는 것을 보았다. 증오 이상의 것이었다. 무언가 메슥거리는 것이었다. 제리는 자기가 더럽혀진 것처럼 느껴졌다. 마치 고백성사라도 해서 영혼을 깨끗하게 해야 할 것 같았다. 그러면서 이제 초콜릿을 받고 그동안 단순히 야경대의 과제를 수행하고 있었다는 사실을 레온 선생이 알게 된다면 모든 일이 다시 잘될 거라고 제리는 스스로를 위로하였다.

그런데 어째서 오늘 아침에 "아니요."라고 말했던가? 그 괴로운 시련이 끝나기를 그토록 원하고 있었으면서. 그 끔찍한 "아니요."라는 말이 자기 입에서 튀어나오고 만 것이다.

제리는 꼼짝 않고 침대에 누워 있었다. 자려고 한 번 더 애를 썼다. 아버지가 코고는 소리를 들으면서 그는 아버지가 정말 잠으로 인생을 다 보내고 있다는 생각이 들었다. 심지어 아버지는 깨어서도 잠을 잔다는 느낌, 실제로는 살지 않는다는 느낌이 들었다. 나는 어떤가? 지난번에 길거리에서 만난 그 히피는 폴크스바겐 차에 턱을 괴고서 마치 세례 요한처럼 기묘하게 말하지 않았던가? 넌 세상에서 많은 것을 놓치고 있어, 하고 말이다.

그는 몸을 뒤척여 의심을 털어 버리고는 지난번에 시내에서 보았던 소녀의 모습을 마음에 떠올렸다. 그녀의 스웨터는 아름답게 솟아 있었다. 그녀는 교과서들을 둥근 가슴 위로 꼭 누르고 있었다. 내 손이 단 한 번만이라도 그 책들이라면 얼마나 좋을까. 그리움에 넘쳐서 이렇게 생각하였다. 그의 손은 이제 사타구니 사이에서 움직였다. 그는 소녀에게 정신을 집중하였다. 그러나 이번만은 소용없었다. 소용이 없었다.

19

다음 날 아침 제리는 술 취한 이튿날 기분이 어떤지를 알게 되었다. 눈은 잠이 부족해서 타는 것처럼 따끔거렸다. 머리는 쿵쿵거리는 통증으로 울리고 조금만 움직여도 위장이 아주 예민한 반응을 보였다. 버스가 한쪽으로 약간 기울기만 해도 그의 몸은 이상한 반응을 나타냈다. 그것은 어린 시절 부모님과 함께 해변으로 갈 때면 간혹 느끼곤 했던 차멀미와 비슷했다. 당시 부모님은 차를 세우고 제리가 토하거나 아니면 위장의 폭풍이 가라앉을 때까지 기다리곤 했다. 이날 아침 제리는 고민이 하나 더 늘었다. 지리 시간에 시험을 볼지도 모르는데 지난밤에 초콜릿 판매와 레온 선생의 교실에서 벌어진 일을 놓고 고민하느라 그만 공부를 하지 못한 것이다. 지금은 잠도 제대로 못 자고 공부도 하지 않아서 벌을 받고 있었다. 쉴 새 없이 흔들거리는 버스에서 하얀 종이 위로 쏟아지는 눈부신 아침 햇살을 받으며 어려운 지리책을 읽으려고 애쓰고 있었다.

누군가 그의 옆 자리로 미끄러져 들어왔다.

"헤이, 르노. 지구력 정말 대단하던데, 그거 알아?"

제리는 올려다보았다. 책에서 눈길을 돌려 그 말을 하는 소년의 얼굴을 쳐다보는 순간, 눈이 부셨다. 아는 얼굴이었다. 학교에서 멀리서 본 적이 있었다. 아마 상급생이지. '금연' 표시에도 불구하고 담배 피우는 아이들이 그러듯이 소년은 담배에 불을 붙이면서 머리를 가로저었다.

"너, 정말 레온 그 자식한테 한 방 먹였어. 멋져."

그는 담배 연기를 훅 불었다. 제리의 눈이 따끔거렸다.

"으응."

제리가 멍청하게 말했다. 그리고 놀랐다. 재미있는데. 그동안 내내 제리는 이 상황을 레온 선생과 자기 사이에서 벌어지는 개인적인 전쟁이라고 생각하고 있었다. 마치 지구상에 그들 두 사람만 있는 것처럼 말이다. 지금에서야 그는 이것이 그 이상의 일임을 알았다.

"그 썩을 초콜릿 파는 거 딱 질색이야."

소년이 말했다. 얼굴에 여드름이 끔찍했다. 마치 도드라지게 새겨 놓은 지도 같았다. 손가락은 니코틴으로 얼룩져 있었다.

"난 트리니티에 2년간 다녔어. 원래 모뉴멘트 고등학교에 다니다가 신입생 때 전학 왔는데 말이야. 이놈의 물건 파는 거 정말 질색이야."

그는 연기로 원을 만들려고 했지만 실패했다. 그보다 더 나쁜 것은 연기가 되돌아와 제리의 얼굴에 닿으면서 그의 눈을 찌르는 거였다.

"초콜릿 아니면 크리스마스 카드. 크리스마스 카드 아니면 비누. 비누 아니면 달력, 이런 식이지. 하지만 너, 이거 알아?"

"뭐 말이야?"

제리가 대답했다. 그는 지리책으로 돌아가고 싶었다.

"난 '아니요.'라고 말할 생각 같은 건 못해 봤어. 네가 한 것처럼 말이야."

"난 지금 공부할 게 좀 있는데."

제리는 할 말이 없어서 이렇게 말했다.

"대단해. 너, 정말 냉정하구나. 알아?"

소년은 감탄하면서 말했다.

제리는 이렇게 한심스러운 상황에서도 기쁨으로 얼굴이 달아올랐다. 칭찬을 받으면 누군들 기쁘지 않으랴? 그러나 속으로는 죄책감이 들었다. 칭찬을 받기는 했지만 실은 그것은 맞는 말이 아니었기 때문이다. 제리는 전혀 냉정하지 않았기 때문이다. 전혀. 머릿속은 팔딱거리고 위장 속은 니글거리고, 이날 아침에 다시 레온 선생의 점검을 받아야 한다는 사실을 알고 있었다. 앞으로도 매일 아침마다.

구버는 학교 입구에서 그를 기다렸다. 긴장하고 혼란스러운 모습으로 수업이 시작하기를 기다리는 다른 친구들 사이에 서 있었다. 그들은 체념한 채로 처형을 기다리는 죄수들처럼 종이 울리기 전 마지막 담배를 빨고 있었다. 구버는 제리 옆으로 다가왔다. 제리는 가책을 느끼면서 그를 따라갔다. 그는 구버가 처음 입학했을 때의 그 명랑하고 행복하던 소년이 아니라는 사실을 알고 있었다. 대체 무슨 일이 있었기에? 자신의 고민에 너무 매달리느라 구버의 일에는 신경도 쓰지 못했다.

"이봐, 제리, 대체 뭐 하러 그런 일을 한 거야?"

구버가 다른 애들에게서 떨어진 쪽으로 그를 끌고 가면서 물었다.

"뭐 말이야?"

그러나 제리는 이미 구버가 무슨 뜻으로 말한 것인지 알고 있었다.

"초콜릿 말이야."

"나도 몰라, 구버."

제리가 말했다. 구버에게는 버스에서 만난 소년에게 했듯이 감추고 말고 할 이유가 없었다.

"정말이야. 나도 몰라."

"넌 문제를 만들고 있어, 제리. 레온 선생이 분명하게 문제라고 말하고 있단 말이야."

"이봐, 구버."

제리는 친구의 얼굴에서 근심이 사라지기를 바라면서 그에게 확신을 주려고 말했다.

"그건 세상의 끝이 아냐. 이 학교에 있는 400명 학생들이 초콜릿을 팔고 있어. 내가 안 한다고 해도 그게 무슨 상관이야?"

"그렇게 간단치가 않아, 제리. 레온 선생이 너를 그냥 내버려 두지 않을 거야."

예비 종이 울렸다. 담배를 피던 아이들은 마지막 모금까지 길게 빨고는 꽁초를 이리저리 던지거나 문 옆에 모래 통에 비벼 껐다. 자동차에 앉아서 라디오에서 나오는 록 음악을 듣던 아이들은 스위치를 끄고 자동차 문을 닫았다.

"잘하던데, 꼬마야."

누군가가 빠르게 옆을 지나가면서 말했다. 트리니티의 전통에 따라 우정의 표시로 엉덩이를 툭 쳤다. 제리는 누군지 보지도 못했다.

"계속해, 제리."

이번에는 아다모가 한쪽 입으로만 나지막이 말했다. 그는 레온에게 원한을 품고 있었다.

"소문이 얼마나 퍼졌는지 알겠어? 뭐가 더 중요해? 풋볼과 네 성적이야, 아니면 초콜릿 판매야?"

구버가 속삭였다.

다시 종이 울렸다. 이것은 2분 안에 사물함에 들렀다가 교실로 가야 한다는 뜻이었다.

벤슨이라는 이름의 졸업반 학생이 그들에게 다가왔다. 졸업반 학생들은 신입생에게는 언제나 골칫거리였다. 그들이 알아주는 것보다 그들에게서 무시를 당하는 편이 더 좋았다. 그러나 벤슨은 아주 똑바로 그들 쪽으로 다가왔다.

그는 어떤 규칙이라도 완전히 무시하는 것으로 유명한 괴짜였다.

그는 제리와 구버 쪽으로 다가오더니 지미 캐그니* 흉내를 냈다. 소매를 풀어 내리고 어깨를 둥글게 구부렸다.

"헤이 이봐요, 친구. 난 말이야…… 난 말이야 당신 처지는 되고 싶지 않아…… 난 당신 처지가 되고 싶지 않아, 조금도 말이지……."

그는 제리의 팔을 장난스럽게 주먹으로 쥐어박았다.

"어차피 그 처지가 맞지도 않을걸, 뭐. 벤슨"

누군가 소리쳤다. 벤슨은 춤을 추면서 멀어졌다. 이번엔 새미 데이비스가 입을 활짝 벌리면서 웃었다. 발로 탭댄스를 추고 몸을 핑핑 돌렸다.

계단을 올라가면서 구버가 말했다.

"나를 위해서 좋은 일 좀 해 줘, 제리. 오늘은 초콜릿을 받아."

"그럴 수 없어, 구버."

"왜?"

"그냥. 어쩔 수가 없어."

----

* 제임스 캐그니, 미국의 영화배우. ─옮긴이

"엿 먹을 그놈의 야경대."

구버가 말했다.

제리는 구버가 그처럼 심한 말을 하는 것을 한 번도 들은 적이 없었다. 그는 언제나 온화한 친구였다. 항상 온건한 태도였다. 연습할 때 다른 애들이 뻣뻣하게 앉아 있는 동안 에도 편안하고 태평스럽게 트랙을 달리곤 하였다.

"야경대가 아냐, 구버. 그들은 이제 이 일과는 상관없어. 내가 하는 거야."

그들은 제리의 사물함 앞에서 멈추었다.

"알았어."

구버가 체념한 듯이 말했다. 이 순간, 이 문제를 더 얘기 해 봐야 아무 소용이 없다는 사실을 알고 있었다. 구버가 그토록 혼란스러운 표정을 짓자 제리는 갑자기 슬퍼졌다. 세상의 온갖 근심을 다 짊어진 노인처럼 구버의 얇은 얼굴 은 일그러지고 여윈 모습이었고, 눈은 고뇌에 시달리고 있 었다. 구버는 마치 잊을 수 없는 악몽을 꾼 것 같았다.

제리는 사물함을 열었다. 학교에 처음으로 등교한 날 사 물함 뒷벽에 포스터를 붙여 두었다. 포스터에는 넓은 해변 풍경이 담겨 있었다. 넓게 펼쳐진 하늘에 멀리 외로운 별 하나가 빛나고 있었다. 이 광대한 풍경 속에 단 하나의 작은 그림자로 한 사람이 해변을 걷고 있었다. 포스터 아래쪽에는 이런 글이 쓰여 있었다. "내 감히 우주를 어지럽히랴?" 문학 시간에 배운 「황무지」의 작가, 엘리엇의 싯구절이었다. 제리는 이 포스터의 의미를 확실히 알지는 못했다. 그러나 그것은 신비롭게 그의 마음을 움직였다. 트리니티에서는 누구나 사물함 안쪽을 포스터로 장식하는 전통이 있었다. 제리는 이 포스터를 선택하였다.

지금 포스터에 대해 깊이 생각해 볼 시간은 없었다. 시작종이 울렸고 30초 안에 교실에 들어가야 했다.

"아다모?"
"둘이요."
"보베?"
"셋이요."
이날 아침 점호는 또 달랐다. 새로운 멜로디, 새로운 박자였다. 레온 선생이 지휘자이고 학급 학생들이 합창대인 것 같았다. 그러나 어딘지 박자가 맞지 않았다. 전체 과정이 어딘가 잘못되었다. 합창 대원들이 스스로 속도를 정하고 지휘자를 더는 따르지 않는 것만 같았다. 레온 선생이 이름을 부르자마자 즉각 대답이 따라 나왔다. 레온이 장부에 기입할 시간도 없을 정도였다. 미리 계획하지도 않았는데 임의로 만들어진 게임이었다. 모두가 재빨리 음모에 동참하였다. 대답이 신속하게 나오자 레온 선생은 바빠졌다. 고개를 숙이고 미친 듯이 연필을 움직였다. 제리는 그 축축한 눈길을 바라보지 않아도 되는 것이 기뻤다.

"르블랑?"

"하나요."

"맬로런?"

"둘."

이름들과 숫자들이 공중에서 지글거리고 제리는 무언가 이상한 것을 알아채기 시작했다. 모두가 하나 혹은 둘이고 이따금 셋도 있었다. 다섯이나 열은 전혀 없었다. 레온 선생은 장부에 집중한 채 머리를 숙이고 있었다. 그리고 마침내.

"르노."

정말이지 "예."라고 소리치는 것은 아주 쉬운 일이었을 것이다. 말하자면 "저한테도 초콜릿을 주세요, 선생님." 하는 뜻으로 말이다. 다른 사람들처럼 초콜릿을 팔아서 매일 아침 그 끔찍한 눈길과 맞부딪치지 않아도 되는 일은 너무나 쉬웠다. 레온 선생이 마침내 고개를 들었다. 점호의 속도가 깨졌다.

"아니요."

제리가 말했다.

그는 슬픔에 휩싸였다. 뼛속까지 깊숙하게 스며드는 슬픔이었다. 그 슬픔은 해변에서 파도에 씻기는 사람처럼 그를 황량하게 남겨 두었다. 낯선 사람으로 가득 찬 세상에 홀로 남은 생존자였다.

20

"역사의 이 시기에 인간은 자신의 주변 환경에 대해서 더 많이 알게 되었다."

갑자기 대소동이 일어났다. 학급 전체가 미친 듯이 움직여 댔다. 자크 선생은 깜짝 놀라서 바라보았다. 소년들은 의자에서 벌떡 일어나 정신 없이 위아래로 움직였다. 마치 들리지 않는 음악 소리에 맞춘 듯이 펄쩍펄쩍 뛰었다. 그들의 발소리가 시끄럽기 이를 데 없는데도 이 모든 일은 완벽한 침묵 속에서 일어났다. 그런 다음 그들은 얼음장 같은 얼굴로 마치 아무 일도 없었다는 듯이 자리에 앉았다.

오비는 심술궂게 선생을 바라보았다. 자크 선생은 분명히 당황하였다. 당황했다고? 빌어먹을 그는 공황 상태에 가까웠다. 이 의식은 벌써 일주일째 계속되고 있었고, 신호가 되는 단어가 더 이상 나오지 않을 때까지 계속될 참이었다. 그때까지 교실 안은 팔을 휘젓고 발로는 펄쩍펄쩍 뛰면서 가련한 선생을 불안하게 만드는 혼란이 계속될 것이다. 물론 자크 선생을 불안하게 만들기는 쉬운 일이었다. 새로운 선생이었고 젊고 예민했다. 아치에게는 밥이었다. 선생은 물론 어떻게 해야 할지 몰랐고 그래서 아무 일도 하지 않았다. 분명히 사태는 제 갈 길을 갈 것이다. 이것이 장난이 분명하다면 뭐 하러 쓸데없는 대결을 한단 말인가? 장난이 아니면 대체 무엇인가? 웃겨, 하고 오비는 생각했다. 어떻게 애들이나 선생이나 할 거 없이 모든 사람들이 여전히 모른 척할 수 있단 말인가. 야경대가 이런 소동을 계획하거나 수행하고 있다는 사실을 잘 알면서도 어떻게 그 사실을 인정하기를 거부할 수가 있단 말인가. 정말이지 어째서 그런지 궁금했다. 오비는 하도 많은 야경대의 과제에 말려들어서 그사이에 몇 번이나 그랬는지 그 숫자를 까먹을 지경이었다. 그런데 어떻게 자기들이 그 기간 내내 벌을 받지 않고 그 모든 일을 해냈는지 알 수가 없는 노릇이었다.

정말이지 오비는 이 과제가 진절머리 났다. 아치의 유모 노릇 하는 것도, 또 그의 하수인 노릇 하는 것도 다 진절머리가 났다. 중간에 끼어서 과제가 계획대로 잘 수행되도록 만들고, 아치의 위대한 명성이 유지되도록 하는 일에 넌더리가 났다. 19호 교실 사건 때도 오비는 교실로 기어 들어가 구버가 그 장소를 완전히 해체하는 일을 도와야 했다. 그 모든 일들 덕분에 아치와 야경대는 건재할 수 있었다. 이번의 특별한 과제에도 그가 관련되어 있었다. 자크 선생의 말에서 신호 단어가 없으면 오비가 나서서 그 단어가 나오도록 만들어야 했다.

신호 단어는 바로 '환경'이었다. 아치는 이번 과제를 내놓으면서 이렇게 말했다. "오늘날 세계는 생태학에 관심이 많다. 환경과 천연 자원에 대한 관심이지. 우리 트리니티에서도 이 환경문제에 개입해야만 한다. 여러분은." 그는 12학년* 2반 교실의 학생들 14명을 가리켰다. "여러분은 우리의 환경문제 캠페인을 수행한다. 자크 선생의 미국 역사 시간에. 역사는 분명 환경에 관심이 있다. 그렇지 않은가? 자크 선생이 '환경'이라는 말을 할 때마다 이 일이 일어난

---

* 우리나라의 고등학교 3학년에 해당한다. — 옮긴이

다……." 그리고 아치는 할 일을 대강 설명해 주었다.

"자크 선생이 그 단어를 말하지 않는다면?"

누군가 물었다.

아치는 오비를 바라보았다.

"자크 선생은 그 단어를 말할 거야. 내 생각에 너희들 중 누군가가 질문을 해서 그 말이 나오도록 할 거니까. 오비라도 말이야. 그렇지, 오비?"

오비는 혐오감을 감추고 고개를 끄떡였다. 이 단계에서 뭐 하러 아치는 자기를 이런 과제에 연루시킨단 말인가? 그는 이미 졸업반 학생이었다. 그리고 그 빌어먹을 야경대의 서기이기도 했다. 맙소사, 그는 저 빌어먹을 아치 새끼를 얼마나 미워하고 있었던가.

모뉴멘트 고등학교에서 전학 온 녀석이 물었다.

"자크 선생이 우리가 자기를 놀린다는 것을 알아내면 어떡하지? 신호 단어가 환경이라는 것을 밝혀 내면 말이야?"

아치가 대답했다.

"그러면 선생은 그 말을 그만 사용하겠지. 그게 바로 이 과제의 핵심이야. 난 이 환경 어쩌고 하는 모든 소리에 신물이 났어. 그래서 이 빌어먹을 학교에서 한 선생이라도 자기 사전에서 이 단어를 지우게 만들려는 거야."

오비는 아치에게 신물이 나 있었다. 그의 뒤에 숨어서 평화를 만들어 내고, 이런 작은 심부름들을 하는 것이 지겨웠다. 19호실의 경우처럼, 아니면 자크 선생을 자극해서 '환경'이라는 답이 나올 질문을 하는 것처럼. 어차피 그는 이런 일 모두가 지겨웠다. 그래서 때를 기다렸다. 아치가 무리하게 일을 추진했다가 제풀에 어떤 실수를 저지르기만을 기다렸다. 검은 상자는 언제나 거기 있었다. 언제 아치의 행운이 바닥날지 누가 알겠는가?

"환경문제를 토론할 때마다……."

다시 일이 시작되었다. 오비는 지겹다고 생각하면서도 벌떡 일어나서 미친 놈처럼 위아래로 펄쩍펄쩍 뛰었다. 이 빌어먹을 일이 싫어서 심장이 방망이질쳤다. 그는 점차 힘이 빠졌다.

자크 선생은 이후 15분 동안 '환경'이라는 단어를 다섯 번이나 말했다. 오비와 다른 애들은 이렇게 펄쩍펄쩍 뛰는 일에 지쳤다. 숨도 차고, 다리도 아팠다.

자크 선생이 이 단어를 여섯 번째로 말하고 학생들이 소동을 일으키려고 겨우겨우 일어서고 있을 때 오비는 선생의 입술에 미소가 살짝 피어나는 것을 보았다. 그리고 즉각 무슨 일이 있었는지 알아차렸다. 아치, 저 나쁜 새끼가 자크 선생한테 알려 준 거다, 물론 익명으로. 대체 무슨 일이 일어나고 있는지 알려 준 거다. 그래서 선생이 지금 사태를 뒤집고 있는 거다. 이제 선생이 명령하고 애들은 거의 지쳐 쓰러질 때까지 펄쩍펄쩍 뛰고 있다.

교실을 떠날 때 보니 아치가 벽에 기대서서 승리의 미소를 머금고 있었다. 다른 애들은 무슨 일이 있었는지 알지 못했다. 그러나 오비는 알았다. 그는 아치를 휙 보았다. 다른 사람 같으면 놀라 움츠러들 눈길이었지만 아치는 그 멍청한 미소를 계속 머금고 있었다.

오비는 모욕 받고 상처 입은 채 걸어갔다. 이 망할 새끼야, 이 일을 갚아 주마.

21

    케빈 샤티어는 학교가 끝난 다음 일곱 집을 들렀지만 한 통도 팔지 못했다. 세탁소 옆집의 코너스 부인은 월말에 정부에서 사회복지 기금이 나올 때 들르라고 말했다. 그때쯤이면 너무 늦었지만 그런 말을 할 생각도 들지 않았다. 집으로 가는 도중 개 한 마리가 그를 쫓아왔다. 오래된 텔레비전 영화에서 나치가 수용소의 죄수들이 도망치면 그들을 추적할 때 사용하던 그런 개였다. 아주 넌더리가 난 채로 집에 돌아와서 가장 가까운 친구인 대니 아칸젤로에게 전화를 걸었다.

"대니, 넌 어떠냐?"

케빈이 물었다. 전화기 옆에 서서 자기에게 뭐라고 잔소리하는 어머니를 무시하려고 애쓰면서. 케빈은 어머니가 무슨 말을 하든 그저 횡설수설로 여기는 방법을 이미 오래전에 터득하였다. 어머니가 지금 옆에서 무어라고 떠들든 그의 귀에는 아무런 의미도 없었다. 난폭한 속임수였다.

"끔찍했어."

대니가 푸념했다. 그는 언제나 코맹맹이 같은 소리를 냈다.

"겨우 한 통 팔았어. 이모에게."

"당뇨병 환자용으로?"

대니가 크게 웃었다. 대니는 어쨌든 남의 말을 주의 깊게 들어 주는 애였다. 그러나 케빈의 어머니는 아니었다. 어머니는 아직도 계속해서 떠들고 있었다. 케빈은 무엇이 어머니 마음에 들지 않는지 알고 있었다. 어머니는 그가 무엇을 먹으면서 전화하는 것을 절대로 참지 못했다. 먹는 일은 따로 떼어서 하는 일이 아니라는 사실을 전혀 납득하지 못했다. 먹는 것은 다른 어떤 일과도 잘 어울리는 일이었다. 먹으면서 무슨 일이든지 할 수가 있었다. 그러니까 거의 무슨 일이든지 말이다. 입에 음식을 가득 담고 전화하는 것은 버릇없는 짓이라고 어머니는 언제나 말하곤 했다. 그러나 지금 이 순간 수화기 저편에 있는 대니도 입 안에 음식을 가득 물고 말하고 있었다. 그러니 빌어먹을, 대체 누가 누구에게 버릇이 없다는 거지?

"그 꼬마 르노가 생각 한번 잘한 것 같아, 어쨌든."

입 안에 땅콩버터를 잔뜩 넣은 채 케빈이 말했다. 그는 그렇게 하면 디제이가 얘기하는 것처럼 들린다는 사실을 어머니에게 설명해 주고 싶었다.

"레온 선생을 힘들게 하는 그 신입생 말이야?"

"그래. 그냥 그 쓰레기를 팔지 않겠다고 말해 버렸잖아."

"그건 야경대의 일인 줄 알았는데."

대니가 흐릿한 어조로 말했다.

"그랬지."

어머니가 포기하고 부엌으로 가는 모습을 곁눈질로 흘끔 보면서 케빈이 말했다.

"하지만 지금은 달라."

그는 자기가 말을 너무 많이 하는 것이 아닌가 생각했다.

"그 애는 며칠 전에 이미 초콜릿을 받게 되어 있었어. 과제가 끝난 거지. 그런데 아직도 초콜릿을 받지 않고 있는 거야."

케빈은 대니가 미친 놈처럼 씹는 소리를 들었다.

"그건 그렇고 너 대체 뭘 먹고 있냐? 맛있게 들리는데."

대니가 다시 큰 소리로 웃었다.

"초콜릿이다. 내가 한 통 샀거든. 훌륭하고 유서 깊은 트리니티를 위해서 내가 할 수 있는 최소한의 일이지."

끔찍한 침묵이 그들 사이에 흘렀다. 케빈은 내년에 11학년이 되면 야경대의 멤버가 될 예정이었다. 물론 아무도 확실히 알 수는 없었다. 그러나 그쪽 애들에게서 몇 가지 암시가 있었다. 그의 가장 좋은 친구인 대니는 그 가능성을 알고 있었다. 그리고 그는 야경대가 지켜야 하는 비밀이 있다는 사실도 알고 있었다. 그들은 보통 야경대의 이야기를 피했다. 하지만 케빈은 내부 정보와 과제 따위의 일들을 조금씩 자주 흘렸다. 그런 것을 조금도 안 보이게 숨기기란 어려운 일이었다. 그러면서도 언제나 대니가 야경대에 대해서 다른 애들한테 무슨 말을 할까 봐 걱정스러웠다. 그냥 실수로, 그렇게 해서 일을 망칠까 걱정이었다. 둘은 방금 이야기를 나누다가 바로 그 지점에 도달한 것이다.

"이제 무슨 일이 벌어지는 거야?"

대니가 물었다. 그는 이 이야기를 계속해도 될지 알 수 없었지만 그렇다고 호기심을 참기도 힘들었다.

"나도 몰라."

케빈이 솔직하게 말했다.

"아마도 야경대는 어떤 행동을 취하겠지. 어쩌면 그냥 내버려 두든지. 하지만 한 가지는 말할 수 있어."

"뭔데?"

"난 이 물건들을 파는 데 싫증이 났어. 제기랄, 우리 아버진 나를 '우리 세일즈맨 아들' 하고 부르기 시작했단 말이야."

대니가 다시 큰 소리로 웃음을 터뜨렸다. 케빈은 성대모사에 타고난 재능이 있었다.

"그래 네 말이 무슨 뜻인지 알아. 나도 이 쓰레기를 파는 게 정말 싫어. 어쩌면 그 꼬마가 옳은지도 모르겠어."

"그럴지도."

케빈도 동의했다.

"2센트 걸고 말하지만, 나 그만둘 거야."

대니가 말했다.

"니켈 동전에 변화를 걸겠다?"

케빈이 말했다. 물론 농담이었다. 그러나 더 이상 이 물건을 팔지 않아도 된다면 얼마나 좋을까 생각하였다. 위를 쳐다보자 어머니가 다시 다가오는 것이 보였다. 어머니의 입이 움직이고 목소리가 나왔다. 그는 한숨을 쉬고 어머니의 소리를 껐다. 텔레비전 화면을 켜 둔 채 소리만 죽이는 것과 같았다.

"이거 알아?"

하위 앤더슨이 물었다.

"뭐 말이야?"

리치 론델이 멍하니 꿈이라도 꾸는 듯이 물었다. 그는 한 소녀가 다가오는 것을 바라보았다. 환상적인 모습이었다. 꽉 낀 스웨터, 아래쪽에 느슨하게 걸쳐진 청바지. 죽이는데.

"초콜릿 말이야, 르노가 옳은 것 같단 말이야."

하위도 소녀를 보면서 말했다. 그녀는 크레인 약국 앞을 지나가고 있었다. 그러나 그 소녀 때문에 생각의 흐름이 끊기지는 않았다. 소녀들을 바라보고 그들을 눈으로 집어삼키는 것—눈알로 하는 강간—은 그냥 저절로 되는 일이었다.

"나도 이제 더는 팔지 않을 거야."

소녀는 멈추어 서서 가게 바깥 금속 진열대에 놓인 신문을 바라보았다. 리치는 욕망에 가득 차 그녀를 바라보았다. 그러다 갑자기 하위가 말한 뜻을 알아차렸다.

"네가 안 판다고?"

눈길을 소녀에게서 떼지 않고서—그녀는 이제 등을 돌리고 있었으므로 그는 그녀의 토실토실한 청바지 뒷부분을 즐기는 참이었다.—방금 하위가 말한 뜻을 생각해 보았다. 그리고 이 순간의 중요성을 깨달았다. 하위 앤더슨은 그냥 트리니티 학생이 아니었다. 그는 11학년 대표였다. 대단히 중요한 모범생이고 풋볼 대표팀의 가드였다. 또한 링에서도 실력을 발휘해서 작년에 학내 시합 때엔 괴물 카터를 거의 케이오 시킬 뻔했다. 교실에서 어려운 문제의 해답을 말하기 위해서 그는 한 손을 번쩍 쳐들 수 있었다. 그러나 동시에 누군가 자기를 괴롭히면 그는 그 손을 쭉 뻗어서 그자를 바닥에 내동댕이칠 수도 있었다. '지적인 난폭자', 언젠가 한번 어떤 선생이 그를 그렇게 불렀다. 르노인지 뭔지 하는 신입생 나부랭이가 초콜릿을 팔지 않는 것, 그것은 아무것도 아니었다. 그러나 하위 앤더슨이라면 그것은 대단한 일이었다.

"이것은 원칙 문제야."

하위가 말을 계속했다.

리치는 손을 호주머니에 집어넣고 부끄러움도 모른 채 꽉 움켜쥐었다. 여자건 아니면 다른 무엇이건 그가 흥분하면 참지 못하고 하는 행동이었다.

"무슨 원칙 말이야, 하위?"

"내가 말하는 것은 말이지. 우린 트리니티에 다니려고 수업료를 내지 않냐? 그렇지. 난 가톨릭 신자도 아냐, 다른 애들도 아닌 애들이 많지. 하지만 사람들은 트리니티가 이 근처에서는 대학 입시 준비에 가장 좋은 학교라고 마구 떠들지. 강당에는 트로피들이 잔뜩 있어, 토론 발표, 풋볼, 권투 따위의 트로피들 말이야. 그런데 무슨 일이 있는 거지? 그들은 우리를 판매원으로 만들고 있어. 난 온갖 종교 헛소리를 듣고 게다가 채플 시간까지 참석한다. 그런데 거기다가 초콜릿까지 팔아야 한다는 거지."

하위는 침을 뱉었다. 그 침은 멋지게 날아가서 우체통에 맞더니 눈물방울처럼 아래로 흘러내렸다.

"그런데 신입생 하나가 나타났어. 어린애야. 걔가 '아니요.'라고 말했어. '난 초콜릿을 팔지 않겠어요.' 하고 말이야. 쉽지. 멋져. 난 전에는 한번도 생각해 보지 못한 일이야. 그냥 팔지 않는 것 말이야."

리치는 멀어져 가는 소녀를 바라보았다.

"나도 같이 할게, 하위. 이 순간부터 더는 초콜릿을 팔지 않겠어."

소녀는 지나가는 다른 사람들에게 가려서 시야에서 거의

사라졌다.

"그런데, 그거 공식적으로 할 거냐? 내 말은 학급 회의를 소집할 거냐고?"

하위는 이 질문을 듣곤 잠시 생각에 빠졌다.

"아니, 리치. 지금은 모두가 자기 일을 알아서 하는 시대야. 모두 알아서 하자고. 팔고 싶은 사람은 팔고. 싫은 사람은 말고. 마찬가지라는 거지."

하위의 목소리는 마치 세상에 무슨 선언서를 발표하는 것처럼 권위 있게 울렸다. 리치는 하위에게 존경심을 품고서 귀를 기울였다. 하위와 함께 다닐 수 있어서 기뻤다. 어쩌면 하위가 가진 통솔력이 자기에게도 생길지 모른다. 그의 눈은 즐길 소녀를 찾기 위해서 다시 거리로 향했다.

땀 냄새가 공기 속에 가득했다. 체육관 안에 풍기는 시큼한 냄새였다. 이 장소는 지금 텅 비어 있는데도 마지막 체육 시간의 여파가 남아 있었다. 소년들의 땀 냄새, 겨드랑이와 발 냄새였다. 낡은 운동화의 썩은 냄새. 아치가 스포츠를 좋아하지 않는 이유 가운데 하나였다. 그는 오줌이나 땀 같은 인체의 분비물이 싫었다. 그는 운동 경기를 싫어했다. 운동을 하면 땀이 더 빨리 나오기 때문이었다. 땀으로 이미 흠씬 젖은 채 계속 땀을 흘리는 선수들의 모습은 참을 수가 없었다. 그나마 풋볼 선수들은 유니폼이라도 입었지만 권투 선수들은 선수용 팬티만 걸쳤다. 카터 같은 녀석이 근육을 잔뜩 부풀리고 땀구멍마다 땀을 흘리는 꼴을 보라. 권투 팬티를 걸친 카터의 모습은 아주 끔찍했다. 아치는 체육시간에 빠지는 방법을 짜내는 것으로도 이미 전설이 되었다. 그러나 지금은 이곳에서 오비를 기다렸다. 오비는 아치의 사물함에 "방과 후에 체육관에서 만나자."라는 쪽지를 남겼다. 오비는 극적인 것을 사랑했다. 그는 아치가 체육관을 싫어한다는 것을 잘 알고 있었기에 이곳에서 만나자고 요청한 것이다. 오비, 넌 나를 정말 미워하지, 하고 아치는 생각했다. 그런 사실을 깨닫는다 해도 아무렇지도 않았다. 사람들이 나를 미워하는 것은 좋은 일이다. 나를 긴장하게 만드니까. 그리고 특히 오비에게 하는 것처럼 그렇게 사람들을 끊임없이 괴롭히면 그들이 자신을 미워하는 것이 당연하다고 느껴진다. 그럼 양심을 걱정할 필요가 없다.

그러나 이 순간 그는 오비 때문에 불쾌해졌다. 빌어먹을! 대체 어디 있는 거야? 관중석 한곳에 앉아서 아치는 이 텅 빈 체육관에서 갑작스럽고 뜻하지 않은 평화를 맛보았다. 이런 평화의 순간은 점차 드물어졌다. 야경대—그 과

198

제, 그리고 계속되는 압력. 더 많은 과제.—그리고 모두가 아치가 어떤 과제를 내놓을지 기다리고 있었다. 때로 아치는 텅 비고 공허한 느낌이 들었다. 아이디어가 전혀 남지 않았다. 그리고 그 빌어먹을 점수. 그는 이번 학기에 문학에서 낙제점을 받을 것이 확실했다. 문학은 읽어야 하는 것들이 가장 많았는데 그에겐 매일 저녁 네댓 시간씩이나 책을 읽을 시간이 없었다. 어쨌든 야경대와 점수에 대한 걱정 사이에서 그는 자신을 위한 시간을 더는 낼 수가 없었다. 심지어 여자 애들을 위한 시간조차도 없었다. 도시 저편에 있는 미스 제롬 여학교 근처를 어슬렁거릴 시간이 없었다. 학교가 파하고 난 다음 보기만 해도 기분 좋은 모습들을 눈으로 즐기고, 자동차에 앉아 여자 애들 중 하나를 꾀어서 집에 데려다 주는 그런 일을 할 수가 없었다. 외진 길로 말이다. 그 대신 그는 매일 여기 있었다. 과제와 숙제에 둘러싸여 언제나 이런 활동에 휩싸이고 오비에게서 멍청한 쪽지나 받고 말이다. 체육관에서 만나자……

마침내 오비가 나타났다. 그는 그냥 들어오지 않았다. 할 일이 있는 것처럼 굴었다. 문 주위를 살피고 공기 냄새를 맡고 마치 스파이처럼 굴었다. 맙소사.

"헤이, 오비. 나 여기 있어."

아치가 덤덤하게 소리쳤다.

"안녕, 아치."

오비가 발뒤꿈치를 체육관 바닥에 딱 소리 나게 부딪치면서 대답했다. 학교에는 규칙이 있었다. 체육관에서는 운동화만 신어야 했다. 하지만 선생이 있을 때가 아니면 누구나 그 규칙을 무시하였다.

"대체 왜 그러는 거냐, 오비?"

아치가 단도직입적으로 물었다. 그의 목소리는 사하라 사막처럼 메마르고 덤덤했다. 그가 어떤 모임에 나타났다는 사실은 애들 사이에 호기심을 일으키곤 했다. 아치는 오비와 함께 있는 일에 열을 올리고 싶지 않았다.

"난 시간이 없어. 중요한 일들이 있어."

"이것도 중요해."

오비가 말했다. 오비의 얼굴은 가늘고 날카로웠고 언제나 근심스러운 표정을 띠었다. 그 때문에 그는 똘마니이자 심부름꾼 노릇을 한다. 이런 종류의 애들이 자기 아래 있으면 걷어차지 않을 수 없다. 그리고 다음에 어떻게 나올지도 쉽게 짐작할 수 있다. 그런 애들은 일어나면서 복수를 맹세하지만 절대로 복수할 방법을 찾지 못하거나 아니면 그럴 배짱이 없다.

"그 꼬마, 르노 기억해? 초콜릿 과제 말이야."

"그 애가 뭘?"

"아직도 초콜릿을 안 팔고 있어."

"그래서?"

"그래서라고? 기억나? 과제는 열흘 동안만 팔지 말라는 거였어. 그런데 좋아. 열흘이 지났는데도 여전히 안 팔고 있어."

"그래서 어떻다고?"

이것이 바로 오비를 화나게 만드는 일이었다. 아치가 아무렇지도 않은 듯이 구는 일, 언제나 그렇게 냉정한 척하는 거 말이다. 그에게 폭탄이 떨어질 것이라고 알려 주면 아마도 "그래서 어떻다고?" 하고 말할 것이다. 이것이 오비의 비위를 거슬렀다. 그는 아치가 냉정한 척하지만 속으로는 그렇게 냉정하지 않을 것이라고 의심하고 있었다. 오비는 그것을 알아낼 기회만 노리고 있었다.

"학교엔 온갖 소문이 돌아다니고 있어. 무엇보다도 많은 애들이 여기에 야경대가 개입하고 있다고 생각해. 르노가 과제를 수행하느라 초콜릿을 팔지 않는다고 말이야. 일부 애들은 과세 기간이 끝났다는 것을 알고 있고 그래서 르노가 판매에 대해 일종의 반란을 주도하고 있다고들 생각해.

레온 선생이 매일 어려움을 겪고 있다고도 하고."

"멋지군."

아치가 마침내 오비의 소식에 반응을 보이면서 말했다.

"매일 아침 레온은 판매량을 점검하고 그때마다 그 신입생은 자리에 앉아 그 빌어먹을 초콜릿을 팔지 않겠다고 한다더군."

"멋져."

"그런 말이 나오냐."

"계속해 봐."

아치가 오비의 빈정거림을 무시하고 말했다.

"판매가 형편없이 돌아가고 있어. 아무도 초콜릿을 팔려고 하지 않아. 그리고 이건 어떤 학급에서는 일종의 장난이 됐어."

오비는 아치 옆자리에 앉아서 자기의 보고에 뭔가 반응이 있기를 기다렸다.

아치는 킁킁거리고는 말했다.

"체육관은 냄새가 나빠."

오비의 보고에 무관심한 척하고 있었지만 머릿속에서는 빠른 속도로 여러 가지 가능성들을 생각하고 있었다.

오비는 바싹 열을 올렸다.

"열심히 파는 애들, 아첨꾼들까지 초콜릿 팔기를 그만뒀어. 레온의 귀염둥이들도 말이야. 그리고 학교 정신을 믿는 애들도 그렇지."

그는 한숨을 쉬었다.

"어쨌든 많은 일이 벌어지고 있어."

아치는 체육관 저편에 무슨 재미있는 일이라도 벌어지는 것처럼 그쪽을 바라보면서 생각에 잠겼다. 오비는 그의 눈길을 따라가 보았다. 아무것도 없었다.

"그래, 넌 어떻게 생각하냐, 아치?"

그가 물었다.

"무슨 뜻이야? 어떻게 생각하느냐니?"

"이 상황 말이야. 르노, 레온 선생, 초콜릿, 그리고 르노를 따라 초콜릿을 팔지 않는 애들……."

"두고 보자, 두고 보자고. 야경대가 개입해야 하는 건지 모르겠는걸."

아치가 말하고는 하품을 했다.

이 가짜 하품이 오비를 화나게 만들었다.

"이봐, 아치. 네가 알든 말든 야경대는 이미 개입되어 있어."

"대체 무슨 소리 하는 거야?"

203

"봐라. 넌 그 애에게 초콜릿 팔기를 거부하라고 말했지. 그래서 이 모든 일이 시작된 거야. 그런데 그 애는 그 선을 넘어갔거든. 그 애는 과제가 끝난 다음엔 초콜릿을 팔아야 하지. 그런데 야경대를 얕보고 있는 거야. 많은 자식들이 그걸 알고 있어. 우린 개입되어 있어, 아치. 우리가 알든 말든 말이야."

오비는 자기가 아치에게 한 방 먹인 것을 볼 수 있었다. 아치의 눈에서 무언가 불꽃 같은 것을 보았다. 번쩍이는 유리창 같은 것이었다. 거기서 밖을 엿보는 유령 같은 것이 보였다.

"아무도 야경대를 얕보지 않아, 오비……."

"그런데 르노가 그러고 있거든."

"……그럼 다시 되돌려야지."

아치는 다시 몽롱한 모습을 되찾았다. 그의 아랫입술이 늘어졌다.

"할 일은 이거야. 르노가 야경대의 모임에 나오도록 하는 거지. 판매를 한번 살펴보자. 총액을 알아보자고. 사실과 숫자를 말이야."

"좋아."

오비가 말하고 공책에 기록했다. 아치를 미워하는 만큼

그는 아치가 행동을 개시하는 모습을 보기 좋아했다. 오비는 불길에 기름을 붓기로 마음먹었다.

"또 다른 일이 있어, 아치. 야경대는 레온에게 초콜릿 판매를 후원하겠다고 약속했지?"

오비는 다시 한 방 먹였다. 아치가 오비 쪽으로 얼굴을 돌렸다. 얼굴에 당황한 기색이 역력했다. 그러나 그는 재빨리 평소 얼굴을 회복하였다.

"레온은 내가 맡는다. 넌 네 할 일을 해라, 오비."

오, 오비는 이 새끼를 얼마나 미워했던가. 그는 공책을 탁 소리 나게 닫고 아치를 그곳, 체육관의 오염된 공기 속에 남겨 두고 떠났다.

22

브라이언 코크란은 자기 눈을 믿을 수 없었다. 한 번 더 총계를 검토해 보았다. 모든 것을 두 번씩 살펴보고, 일을 망치지 않도록 다시 확실하게 점검하였다. 얼굴을 찌푸리고 연필을 물어뜯으면서 그는 계산의 결과를 살펴보았다. 판매는 현저히 줄어들고 있었다. 이제 일주일째 수직선을 그리며 아래로 떨어지는 중이었다. 어제는 가장 많이 떨어졌다.

레온 선생은 무어라고 말할까? 그것이 브라이언의 가장 큰 걱정이었다. 브라이언은 이 회계 일이 지겨웠다. 무엇보다도 레온 선생과 개인적으로 만나야 하기 때문에 싫었다. 이 선생은 전혀 예측할 수가 없고 변덕스러웠다. 그는 절대로 만족할 줄을 몰랐다. 불만, 불만. 네가 쓴 7자는 9자 같아 보인다, 코크란. 아니면, 설키라는 이름 철자가 틀렸군, 'e'가 있어야만 해, 코크란.

브라이언은 최근에 운이 좋았다. 레온 선생이 총계를 날마다 살피는 일을 중단했다. 마치 숫자에 담긴 나쁜 소식을 예상하고 그것을 피하려고 하는 것 같았다. 그러나 오늘은 피할 길이 없었다. 선생은 브라이언에게 총계를 준비하라고 일렀다. 이제 브라이언은 선생이 나타나기를 기다리고 있었다. 이 숫자를 보면 그는 미칠 것이다. 브라이언은 떨렸다. 정말로 떨렸다! 그는 옛날에 통치자들이 나쁜 소식을 가져온 사람들을 죽였다는 얘기를 읽은 적이 있었다. 레온 선생은 희생양을 찾을 성격이었고 자기는 가장 가까운 곳에 있었다. 브라이언은 한숨을 쉬었다. 이 모든 일에 정말 지쳤다. 이 아름다운 10월에……. 바깥에 나가고 싶었다. 학교에 입학할 때 아버지가 사 주신 셰비 자동차를 타고 이리저리 돌아다니고 싶었다. 그는 자동차를 사랑했다.

"나와 내 셰비."

브라이언은 라디오에서 들은 노랫가락을 흥얼거렸다.

"좋아, 브라이언."

레온 선생에겐 이렇게 몰래 들어와 사람을 깜짝 놀라게
하는 버릇이 있었다. 브라이언은 자리에서 펄쩍 뛰어 일어
났다. 하마터면 차려 자세를 할 뻔했다. 이것이 바로 선생
이 노리는 것이었다.

"예, 레온 선생님."

"앉게, 앉아."

레온은 이렇게 말하고 책상 뒤에 있는 자기 자리에 앉았
다. 레온은 언제나 그렇듯이 땀을 흘리고 있었다. 검은 웃
도리를 벗었다. 셔츠 겨드랑이 쪽이 땀으로 얼룩져 있었다.
희미한 땀 냄새가 브라이언에게 풍겨 왔다.

"총계가 좋지 않습니다."

브라이언이 말했다. 이것을 그만 끝내기를 바라고, 학교
를, 이 사무실을, 그리고 자신을 질식하게 하는 레온 곁을
떠나기만을 간절히 바랐다. 동시에 뒤틀린 승리감을 맛보
았다. 레온처럼 비열한 사람에겐 나쁜 소식이 좀 필요하겠
지. 기분 전환을 위해.

"나쁘다고?"

"판매량이 떨어졌어요. 작년보다 더 밑입니다. 올해의
절반만 팔면 되었던 작년에도 못 미칩니다."

"나도 알아."

레온이 날카롭게 말했다. 브라이언이 자기에게 직접 말을 걸 정도로 중요하지 않은 사람이라는 듯이 의자를 회전시켜 얼굴을 저편으로 돌렸다.

"자네 숫자는 확실한가? 숫자를 빼거나 더하거나 재주를 부리지 않았느냐 말이다. 코크란."

브라이언은 화가 나서 얼굴이 벌게졌다. 종이를 선생에게 집어 던지고 싶었지만 참았다. 아무도 레온 선생을 얕잡아보지 않았다. 최소한 브라이언 코크란은 아니었다. 그는 다만 여기서 빠져나가기만을 바라고 있었다.

"모든 것을 거듭 살펴보았습니다."

브라이언이 침착한 목소리로 말했다.

침묵.

브라이언의 발아래에서 마루가 진동했다. 아마 체육관에서 권투부가 연습하고 있겠지. 체조나 아니면 권투부 애들이 늘 하는 어떤 일을 하는 중이겠지.

"코크란. 목표량을 달성했거나 초과한 애들 이름을 읽어보게."

브라이언은 목록을 찾았다. 레온 선생이 모든 종류의 상호참조 목록을 만들어야 한다고 고집했기 때문에 이것은 아주 쉬운 일이었다. 그냥 학생들의 목록만 들여다보면 되었다.

"설키, 62. 매로니아, 58. 르블랑, 52."

"천천히, 천천히."

레온 선생은 여전히 브라이언에게서 얼굴을 돌린 채 말했다.

"다시 시작해서 천천히 읽어."

두려운 일이었지만 브라이언은 다시 시작했다. 이름을 더욱 정확하게 읽고 이름과 숫자 사이에 간격을 두었다.

"설키…… 62…… 매로니아…… 58…… 르블랑…… 52…… 캐로니…… 50……."

레온 선생은 아름다운 교향곡을 듣는 것처럼, 사랑스러운 소리가 방 안을 가득 채우는 것처럼 고개를 끄떡였다.

"폰테인…… 50……."

브라이언은 멈추었다.

"이상이 목표량을 달성하거나 넘긴 사람들입니다, 레온 선생님."

"다른 사람 이름도 읽어. 40통을 넘게 판 사람, 그 이름도 읽어 봐."

그는 얼굴을 여전히 저쪽으로 돌리고 있었고 의자에 축

늘어져 앉아 있었다.

브라이언은 몸을 으쓱하고 계속 읽었다. 노래하는 어조로 이름을 부르고 몇 초 정도 간격을 두곤 했다. 이름과 숫자에서 목소리가 길게 끌리도록 했다. 이 조용한 사무실에서 괴상한 장송곡이 울려 퍼졌다. 40통 이상 판매한 학생들의 이름을 읽고 나서 30통 대로 넘어갔다. 레온 선생은 그만두라는 말을 하지 않았다.

"…… 설리반…… 33…… 찰턴…… 32…… 켈리……
32…… 앰브로즈…… 31……."

브라이언이 고개를 한번 쳐들어 보니 레온 선생은 고개를 끄떡이고 있었다. 보이지 않는 누군가와 아니면 자기 자신과 이야기를 나누는 것 같은 모습이었다. 낭송이 계속되었다. 30통 대에서 20통 대로.

레온 선생은 앞쪽을 바라보고 있었다. 브라이언은 그가 혼란스러워하는 모습을 보았다. 20통 대를 다 읽고 나자 갑자기 아이들의 수가 늘어났다. 그는 레온 선생이 이 적은 판매량에 어떻게 반응할지 궁금했다. 브라이언의 몸은 뜨겁게 달아오르고 목소리는 쉬었다. 물을 마시고 싶었다. 갈증을 없애기 위해서뿐만 아니라 목 근육에 생긴 긴장을 풀기 위해서였다.

"······ 앤토넬리······ 15······ 롬바드······ 13······." 리듬을 깨면서 목을 가다듬었다. 보고의 흐름이 깨졌다. 깊은숨을 들이쉬고 나서 말했다.

"카티어······ 6."

선생을 바라보았지만 그는 움직이지 않았다. 그는 두 손을 맞잡은 채 무릎 위에 올려놓고 있었다.

"카티어는······ 여섯밖에 안 됩니다. 학교를 나오지 않았기 때문이지요. 맹장염입니다. 입원했어요······."

레온은 손을 내저었다. "알아, 상관없어."라는 태도였다. 마침내 브라이언은 그 뜻을 알아냈다. 그것은 또한 "계속해."라는 의미이기도 했다. 그는 목록에 있는 마지막 이름을 보았다.

"르노······ 0."

침묵. 어떤 이름도 남지 않았다.

"르노······ 0."

레온 선생이 말했다. 쉬 소리가 나는 나지막한 목소리였다.

"이거 상상할 수 있나, 코크란? 트리니티 학생이 초콜릿 판매를 거부했다는 거 말이야? 무슨 일이 있었는지 아나, 코크란? 어째서 판매량이 떨어졌는지 알아?"

"모릅니다, 레온 선생님."

브라이언이 어설프게 말했다.

"학생들은 감염되었어, 코크란. 무관심이라고 부르는 병에 감염된 거야. 끔찍한 병이지. 치료하기 힘든 병이야."

대체 무슨 말을 하는 거지?

"치료하기 전에 먼저 원인부터 찾아내야지. 그러나 이 경우엔, 코크란, 원인은 잘 알려져 있네. 질병의 전파자가 알려져 있지."

브라이언은 이제야 그게 무슨 뜻인지 알았다. 레온은 제리가 질병의 원인이자 전파자라고 생각하는 것이다. 마치 브라이언의 마음을 읽기라도 하는 것처럼 레온이 읊조렸다.

"르노……. 르노……."

미친 과학자가 지하 실험실에서 복수를 계획하는 것만 같았다.

23

"난 팀을 그만둘 거야, 제리."

"왜, 구버? 넌 풋볼을 좋아하는 줄 알았는데. 우린 이제 막 잘되기 시작했잖아. 어제 넌 기차게 공을 받았어."

그들은 버스 정류장으로 가고 있었다. 수요일이었다. 수요일에는 연습이 없었다. 제리는 얼른 버스 정류장에 도착했으면 하고 바랐다. 거기에는 단풍 시럽 같은 머리카락을 가진 아름다운 소녀가 있었다. 그곳에서 그녀를 몇 번 보았다. 그녀는 제리에게 미소를 지었다. 어느 날 그는 아주 가까이 다가가서 그 애가 팔에 안고 있는 교과서에 적힌 이름을 읽을 수 있었다. 엘렌 배럿이었다. 언젠가는 용기를 내서 말을 걸어야지. 하이, 엘렌. 아니면 전화를 할 것이다. 어쩌면 오늘.

"뛰자."

구버가 말했다.

그들은 갑자기 어색한 모습으로 미친 듯이 질주하기 시작했다. 책 때문에 우아하고 자유롭게 뛸 수가 없었다. 그러나 그냥 달리는 것만으로도 구버는 기분이 좋아졌다.

"팀을 그만둔다는 거 정말이야?"

제리가 물었다. 달리면서 말하다 보니 목소리 톤이 평소보다 높았다.

"난 그만둬야 해, 제리."

구버는 자신의 목소리가 달리기에 영향 받지 않고 평소 그대로인 것이 기뻤다.

그들은 게이트 거리로 접어들었다.

"왜?"

제리가 갑자기 속도를 확 내 게이트 거리로 뛰어들면서 물었다.

그들의 발이 아스팔트를 울렸다.

어떻게 제리에게 말하면 좋을까, 구버는 알 수 없었다.

제리는 앞서 달렸다. 어깨 너머로 돌아보았다. 그의 얼굴은 힘들어서 뻘게졌다.

"왜 그러느냐고?"

구버는 속도를 약간 높여서 제리를 따라잡았다. 쉽게 추월할 수 있었다.

"유진 선생이 어떻게 되었는지 들었니?"

구버가 물었다.

"전근 갔다던데."

제리가 대답했다. 치약 통에서 빠져나오는 치약처럼 말이 속에서 미끄러져 나왔다. 그는 풋볼을 해서 몸매가 좋았지만 달리기 선수는 아니었고 게다가 비결도 몰랐다.

"병나서 떠났대."

구버가 말했다.

"무슨 차이가 있어?"

제리가 대답했다. 그는 깊고도 달콤한 숨을 들이마셨다.

"이봐, 다리는 괜찮은데 숨이 차서 죽겠다."

그는 책 두 권을 양손에 쥐고 있었다.

"계속 달려."

"넌 정말 괴짜야."

제리는 구버를 놀리면서 말했다.

그들은 그린 거리와 게이트 거리의 교차로에 다가가고 있었다. 제리가 힘들어 하는 것을 보고 구버가 속도를 늦추었다.

"유진 선생은 19호실 사건이 있고 난 다음, 딴 사람이 되었다는 거야. 그 일 때문에 완전히 망가졌대. 먹을 수도 잠을 잘 수도 없다는 거야. 쇼크 상태지."

"소문일 뿐이야."

제리가 헐떡거렸다.

"이봐, 구버, 폐가 타는 것만 같다. 쓰러질 것 같다고."

"유진 선생이 어떤 기분인지 난 알아, 제리. 그런 일이 사람을 얼마나 힘들게 하는지 난 알아."

그는 이 말을 바람 속에 내뱉었다. 그들은 19호실의 붕괴에 대해 이야기한 적이 없었다. 제리는 구버가 관련되었다는 사실을 알고 있었다.

"어떤 사람들은 잔인함을 견디지 못해, 제리. 그리고 그 일은 유진 같은 사람이 참지 못하는 잔인한 일이었어."

"유진 선생하고 풋볼 그만두는 것하고 무슨 상관인데?"

제리가 물었다. 이제는 정말로 헐떡이며 땀을 흘리고 있었다. 폐가 터지려 했고, 팔은 책의 무게로 아파 왔다.

구버는 점점 속도를 늦추더니 천천히 멈추어 섰다. 제리는 누군가네 앞마당 끝에 쓰러져서 입에서 숨을 내뿜었다. 가슴이 마치 인간 풀무처럼 부풀었다 꺼졌다 했다.

구버는 인도의 갓돌에 앉았다. 다리를 구부리고 발을 도랑 홈통에 놓았다. 그는 발아래 뭉쳐 있는 잎사귀들을 들여다보았다. 제리에게 유진 선생과 19호실 사건과 풋볼을 그만두는 것 사이에 어떤 관련이 있는지 설명할 방법을 생각해 보았다. 이 모든 것들이 서로 연관되어 있다는 것을 알고 있었지만 말로 설명하기는 어려웠다.

"봐라, 제리. 학교는 뭔가 썩었어. 아니 그 이상이야."

그는 단어를 더듬어 찾아보았고, 하나를 발견했지만 별로 사용하고 싶진 않았다. 그 단어는 지금 주변의 모습과 어울리지 않았다. 햇살이 내리쬐는 10월의 밝은 오후에는 맞지 않았다. 그것은 한밤의 단어였다. 울부짖는 바람의 단어였다.

"야경대?"

제리가 물었다. 그는 잔디밭에 누워서 푸른 하늘을 올려다보았다. 빠르게 흘러가는 가을의 구름을 쳐다보았다.

"그것도 일부야."

구버가 말했다. 그는 지금도 달리고 있다면 좋을걸 하고 생각했다.

"악이야."

구버가 말했다.

"무슨 말을 하는 거야?"

미쳤다. 제리는 자기가 제정신이 아니라고 생각할 것이다.

"아무것도 아냐."

구버가 말했다.

"어쨌든 난 풋볼을 안 할 거야. 이건 개인적인 일이야, 제리."

그는 깊은숨을 들이쉬었다.

"그리고 내년 봄 육상 경기에도 안 나갈 거야."

그들은 말없이 앉아 있었다.

"대체 무슨 일이야, 구버?"

제리가 마침내 물었다. 목소리에는 혼란스러움과 걱정이 담겨 있었다.

"그들이 우리에게 한 짓이야, 제리."

이제 말을 내뱉기가 더 쉬웠다. 구버와 제리는 서로를 바라보지 않고 각자 앞을 보고 있었기 때문이다.

"그들이 내게 그날 밤 교실에서 한 짓이야. 난 어린애처럼 울었어. 평생에 또 그렇게 울 거라곤 생각지도 않았어. 그리고 그들이 유진 선생에게 한 짓은 유진 선생의 교실을 망가뜨리고, 유진 선생을 망가뜨린 거야……."

"오, 구버. 진정해."

"그리고 그들이 네게 한 짓, 초콜릿 말이야."

"그건 모두 게임이야, 구버. 그냥 기분 전환이라고 생각해. 그들은 자기들끼리 재미를 느끼는 거지. 유진 선생은 이미 경계선에 있었을 거야, 아마……."

"그건 게임하고 즐기는 것 이상이야, 제리. 어떤 일 때문에 네가 울어야 하고 선생이 떠나야 한다면, 경계선 너머로 가야 한다면, 그건 그냥 게임을 하고 즐기는 게 아닌 거야."

그들은 그곳에 오랫동안 앉아 있었다. 제리는 잔디밭에, 구버는 갓돌에. 제리는 이미 너무 늦어서 이대로는 그 여자애, 엘렌 배럿을 만날 수 없다는 걸 알고 있었다. 그러나 지금 이 순간 구버가 자기를 필요로 하고 있음을 느꼈다. 몇몇 학교 친구들이 지나가면서 구버와 제리에게 말을 걸었다. 버스가 다가와서 멈추었다. 구버가 머리를 흔들어서 자기들이 타지 않겠다는 뜻을 표시하자 기사는 화를 냈다.

잠시 뒤에 구버가 말했다.

"초콜릿을 팔아라, 제리. 응?"

제리가 말했다.

"풋볼을 해."

구버가 머리를 저었다.

"난 트리니티에 아무것도 기여하지 않을 거야. 풋볼도, 달리기도, 다른 무엇도."

그들은 슬픔에 잠겨 앉아 있었다. 마침내 그들은 책을 모아서 일어섰다. 그리고 말없이 버스 정류장으로 걸어갔다.

그 여자 애는 없었다.

24

"넌 말썽을 일으키고 있다."

레온 선생이 말했다.

당신이 말썽을 일으키는 거야, 내가 아니고. 아치는 이렇게 대답하고 싶었다. 하지만 하지 않았다. 그는 레온 선생과 전화로 얘기해 본 적이 없었다. 수화기 저편에서 이렇듯 몸에서 분리된 목소리만 듣고 있자니 아치는 균형을 잡을 수가 없었다.

"무슨 일인데요?"

아치가 조심스럽게 물었다. 물론 무슨 일인지 잘 알고 있었다.

"초콜릿 말이야. 애들이 판매를 하지 않아. 판매 전체가 위태롭다."

레온은 장거리 달리기를 하는 것처럼 단어 사이에 긴 간격을 두고 숨소리로 그 간격을 채웠다. 그는 공황 상태에 빠진 것일까?

"얼마나 나쁜데요?"

아치가 긴장을 풀면서 물었다. 그는 얼마나 나쁜지 알고 있었다.

"이보다 더 나쁠 수는 없어. 판매량은 절반에도 미치지 못해. 초반 압력은 끝났다. 추진력이 없어. 그리고 판매는 말 그대로 멈추어 버렸어."

레온 선생이 시를 낭송할 때처럼 드문드문 말을 멈추었다.

"넌 별로 유능하지 않은데, 아치."

아치는 감탄하는 것도 아까워서 머리를 가로저었다. 지금 레온 선생은 코너에 몰려 있으면서도 여전히 공격하고 있다. "넌 별로 유능하지 않은데, 아치." 하고 말이다.

"재정 상태가 나쁘다는 말씀인가요?"

아치는 빈정대면서 자기의 공격을 개시하였다. 레온 선생에게 그것은 어둠 속의 한 방처럼 뜻하지 않은 것으로 들렸을지도 모르지만 그것은 아니었다. 그 질문은 그날 오후 브라이언 코크란에게서 정보를 입수해 던진 것이었다.

코크란은 2층 복도에서 아치를 멈추어 세우더니 빈 교실로 들어가자고 손짓했다. 아치는 마음이 내키지 않았다. 이 애는 레온의 회계이고 어쩌면 그의 끄나풀일 것이다. 그러나 다음의 정보는 코크란이 레온의 끄나풀이 아니라는 사실을 알려 주었다.

"들어 봐, 레온이 아주 곤란한 것 같아. 초콜릿 판매 외에 문제가 더 있어, 아치."

아치는 자기 이름을 부르며 친한 척하는 코크란이 괘씸했다. 그러나 아무 말도 하지 않았다. 이 애가 말하고자 하는 것이 궁금해서였다.

"레온 선생이 자크 선생과 이야기하는 것을 우연히 들었거든. 자크가 레온을 코너로 몰아붙이고 있었어. 레온 선생이 대리인 권한을 남용했다는 말을 계속하고 있더라. 학교 재정을 과용했다는 말이었어. '과용했다'는 게 정확하게 자크 선생이 한 말이야. 초콜릿도 거기 포함돼. 20,000통에 대한 건데 레온이 현찰로 선불했다는 것 같아. 모두 듣진 못했지만…… 내가 근처에 있다는 것을 그들이 눈치채기 전에 피했거든……."

224

"그렇담 넌 어떻게 생각하는 거야, 코크란?"

아치가 이미 알아챘으면서도 물었다. 레온은 최소한 20,000달러가 필요했다.

"내 생각에 레온 선생은 사용해서는 안 되는 돈으로 초콜릿을 산 것 같아. 이제 판매가 안 좋으니까 중간에 낀 거지. 자크 선생이 눈치를 챈 거고……."

"자크 선생은 예리해."

아치가 말했다. 그는 자크 선생이 자신이 익명으로 전해 준 '환경'이라는 단어를 알게 되자 어떻게 반응했는지 기억하고 있었다. 자크 선생은 학생들을 우스꽝스럽게 만들었다. 오비도 거기 끼어 있었다.

"좋았어, 코크란."

코크란은 칭찬을 듣고 기쁨으로 환해졌다. 용기를 얻자 자기가 들고 있던 책에서 종이 몇 장을 빼냈다.

"이 자료 좀 봐 봐, 아치. 이게 작년과 올해의 판매 상황이야. 아주 나빠. 레온 선생이 이제 코너에 몰린 것 같은데……."

그러나 코크란은 레온 선생을 몰랐다. 아치는 지금 선생의 목소리가 전화선을 타고 흐르는 것을 들었다. 레온 선생은 재정 상태라는 아치의 빈정거림을 무시하고 공격을 재

225

개하였다.

"난 네가 영향력이 있는 줄 알았어, 아치. 너와 네……
친구들 말이야."

"이건 제 일이 아닌데요, 레온 선생님."

"이건 네가 생각하는 것보다 더 많은 부분에서 네 일이
다, 아치."

레온 선생이 한숨을 쉬면서 말했다. 이것은 그의 가짜 한
숨이었고 평상시 그의 태도였다.

"아치, 네가 게임을 시작했다. 신입생 르노와 함께 너 자
신도 연루되어 있어. 이제 게임이 망가졌다."

르노. 아치는 그 애가 초콜릿 판매를 거부했다는 것을 생
각했다. 웃기는 도전이었다. 오비가 르노의 행동에 대해 말
할 때 목소리에 묻어 있던 그 승리감을 떠올렸다. 이제 네
차례야, 아치. 그러나 어차피 언제나 아치의 차례였다.

그리고 그는 지금 그 한 수를 두는 중이었다.

"잠깐만 기다리세요."

그는 레온 선생에게 말했다. 수화기를 내려놓고 작업대
로 가서 역사책에서 코크란의 자료를 가져왔다. 전화기를
다시 들고 말했다.

"제가 작년 판매분의 자료를 가지고 있는데요. 작년에

그 초콜릿을 겨우 다 팔았다는 것 아십니까? 애들은 물건을 파는 데 지쳐요. 작년에는 그렇게 많은 상과 보너스를 내걸고, 통당 1달러씩 일인당 25통을 팔게 되어 있었지요. 그래서 판매량이 떨어지는 거죠. 게임 때문이 아니고요."

레온 선생의 숨결이 전화선을 가득 메웠다. 마치 음란 전화를 거는 사람 같았다.

"아치."

그가 속삭였다. 그 속삭임에는 어떤 위협이 담겨 있었다. 마치 자기가 전할 정보가 너무 두려운 것이어서 큰 소리를 내면 안 될 것처럼.

"놀이고 게임이고 관심 없다. 르노건 너의 조직이건 경제 형편이건. 내가 아는 것은 초콜릿이 팔리지 않는다는 거야. 그리고 난 초콜릿이 팔리기를 원해!"

"어떻게 해야 할지 생각이 있습니까?"

아치는 시간을 벌려고 애쓰면서 말했다. 재미있는데. 그는 레온 선생이 미묘한 입장에 있고, 또 자기가 그를 얕잡아볼 위험이 있다는 사실을 알고 있었다. 아직도 레온 선생에게는 학교가 자기편이었다. 하지만 아치에게는 자기와 자신의 재치만 없으면 아무것도 아닌 애들 한 무리만이 있을 뿐이었다.

"아마 르노와 일을 시작해야 할 거야."

레온 선생이 말했다.

"난 르노가 '아니요.' 대신에 '예.'라고 말해야 한다고 생각한다. 아치, 난 이 판매가 잘되지 않기를 바라는 애들한테 그 애가 상징이 되었다고 확신한다. 꾀병 부리는 애들, 불평가들, 그들 모두가 한 명의 반란군 주변에 모여 있는 거야. 르노가 초콜릿을 팔아야 해. 그리고 너도, 야경대도. 그래, 난 지금 이 이름을 큰 소리로 말한다. 야경대 역시 전력을 다해서 판매에 힘써야 한다……."

"그건 정말 명령인데요, 선생님."

"그래 올바른 단어를 말했다, 아치. 명령이다. 이건 명령이야."

"무슨 뜻으로 말씀하시는 건지 모르겠네요, 선생님."

"분명하게 말해 주지, 아치. 판매가 중단되면 너와 야경대도 함께 끝이다. 내 말 명심해라……."

아치는 대답하려고 했다. 레온에게 자기가 재정 문제에 대해서 알고 있다는 사실을 알려 주려고 했다. 그러나 기회가 없었다. 빌어먹을 레온 선생이 벌써 수화기를 내려놓아서 뚜— 하는 울림이 아치의 귀에 울렸다.

25

소환장은 협박장처럼 보였다. 신문과 잡지에서 오려 낸 문자들로 조합되어 있었다.

야경 대 회의 2 시 30분

이런 쪽지의 엉뚱함, 이런 미친 문자는 편지를 유치하고 도 우습게 보이게 했다. 그러나 바로 이런 유치함이 무언가 합리적이지 않은 어떤 것, 희미하게나마 어떤 위협적인 냄새를 풍겼다. 이것은 야경대와 아치 코스텔로의 특별한 속성이었다.

30분 뒤에 제리는 창고 방에 야경대 멤버들 앞에 섰다. 옆에 붙은 체육관은 농구 연습하는 애들, 권투를 위해 몸을 푸는 애들로 가득 차 있었다. 털썩, 쿵, 휘파람 소리 등이 기묘한 배경 음악처럼 울려오고 있었다. 아홉이나 열 명의 야경대 멤버들이 참석하였다. 카터도 거기 있었다. 그는 이 야경대의 일에 아주 지쳐 있었다. 특히 권투 연습을 빼먹어야 할 때는 더욱 그랬다. 오비는 아치가 일을 어떻게 진행할까 궁금해서 즐거운 심정으로 모임을 고대하였다. 아치는 테이블 뒤에 앉아 있었다. 테이블은 학교를 상징하는 자주색과 황금색 스카프로 덮여 있었다. 정확하게 테이블 한 가운데 초콜릿 상자 하나가 놓였다.

"르노."

아치가 부드럽게 말했다.

본능적으로 제리는 어깨를 벌리고 배에 힘을 집어넣고 주의를 집중하였다. 즉시 자신이 역겨워졌다.

"초콜릿 하나 먹을래, 르노?"

제리는 한숨을 쉬면서 고개를 가로저었다. 연습이 시작되기 전에 공을 이리저리 던지면서 달콤하고 신선한 바람을 받으며 운동장을 달리고 있을 애들이 정말 부러웠다.

"이건 질이 좋아."

아치가 상자를 열어서 초콜릿 하나를 꺼내면서 말했다. 그는 그 냄새를 맡고 입 안에 쏙 집어넣었다. 천천히 씹으면서 과장해서 입술을 움직였다. 두 번째 초콜릿이 입 안으로 들어갔다. 이어서 세 번째 초콜릿도. 입 안은 초콜릿으로 가득 채워지고, 초콜릿을 삼키자 목이 꿈틀 하고 움직였다.

"맛있다. 그리고 한 상자에 겨우 2달러야. 특가품이지."

누군가 웃었다. 레코드판에서 바늘이 튀는 것처럼 잠깐 킥 거리더니 곧바로 끊어졌다.

"하지만 너는 가격을 알고 싶지 않겠지, 르노?"

제리는 어깨를 으쓱했다. 그러나 심장이 거칠게 뛰기 시작했다. 그는 대결이 있을 것이라는 사실을 알고 있었다. 이것이 바로 그것이었다.

아치는 다른 초콜릿을 잡아서 입 안에 넣었다.

"몇 상자나 팔았지, 르노?"

"하나도 안 팔았어."

"하나도 안 팔았어?"

아치의 부드러운 목소리가 놀람과 물음으로 굴곡을 일으켰다. 그는 가짜로 당황해서 머리를 가로저으며 침을 삼켰다. 제리에게서 눈을 떼지 않은 채 이렇게 말했다.

"이봐, 포터. 몇 상자나 팔았냐?"

"21."

"21?"

아치의 목소리가 이번에는 존경심으로 가득 찼다.

"오, 포터. 넌 열정이 넘치는 신입생인 모양이지, 어?"

"난 졸업반이야."

"졸업반?"

더욱 큰 존경심.

"네 말은 그러니까 중요한 졸업반인데도 아직 학교 정신이 남아 있어서 거리로 나가 그 초콜릿을 팔았단 말이지? 멋져, 포터."

목소리는 조롱으로 가득 찼다.

"여기서 또 초콜릿을 판 사람?"

한꺼번에 숫자들의 합창이 공기를 가득 채웠다. 야경대의 멤버들이 기묘한 경매에서 입찰 가격을 부르는 것 같았다.

"42."

"33."

"20."

"19."

"45."

아치가 손을 쳐들자 침묵이 내렸다. 누군가가 체육관에

서 벽에 부딪히며 괴상한 소리를 질렀다. 오비는 아치가 모임을 이끌어 가는 방식과 야경대 멤버들이 그의 신호를 재빨리 받아들이는 방식에 경탄을 하였다. 포터는 10통도 팔지 못했다. 오비 자신도 16통을 팔아 놓고는 45통이라고 말했다.

"그런데 신입생 제리 르노, 너는 트리니티 정신으로 가득 차 있어야 할 텐데 전혀 팔지 않았단 말이지? 0이라고? 전혀 안 팔았어?"

그는 또 다른 초콜릿을 향해 손을 뻗쳤다. 정말이지 그는 이 초콜릿을 좋아했다. 아몬드가 들어간 허시 초콜릿만큼 맛있는 건 아니지만 그래도 훌륭했다.

"맞아."

제리가 말했다. 목소리는 작았다. 망원경을 거꾸로 보는 것처럼 줄어든 목소리였다.

"왜 그런지 물으면 안 되겠니?"

제리는 이 질문을 생각해 보았다. 어떻게 말해야 할까? 게임인가? 정직하게 말해도 될까? 그러나 그는 정직하게 말하는 것이 대체 의미가 있는지 알 수가 없었다. 특히 이렇게 낯선 애들이 가득 찬 방에서 말이다.

"개인적인 사정이야."

제리가 마침내 말했다. 자기가 이길 수 없음을 아는 패배자 같은 느낌이었다. 모든 것이 잘되어 가고 있었다. 풋볼, 학교, 버스 정류장에서 자기를 보고 웃어 주는 소녀. 그 애에게 가까이 다가가서 교과서에 쓰인 이름을 보기까지 했다. 엘렌 배럿. 그녀는 이틀이나 계속해서 그를 보고 미소지었다. 그는 너무 수줍어서 말을 걸지는 못했지만 전화번호부에서 배럿이라는 성을 찾아냈다. 모두 다섯 개가 있었다. 오늘 저녁에 그 번호 모두에 차례로 전화를 걸어서 그녀의 집을 알아낼 참이었다. 전화로 그녀와 이야기할 수 있을 것 같은 생각이 들었다. 지금은 어떤 이유에선지 그는 그녀에게 결코 말을 걸 수 없으리라는 느낌, 다시는 풋볼을 할 수 없으리라는 느낌이 들었다. 미친 것 같은 느낌이었지만 떨쳐 버릴 수가 없었다.

아치는 손가락을 핥았다. 한 번에 하나씩, 제리의 대답이 메아리가 되어 공중에 남아 있었다. 너무나 조용해서 누군가의 배에서 울리는 꾸르륵 소리가 들렸다.

"르노."

아치가 친절하게 말했다. 그의 목소리에는 스스럼이 없었다.

"너한테 해 줄 말이 있어. 여기 야경대에서는 개인적인 일이란 없다는 걸 말이야. 여기선 비밀이 없어. 알겠니?"

그는 마지막으로 엄지를 빨았다.

"이봐, 존슨."

"그래."

제리 뒤에서 어떤 목소리가 외쳤다.

"하루에 몇 번이나 자위를 하지?"

"두 번."

존슨이 재빨리 대답했다.

"봤지?"

아치가 물었다.

"여긴 비밀이 없어, 르노. 개인적인 일이란 없다고. 야경대에는 그런 게 없어."

제리는 오늘 아침 학교 오기 전에 샤워를 했지만 지금은 자기 땀 냄새를 맡을 수 있었다.

"어서."

아치가 말했다. 그는 지금은 좋은 친구였다. 격려하고 구슬리고 있었다.

"우리한텐 말해도 괜찮아."

카터가 화가 나서 입김을 내뿜었다. 그는 아치의 이런 고양이와 쥐 놀이에 참을성을 점점 잃었다. 여기서 지난 2년 동안이나 아치가 애들을 데리고 그 멍청한 놀이를 하는 꼴을 지켜보았다. 아치가 쇼라도 하는 것처럼 거들먹거리는 꼴을 지켜보았다. 카터는 과제의 책임을 자기 어깨에 짊어졌다. 대장으로서 그는 다른 아이들을 제자리에 붙들어 두고, 그들을 격려하고, 아치의 과제가 실행되도록 도울 준비를 했다. 그는 이 초콜릿 싸움에 그렇게 열광하지 않았다. 그것은 야경대의 영역을 넘어선 일이었다. 그것은 레온 선생을 끼워 넣는 일이었는데, 그는 레온 선생을 전혀 믿지 않았다. 지금 그는 꼬마 르노를 지켜보았다. 두려워서 기절할 것만 같은 꼴이다. 공포로 얼굴은 하얗게 질렸고 눈은 커다랗게 뜨고 있었다. 아치는 그 애를 놀리고 있었다. 맙소사. 카터는 이런 심리적인 장난을 미워했다. 그는 모든 것이 훤히 보이는 권투를 사랑했다. 잽, 훅, 크게 휘두르는 스윙, 그리고 배에 지르는 한 방.

"좋아, 르노. 놀이는 끝났다."

아치가 말했다. 그의 목소리에서 부드러움이 싹 가셨다. 그의 입에는 초콜릿이 남아 있지 않았다.

"우리에게 말해. 왜 초콜릿을 안 파는 거지?"

"그러고 싶지 않아서."

제리가 아직도 뭉그적거리며 대답했다. 다른 어떤 말을

할 수 있단 말인가?

"그러고 싶지 않다고?"

아치가 의심스럽다는 듯이 물었다.

제리는 고개를 끄떡였다. 그는 시간을 벌었다.

"야, 오비."

"왜?"

오비가 쏘아붙이듯이 대답했다. 어쩌자고 아치는 언제나 자기만 부르는 걸까? 대체 지금은 무얼 원하는 거지?

"넌 매일 학교에 오고 싶냐?"

"빌어먹을, 아니."

아치가 무엇을 원하는지 알아채고 오비가 대답했다. 대답을 하기는 했지만 여전히 원망스러웠다. 아치는 복화술사이고 자기는 그의 꼭두각시처럼 느껴졌다.

"하지만 학교에 오지, 안 그래?"

"그래."

웃음이 터졌다. 오비 자신도 웃었다. 그러나 아치의 빠른 눈길이 그 미소를 다시 거두어 없앴다. 아치는 죽도록 진지했다. 입술은 말랐고 눈은 네온사인처럼 불타는 것 같았다.

"봤어?"

아치가 제리에게 몸을 돌리고 말했다.

"이 세상에선 모두가 원치 않는 일을 하고 있어."

끔찍한 슬픔이 제리를 휩쌌다. 마치 누군가가 죽은 것 같았다. 어머니를 묻던 날 공동묘지에 서 있을 때와 같은 슬픔이었다. 그가 할 수 있는 일은 아무것도 없었다.

"좋아, 르노."

아치가 말했다. 그 목소리에는 단호함이 들어 있었다.

방 전체가 긴장하는 것을 느낄 수 있을 정도였다. 오비는 숨을 들이쉬었다. 지금이 바로 아치의 손길이 등장하는 순간이다.

"여기 너의 과제가 있다. 내일 점호 시간에 너는 초콜릿을 받는다. 너는 이렇게 말한다. '레온 선생님, 초콜릿을 받겠어요.'"

어안이 벙벙해서 제리가 엉겁결에 말을 내뱉었다.

"뭐라고?"

"귀가 잘못됐냐, 르노?"

옆으로 몸을 돌리면서 아치가 불렀다.

"야, 맥그래스. 내 말 들었지?"

"그래."

"내가 뭐라고 그랬지?"

"넌 걔가 초콜릿 판매를 시작해야 한다고 말했어."

아치는 다시 제리에게 주의를 집중하였다.

"가벼운 벌로 끝나는 거다, 르노. 넌 야경대의 말에 복종하지 않았지. 그것은 벌을 부르는 일이야. 야경대는 폭력을 쓰지는 않지만 벌칙을 가질 필요가 있었지. 벌칙은 보통 과제보다 더 나빠. 그러나 넌 쉽게 해 줄 셈이다, 르노. 우린 너에게 내일 초콜릿을 받으라고 요구하는 것뿐이다. 그리고 그걸 팔라고."

맙소사, 오비는 믿을 수가 없었다. 저 위대한 아치 코스텔로가 겁을 먹고 있다. "요구한다"라는 단어가 튀어나왔다. 어쩌면 실수겠지. 그러나 아치가 저 애와 협상을 하려고 한다, 요청을 하고 있다, 맙소사. 내가 널 이겼다, 아치, 이 나쁜 새끼야. 오비가 이렇게 달콤한 승리를 맛본 적은 없었다. 저 빌어먹을 신입생이 아치를 긴장시키고 있다, 마침내……. 검은 상자가 아니다. 레온 선생도 아니다. 오비 자신의 영리함도 아니다. 저 말라 빠진 신입생이다. 오비는 자연의 법칙처럼, 중력의 법칙처럼 확실하게 한 가지를 알고 있었다. 르노는 초콜릿을 팔지 않을 것이다. 그를 보면 알 수 있다. 녀석은 저기 겁을 집어먹고 서 있다. 팬티에 똥을 쌀지도 모르지. 그러나 물러서지는 않는다. 아치가 그에게 초콜릿을 팔라고 요청하고 있지만 말이다. 요청하고 있는 것이다.

"해산."

아치가 소리쳤다.

카터는 해산이라는 이 갑작스러운 소리에 깜짝 놀랐다. 그는 지휘봉을 너무 세게 쳤다. 그가 책상으로 사용하는 나무 상자가 거의 부서질 정도였다. 그는 무엇인가를 놓친 기분이었다. 뭔가 결정적인 순간을 놓친 것 같았다. 아치와 그의 온갖 미묘한 일을 말이다. 저 꼬마 르노에게 필요한 것은 턱에 예리한 잽 한 방 그리고 배에 한 방 먹이는 일이었다. 그러면 녀석은 그 빌어먹을 초콜릿을 팔게 될 것이었다. 아치와 '폭력을 쓰지 말자.' 같은 그의 멍청한 구호만 아니었다면……. 어쨌든 모임은 끝났고 카터는 연습을 끝낸 것 같은 기분이었다. 권투 장갑을 끼고 샌드백을 친 것처럼 고역이었다.

그는 지휘봉을 다시 내리쳤다.

26

"여보세요."

그의 정신이 멍해졌다.

"여보세요?"

그 애인가? 그래야 맞다. 이번이 전화번호부에 나온 마지막 베렛이었다. 그리고 목소리는 싱싱하고 매력적이었다. 버스 정거장에서 보았던 그 아름다운 소녀와 아주 잘 맞는 목소리였다.

"여보세요."

그는 준비를 했다. 그의 목소리는 못생긴 개구리 소리 같았다.

"대니야?"

그녀가 물었다.

그는 순간적으로 대니가 누구든 그에 대한 질투심이 미친 듯이 솟구쳤다.

"아니."

그는 한 번 더 개굴 하고 말했다.

"누구세요?"

이번에는 그녀의 목소리에 성가심이 배어 있었다.

"앨렌이니? 앨렌 베렛?"

그의 혀에는 이 이름이 낯설었다. 이 이름을 나직하게 속삭인 것은 한 천 번쯤 되었겠지만 이렇게 큰 소리로 불러본 적은 없었다.

침묵.

"여보세요."

그가 말했다. 심장이 절망적으로 뛰었다.

"넌 내가 누군지 모르겠지만 난 널 매일 보고 있어……."

"너, 변태니?"

놀라서 묻는 것이 아니라 그냥 자연스러운 호기심이 생겨서 묻는 말이었다. '어 이것 봐라, 변태가 전화했네.' 하는 것 같은 태도였다.

"아니. 난 버스 정거장에 있던 애야."

"어떤 애? 어떤 버스 정거장?"

그녀의 목소리는 더 이상 상냥하지 않았다. 잘난 체하고, 의심 많은 목소리가 됐다.

그는 "넌 어제 날 보고 웃었어, 그저께도, 지난 주에도." 라고 말하고 싶었다. 그리고 난 널 사랑해. 하지만 못했다. 그는 갑자기 이 상황이 얼마나 쓸데없는지, 얼마나 웃기는지 깨달았다. 여자 애가 미소를 지었다고 전화 거는 남자는 없다. 그리고 자신을 이런 식으로 소개하는 사람도 없다. 그녀는 어쩌면 매일 100명쯤 되는 애들한테 미소를 지을지도 모른다.

"괴롭혀서 미안해."

그가 말했다.

"너 정말 대니가 아니야? 나를 놀리려고 하는 거야, 대니? 이봐 대니, 난 너와 네가 하는 개수작이 지겨워……."

제리는 수화기를 내려놓았다. 더 이상 듣고 싶지 않았다. "개수작"라는 단어가 지금 그의 마음속에서 메아리치면서 그녀에 대한 모든 환상을 깨 버렸다. 사랑스러운 소녀를 만났는데 그녀가 미소를 짓자 썩은 이빨이 드러나는 것과 같았다. 그러나 그의 심장은 여전히 사납게 고동쳤다. '너 변태니?' 어쩌면 그럴지도 모른다. 성적인 변태는 아닐지라도 다른 종류의 변태 말이다. 초콜릿 판매를 거부하는 것은 일종의 변태 짓이 아닐까? 계속 초콜릿 팔기를 거부하는 것은 미친 짓이 아닐까? 특히 어제 아치 코스텔로와 야경대에게서 최후의 경고를 받은 다음에 말이다. 오늘 아침에도 그는 자기 위치를 지키면서 레온 선생을 향해 "아니요." 라고 말했다. 처음으로 그 말은 그에게 기쁨을 가져다주었다. 정신을 드높여 주었던 것이다.

그 마지막의 "아니요."가 자기 귓가에 울려 퍼질 때 제리는 학교 건물이 쓰러지거나 어떤 극적인 일이 일어날 거라고 기대했다. 그러나 아무 일도 없었다. 그는 구버가 질겁해서 고개를 젓는 것을 보았다. 그러나 구버는 이 새로운 느낌을 알지 못했다. 제리가 건너온 다리는 이미 불타 버렸다. 그는 살면서 처음으로 걱정하지 않았다. 집에 도착했을 때에도 여전히 낙천적인 기분이 들었다. 그렇지 않았다면 전화번호부에 나온 이들 베렛의 집마다 전화를 걸어서 정말로 그 여자 애와 이야기를 나눌 용기를 얻지는 못했을 것이다. 그것은 물론 비참한 실패였다. 그러나 어쨌든 전화를 걸었고, 날마다 있는 일상적인 일들을 깨뜨렸다.

그는 부엌으로 들어갔다. 갑자기 배가 고파서 냉장고에서 아이스크림을 꺼내 접시에 왕창 덜었다.

"내 이름은 제리 르노이고, 나는 초콜릿을 팔지 않을 거야!"

그는 텅 빈 아파트에 대고 소리 질렀다.

그 말과 그의 목소리가 강하고 고귀하게 울렸다.

27

물론 그들은 과제를 위해 프랭키 롤로를 고르지 말았어야 했다. 11학년생 롤로는 건방진 말썽꾸러기였다. 그는 참여 의식이 없었다. 트리니티에서는 대단히 중요한 위치를 차지하는 운동 경기나 다른 어떤 과외 활동에도 참가하기를 거부했다. 책을 보는 일도 드물었고 숙제는 한 번도 하지 않았지만 그래도 살아남는 재주가 있었다. 타고난 간교한 지능이 있었기 때문이다. 그의 가장 중요한 재능은 속이기였다. 게다가 행운도 따랐다. 보통의 상황에서 아치는 그런 애가 과제를 수행하는 모습을 보는 걸 즐겼다. 그런 애가 굴복하거나 부러지는 모습을 지켜보는 것이다. 그렇게 거친 녀석들도 모두 아치와 야경대 앞에서는 그냥 44킬로 그램짜리 허약한 몸뚱어리로 변해 버리곤 했다. 그들이 창고 방에 불편한 자세로 서게 되면 보통 경멸하는 태도와 으스대는 몸짓은 완전히 사라지곤 했다. 그러나 프랭키 롤로는 그렇지 않았다. 그는 느슨하고 편한 자세로 전혀 위협을 느끼지 않은 채 서 있었다.

"네 이름은?"

아치가 물었다.

"집어치워, 아치."

롤로가 이런 어리석은 격식에 대해 웃으면서 대꾸했다.

"내 이름 알잖아."

끔찍한 침묵. 그러나 이 침묵 직전에 방 안의 누군가가 헐떡거렸다. 아치는 조금도 감정을 드러내지 않고 딱딱한 얼굴을 유지하려고 애썼다. 지금까지 누구도 아치나 과제에 도전한 녀석은 없었다.

"헛소리 집어치워, 롤로. 이름을 말해."

카터가 으르렁거렸다.

침묵. 아치는 속으로 욕을 했다. 카터가 이런 식으로 끼어드는 것이 화가 났다. 마치 아치를 구원하기 위해 나타나는 것처럼 말이다. 보통은 아치가 자기 방식대로 모임을 주도하였다.

롤로가 움츠러들었다.

"내 이름은 프랭키 롤로야."

그는 노래하는 가락으로 말했다.

"네가 대단한 자식이라고 생각하고 있겠지?"

아치가 물었다.

롤로는 대답하지 않았지만 그 얼굴에 나타난 미소는 충분한 대답이 되고도 남았다.

"대단한 자식."

아치가 마치 그 말을 음미하려는 듯이 되풀이하여 말했다. 질질 끌면서, 시간을 벌고 자기 생각을 모으기 위해서였다. 이 건방진 새끼를 희생자로 바꾸기 위해서.

"그건 네가 한 말이지 내가 한 말이 아냐."

롤로가 이죽거리면서 말했다.

"우린 대단한 녀석들을 좋아해. 정말이지 그게 우리의 특별한 점이니까. 대단한 자식들을 하찮은 자식으로 만드는 거 말이야."

아치가 말했다.

"개소리 집어치워, 아치. 너 그렇게 대단한 놈으로 보이지도 않아."

롤로가 말했다.

다시 충격과 같은 그 끔찍한 침묵이 방 안을 멍하게 했다. 보이지 않는 일격이었다. 언젠가는 어떤 희생자가 나타나 위대한 아치 코스텔로를 불신으로 멍하게 만들 날을 고대하고 있던 오비까지도 한 방 먹었다.

"뭐라고 말했지?"

아치가 물었다. 한 마디 한 마디 이를 악물고 롤로를 향해 내뱉었다.

"이봐, 애들아."

롤로가 아치에게서 몸을 돌리고 전체 모임을 향해서 말했다.

"난 말이야, 위대한 악당 야경대가 모임에 불렀다고 바지에 오줌이나 싸는 겁쟁이가 아냐. 빌어먹을, 너희들은 저 애송이 신입생이 엿 먹을 초콜릿 몇 개를 팔도록 겁을 주지도 못하잖아……."

"이것 봐, 롤로."

아치가 시작했다.

그러나 그가 말을 끝내기도 전에 카터가 벌떡 일어섰다. 카터는 여러 달 동안이나 이런 순간을 기다려 왔다. 이 창고 방에서 아치가 그 웃기는 고양이와 쥐 놀이를 하는 동안 그냥 붙박이로 앉아서 그대로 바라보는 대신에 한바탕 몸을 풀고 싶어서 언제나 두 손이 근질거렸다.

"너 말 잘했다, 롤로."

카터가 말했다. 동시에 손이 뻗치면서 롤로의 턱을 한 방 갈겼다. 롤로의 머리가 뒤로 탁 꺾였다. 관절이 꺾이는 것처럼 뒤로 확 꺾였다. 그리고 비명을 질렀다. 롤로가 뒤늦게 방어하려고 두 손을 얼굴 앞에 쳐드는 순간, 카터의 쇠주먹이 이번엔 배에 꽂혔다. 롤로는 신음하고 구역질을 했다. 통증으로 몸을 굽히면서 웅크리고 숨을 헐떡였다. 그는 뒤로 떠밀려 바닥에 나뒹굴었다. 기침하고 침을 뱉으면서 네발로 엉금엉금 기었다.

그의 행동에 찬동하는 나지막한 탄성이 멤버들 사이에서 들려왔다. 마침내 액션, 육체적 액션이 나타난 것이다. 그것은 두 눈으로 볼 수 있는 것이다.

"여기서 끌어내."

카터가 말했다.

멤버 둘이 롤로를 일으켰다. 롤로는 몸의 절반은 들리고 절반은 질질 끌리며 문간으로 나갔다. 아치는 롤로가 이렇게 순식간에 무너져 내리는 모습을 당황해서 바라보았다.

카터의 빠른 동작이 조명을 받고, 또 다른 놈들이 카터에게 갈채를 보내는 것이 마음에 들지 않았다. 과제를 부여하는 역할을 하는 아치는 처음으로 불리한 입장에 처하게 되었다. 롤로는 단지 개막극에 지나지 않았기 때문이다. 오비가 신이 나서 추진한 일이기도 했다. 이 모임은 실제로는 제리 르노 문제를 토론하기 위해서 소집되었다. 제자리로 돌아오기를 거부한 저 고집스러운 신입생을 어떻게 하면 좋을까에 대해 논의하려는 자리였다.

카터가 지휘봉으로 테이블을 내리쳐서 질서를 잡았다. 조용한 가운데 그들은 롤로가 체육관 바닥에 내던져지는 소리와 변기가 넘칠 정도로 토해 대는 소리를 들을 수 있었다.

"오케이, 조용."

카터가 마치 롤로에게 그만 토하라고 소리치기라도 하는 것처럼 큰 소리로 말했다. 그런 다음 아치를 향했다.

"자리에 앉아."

카터가 말했다. 아치는 카터가 명령조로 말하고 있다는 걸 느낄 수 있었다. 한순간 그는 도전하고 싶었지만 멤버들이 롤로에 대한 카터의 액션을 승인했다는 사실을 깨달았다. 지금은 카터와 대립할 때가 아니다. 냉정하게 일을 처리할 때였다. 아치는 자리에 앉았다.

"우린 지금 진실을 알게 됐다, 아치."

카터가 말했다.

"여기서 내가 알게 된 것을 말해 보지. 내가 잘못 생각하고 있거든 그렇다고 말해. 저렇게 빌붙는 롤로 같은 자식이 여기 와서 야경대에게 도전을 한다면 뭔가가 잘못된 거다. 아주 잘못된 거지. 우린 롤로 같은 애들이 우릴 엿 먹일 수 있다고 떠벌리도록 놔 둘 순 없다. 소문이 퍼질 것이고 야경대는 해체되고 말 테니까."

카터는 야경대가 해체된 모습을 상상할 시간을 주기 위해서 잠시 멈추었다.

"방금 나는 무언가가 아주 잘못됐다고 말했다. 누가 잘못됐는지 말하지. 그것은 바로 우리다."

그의 말에 모두가 놀랐다.

"우리가 어떻게 잘못됐단 거야?"

언제나 직설적인 오비가 소리쳤다.

"무엇보다도 우리 이름이 저 빌어먹을 초콜릿 판매와 연결되도록 한 거다. 둘째는 롤로가 말한 것처럼 저 애송이 신입생이 우릴 바보로 만들도록 놔두고 있다는 거고."

그는 아치를 향해 말했다.

"맞지, 아치?"

이 질문에는 악의가 담겨 있었다.

아치는 아무 말도 하지 않았다. 그는 갑자기 자기가 방 안에 온통 낯선 사람들과 있다는 걸 깨달았다. 아무 행동도 하지 않기로 했다. 의심스러울 땐 기다리기 게임을 하라. 시작을 기다려라. 물론 카터의 말에 동의하지 않으면 우스꽝스럽게 될 것이다. 소문은 이미 학교 전체에 퍼져 있었다. 그 애송이가 야경대에 정면으로 반기를 들면서 초콜릿 판매를 거부한 것이다. 그래서 그들은 이날 오후 여기 모인 것이다.

"오비, 오늘 아침 게시판에서 찾아낸 걸 보여 줘."

카터가 말했다.

오비는 재빨리 그 말에 복종하였다. 의자 아래로 몸을 굽혀 반으로 접은 포스터 한 장을 꺼냈다. 그것을 펼치자 포스터는 보통의 부엌 창문 크기가 되었다. 오비는 그것을 모두가 볼 수 있도록 쳐들었다. 포스터에 마구 갈겨쓴 주홍색 글씨가 보였다.

초콜릿 엿 먹어라.

그리고

야경대 엿 먹어라.

"난 수학 시간에 늦어서 이 포스터를 본 거야. 중앙 복도 게시판에 붙어 있었어."

오비가 설명했다.

"많은 애들이 그걸 본 거 같냐?"

카터가 물었다.

"아니. 바로 1분 전에 수학 책을 가지러 사물함으로 갈 때도 게시판 앞을 지나갔어. 그땐 포스터가 없었어. 그러니까 딴 애들은 볼 시간이 거의 없었지."

"르노가 그걸 붙였을까?"

누군가 물었다.

"아니."

카터가 으르렁거렸다.

"제리 르노는 포스터를 붙이고 돌아다닐 필요가 없지. 그 앤 벌써 몇 주일째 야경대와 초콜릿을 엿 먹이고 있는 걸. 하지만 이것만 봐도 무슨 일이 일어나고 있는지 알 수 있지. 얘기가 돌고 있어. 르노가 우리에게 대들고도 멀쩡할 수 있다면 다른 애들도 한번 해 볼 거라고."

마침내 카터는 아치를 돌아보았다.

"좋아, 아치. 넌 우리의 브레인이다. 그리고 네가 우릴 이 쓰레기 안으로 밀어 넣었고. 어떻게 하면 여기서 빠져나가지?"

"아무 일도 아닌 걸 가지고 공포 분위기 조성하는군."

아치가 말했다. 목소리는 조용하고 무심했다. 그는 무슨 일을 해야 하는지 알고 있었다. 이전의 위치를 되찾는 것, 롤로가 거부했다는 기억을 지워 없애는 것, 그리고 자기 아치 코스텔로가 여전히 명령권을 쥐고 있다는 사실을 증명하는 것. 그는 자기가 르노와 초콜릿 문제를 처리할 수 있음을 그들에게 보여 주어야 했다. 그리고 그럴 준비가 되어 있었다. 카터가 연설하고 오비가 포스터를 내보이는 동안, 아치의 머릿속은 부지런히 달리며 이 모든 사실들을 검토하고 조사하고 있었다. 그는 언제나 압력을 받으면 더욱 능률적으로 움직였다.

"먼저, 아무리 우리들이라 해도 학교의 절반을 두들겨 패고 돌아다닐 수는 없다. 바로 그게 내가 센 놈들을 과제를 통해 손봐 줬던 이유지. 그리고 우리가 정말로 애들을 해치기 시작한다면 선생들은 우리 일을 바로 중지시킬 거다. 애들은 정말로 저항할 테고 말이야."

카터의 찌푸린 얼굴을 알아채고 아치는 그를 달래기로 했다. 카터는 모임을 이끌어 왔고 야경대의 대장으로서 위험한 적대자가 될 수도 있는 인물이었다.

"좋아, 카터. 네가 롤로한테 한 일은 아주 멋졌다. 인정해. 그 자식이 자초한 거지. 하지만 롤로 따위는 뭣도 아니야. 그 자식이 언제까지 자빠져서 토하든지, 그런 건 아무도 상관 안 해. 롤로는 예외일 뿐이야."

"롤로는 본보기야. 롤로에 대한 소문이 퍼지면 우린 다른 애들이 제멋대로 으스대거나 포스터를 붙이는 따위의 일을 걱정하지 않아도 돼."

카터가 말했다.

이 이야기가 막다른 지점에 다다르자 아치는 방향을 바꾸었다.

"그러나 롤로를 그렇게 한다고 초콜릿을 팔진 못해, 카터. 네가 말했잖아, 야경대가 이 판매와 연관되었다고. 그렇다면 해결책은 간단해. 가능하면 빨리 그 빌어먹을 판매가 끝나게 만드는 거지. 초콜릿을 팔잔 말이야. 르노가 거부하자 그 녀석은 반항적인 영웅이 되었지. 초콜릿을 팔지 않기 때문에 말이야. 하지만 그 자식만 빼고 전교생 모두가 초콜릿을 판다면 그 자식 꼴이 어떻게 될까?"

아치의 말에 동조하는 웅얼거림이 멤버들 사이에서 나타났다. 그러나 카터는 의심스러워했다.

"그렇다면 어떻게 전교생이 초콜릿을 팔도록 만들지,

아치?"

아치는 자신 있는 웃음을 지으며 조용하게 카터를 응시했다. 동시에, 축축해진 손바닥을 감추기 위해 주먹을 움켜쥐었다.

"간단해, 카터. 모든 위대한 이론과 계획들이 그러하듯이 말이야. 이것도 아름다운 단순함을 가지고 있지."

그들은 기다렸다. 아치가 새로운 과제나 계획을 풀어낼 때면 언제나 그랬듯이 마치 주문에 걸린 것처럼 아치를 바라보았다.

"우리는 초콜릿 판매를 인기 있는 일로 만들 거다. 그걸 파는 게 멋진 일이라는 걸 보여 주는 거지. 우리는 구호를 전하는 거야. 그리고 우리는 조직한다. 각 학급의 반장들과 생활지도위원들. 학생회 임원들 그리고 영향력을 가진 모든 아이들을. 트리니티의 빛나는 전통을 위해! 트리니티인이여, 일어나라!"

"모두가 50통씩 팔고 싶어 하진 않을 거야, 아치."

오비가 도전하듯이 말했다. 그는 아치가 도로 제자리를 되찾자 마음이 약간 심란해졌다. 아치는 그들을 다시 손안에 휘어잡았다.

"그들은 팔 거다, 오비."

아치가 예언했다.

"그들은 할 거다. 넌 네 몫을 다해라, 오비. 네 맡은 몫을 다하라고. 우린 초콜릿을 팔게 될 거다. 야경대는 언제나 그렇듯이 가장 많이 판다. 그 대가로 학교는 우리를 사랑할 거다. 자기들의 초콜릿을 없애 주니까. 그리고 우리는 트리니티에서 우리의 명함을 쓸 수 있게 될 거다. 레온 선생이나 다른 선생들과 함께. 내가 어째서 레온에게 판매 후원을 약속했다고 생각하지?"

아치의 목소리는 확신을 품은 듯 부드러웠다. 이 부드러움은 아치가 드높고 넓게, 멋지게 일을 진행할 때면 나타나는 그의 보증서임을 그들 모두 알고 있었다. 그들은 카터가 주먹을 써서 롤로를 단번에 쓰러뜨리는 것을 보고 경탄하였지만 아치가 지휘할 때 더욱 안도감을 느꼈다. 아치는 놀라운 일을 연달아서 만들어 낼 수가 있었다.

"르노는 어떻게 할 거지?"

카터가 물었다.

"르노는 걱정하지 마."

"하지만 걱정돼. 난 그 녀석이 걱정된다. 그 녀석이 우리를 핫바지로 만들고 있잖아."

카터가 빈정거리듯이 말했다.

"르노 일은 저절로 해결될 거다."

아치가 말했다. 카터와 다른 애들은 보지 못하는가? 그들은 인간의 본성에 대해, 사태가 어떻게 펼쳐질지에 대해 그토록 모른단 말인가?

"내가 하자는 대로 해, 카터. 판매가 끝나기 전에 제리 르노는 자기도 함께 초콜릿을 팔았더라면 하고 진심으로 후회하게 될 거다. 그리고 학교는 제리 르노가 판매에 동참하지 않은 것을 기뻐할 거고."

"좋아."

카터가 지휘봉을 내리치며 말했다. 그는 자기 자신에 대해 확신이 서지 않을 때면 언제나 지휘봉을 내리쳤다. 이 막대기는 그의 주먹의 연장이었다. 그러나 아치가 어떻게 해서인지 자기를 배제했다는 것, 그가 다시 승리를 거두었다는 사실을 깨달은 카터가 말했다.

"이봐, 아치. 이 일이 실패로 돌아가면 말이야, 그러니까 판매가 제대로 되지 않으면 바로 네가 엿 먹게 될 거야, 알겠어? 넌 끝장이라고. 검은 상자도 필요 없어."

아치의 뺨에서 피가 욱신거리고 맥박이 관자놀이에서 위험하게 방망이질쳤다. 아무도 이렇게 모두가 있는 자리에서 이런 식으로 자기에게 말한 적은 없었다. 아치는 느긋하게 앉아 있으려고 애썼다. 미소가 모욕감을 감추면서 그 입술 위에 그대로 머물러 있었다. 병에 붙은 상표처럼.

"네 말이 옳겠지, 아치."

카터가 말했다.

"하지만 나에게 있어서 말이지, 마지막 초콜릿이 팔릴 때까지 넌 집행유예야."

최후의 수치였다. 집행유예.

아치는 얼굴에 그 미소를 그대로 유지했다. 뺨이 부서지는 것 같았다.

28

그는 공을 길멧에게 넘겼다. 길멧의 배에다 툭 찔러넣듯이 공을 넘기고는 자리를 지키며 카터가 돌진해 오기를 기다렸다. 이번 플레이에서 제리는 카터의 아래쪽을 쳐서 그를 넘어뜨려야 했다. 제리에겐 어려운 과제였다. 카터는 그보다 적어도 20킬로그램은 더 무거웠고 보통 코치가 신입생들을 정신 차리게 하는 데 투입하곤 하는 선수였다. 그러나 코치는 항상 이렇게 말했다.

"몸이 얼마나 크냐가 문제가 아니다. 네가 어떻게 다루느냐가 문제다."

제리는 길멧이 태클을 피해 빠져나가고 카터가 맞부딪치고 있는 몸뚱어리들을 뚫고 이쪽으로 튀어나오기를 기다렸다. 그가 저쪽에서 통제력을 잃은 화물용 기차처럼 거칠게 길멧을 향해 덤벼들었다. 그러나 너무 늦었다. 제리가 그쪽으로 낮게 뛰어들었다. 코치가 알려 준 대로 무릎의 약한 부위를 목표로 삼았다. 카터와 제리는 자동차 사고처럼 서로 충돌하였다. 온갖 색깔이 눈앞에 번득였다. 10월 오후가 7월 4일 독립기념일처럼 찬란하게 번쩍였다. 제리는 자신이 바닥으로 나동그라지는 것을 느꼈다. 팔다리가 뒤틀려 카터의 팔다리와 엉겼다. 이 충돌에서 어떤 즐거움을 느꼈다. 풋볼의 정직한 부딪침, 어쩌면 완벽한 패스나 속임수 동작으로 상대를 쓰러뜨린 것처럼 멋지진 않을지 모르지만 그래도 여전히 멋지고 남자답고 자랑스러웠다.

축축한 잔디 냄새, 땅 냄새가 제리의 콧구멍으로 스며들었다. 제리는 자기가 과제를 아주 훌륭하게 달성했음을 알았다. 달콤한 순간들이 파도처럼 밀려 왔고 그는 몸을 내맡겼다. 카터를 잡은 것이다. 카터 자신도 놀라서 머리를 흔들면서 몸을 일으키는 것을 보았다. 제리는 일어서서 히죽 웃었다. 그 순간 갑자기 뒤쪽에서 일격을 당했다. 그의 신장을 노린 악의적인 공격이었다. 심한 가격에 무릎이 꺾이면서 그는 다시 바닥으로 쓰러졌다. 몸을 돌리고 누가 자기를 공격했는지 보려고 하는 순간 어딘가에 또 다른 한 방을 맞았다. 제리는 균형을 잃을 정도로 통증을 느끼며 바닥에 쓰러졌다. 눈에서 물기가 흐르는 것을, 눈물이 뺨으로 흐르는 것을 느꼈다. 주위를 돌아보자 애들이 모두 다음 플레이를 위해서 자기 위치를 잡고 있는 것이 보였다.

"자 어서, 르노."

코치가 소리쳤다.

그는 한쪽 무릎을 딛고 두 발로 서려고 했다. 날카로운 통증은 가시고 이제는 둔하게 퍼지는 아픔으로 변했다.

"빨리, 빨리."

코치가 언제나처럼 성마르게 재촉했다.

제리는 자기 자리를 향해서 걸어갔다. 그는 이번엔 어떤 플레이를 할까 생각하면서 머리와 어깨를 작전 타임을 위해 모인 선수들 속으로 쑤셔 박았다. 그러나 그의 마음 한 구석은 플레이나 경기에 관심이 없었다. 그는 고개를 쳐들고 운동장을 살펴보았다. 마치 다음에 어떤 일이 일어날까 보려는 것 같았다. 대체 누가 자기에게 그런 방식으로 공격했을까? 누가 그토록 자기를 미워해서 그렇게 악의적으로 공격한 것일까?

카터는 아니었다. 카터는 눈에 확실하게 보이는 자리에
있었다. 그러면 도대체 누구일까? 누군가, 분명히 누군가
있었다. 아마도 자기편일 것이다.

"너, 괜찮아?"

누군가가 물었다.

제리는 다시 선수들 속으로 몸을 밀어 넣었다. 플레이 번
호를 외쳤다. 런킵이었다. 적어도 공을 들고 뛰는 동안에는
모든 사람이 자기를 주시할 것이고 그렇게 비겁한 공격에
또다시 노출되지는 않을 것이다.

"시작하자."

그가 생기 있게 말했다. 자기는 괜찮다, 이미 준비가 끝
났다는 것을 모두에게 알리기 위해서였다. 걸어갈 때 갈비
뼈 부근에 통증을 느꼈다.

센터 뒤에 자리를 잡으면서 제리는 눈길을 다시 한 번 쳐
들고 선수들을 훑어보았다. 누군가가 자기를 파괴하려 하
고 있었다.

머리 뒤에도 눈을 주십시오. 그는 구령을 외치면서 이렇
게 기도하였다.

현관문에 열쇠를 밀어 넣고 있는데 전화벨이 울렸다. 열

쇠를 재빨리 돌려 문을 열어젖히고 책을 현관에 있는 의자에다 던졌다. 벨소리는 끝도 없이 계속되었다. 텅 빈 아파트 안에 울리는 고독한 소리였다.

마침내 수화기를 집어 들었다.

"여보세요."

침묵. 신호음도 없었다. 그러더니 침묵 뒤에 어떤 희미한 소리가 들렸다. 멀리서부터 가까워지면서 누군가 킥킥거리는 것처럼, 귓속말로 비밀스러운 농담을 하는 것 같았다.

"여보세요."

제리가 다시 말했다.

킥킥거림은 이제 더 크게 들렸다. 음란 전화인가? 여자들만 이런 전화를 받는 거 아닌가? 다시 그 킥킥거림. 이번에는 더 뚜렷하고 큰 소리로, 그러나 여전히 친밀하면서도 뭔가를 암시하는 듯한 킥킥거림이었다. 마치 네가 모르는 일을 나는 알고 있다고 말하는 듯했다.

"누구야?"

제리가 물었다.

그러자 뚜 하는 신호음이 그의 귀에 방귀 소리처럼 들려왔다.

그날 밤 열한 시에 전화벨이 다시 울렸다. 제리는 아버지라고 생각했다. 아버지는 밤 근무를 하고 있었다.

수화기를 집어 들고 "여보세요." 하고 말했다.

대답이 없었다.

전혀 아무 소리도 없었다.

그는 수화기를 내려놓으려 했지만 무엇인가가 계속 붙잡고 있게 했다. 그래서 기다렸다.

다시 그 킥킥거림.

그것은 오후 세 시보다 더욱 이상했다. 밤, 바깥은 어둠, 아파트에는 약한 조명만 빛나고 있었다. 그림자들이 위협하는 것처럼 보였다. 잊어버려, 제리는 자신에게 이렇게 말했다. 밤이면 언제나 더 나쁘게 보이는 법이야.

"이봐, 대체 누구야?"

그의 목소리는 보통 때처럼 울리고 있었다.

여전히 그 킥킥거림, 그 조롱은 악의에 가까웠다.

"어떤 쓰레기냐? 바보냐? 얼간이냐?"

제리가 물어보았다. 상대를 자극해서 화나게 하려는 것이었다.

킥킥거림은 비웃음으로 바뀌었다.

그러고 나서 다시 신호음이 들렸다.

제리가 사물함에 값진 물건을 보관하는 일은 드물었다. 학교는 '빌리는 놈들'로 악명이 높았다. 그 애들은 정확하게 말해서 도둑은 아니었지만, 못을 박아 놓거나 열쇠를 채우지 않은 것들은 언제나 가져가 버리곤 했다. 열쇠를 사 봤자 소용 없었다. 바로 첫날 망가질 것이었다. 트리니티에 사생활이란 것은 없었다. 학생들 대부분은 다른 사람의 권리에 대해서 그 어떤 예의도 없었다. 그들은 책상을 뒤지고 사물함을 열어 살펴보고, 책갈피를 샅샅이 뒤지곤 했다. 돈이나, 책이나, 시계, 옷가지 등 무엇이든 언제나 뒤졌다.

　처음으로 밤에 전화를 받은 다음 날 아침, 제리는 사물함을 열어 보고 믿을 수가 없어서 고개를 가로저었다. 그의 포스터가 푸른색 잉크 또는 페인트로 더럽혀져 있었다. 포스터에 쓰인 메시지는 완전히 망쳐졌다. '내 감히 우주를 어지럽히랴?'라는 문구가 있던 자리에는 이제 알아볼 수 없는 문자들이 기묘하게 뒤엉켜 있을 뿐이었다. 이것은 의미 없고 유치한 야만 행위였다. 제리는 화나기보다 기묘한 생각이 들었다. 누가 이렇게 미친 짓을 하는 거지? 아래를 내려다보자 자신의 새 운동화가 찢겨진 것을 보았다. 넝마처럼 갈래갈래 찢겨져 있었다. 그만 실수로 운동화를 밤새 여기 놓아두었던 것이다.

포스터를 망가뜨리는 것과는 별개의 문제였다. 그것은 그냥 짐승이 하는 짓이었다. 그리고 모든 학교에는 짐승이 있었다. 물론 트리니티에도. 그러나 운동화를 망가뜨리는 것은 장난이 아니었다. 그것은 심각한 일이었다. 누군가가 그에게 메시지를 보내고 있었다.

전화벨 소리.

풋볼 경기장에서 받았던 공격.

그리고 지금 이것.

그는 다른 아이들이 이렇게 망가진 모습을 볼 수 없도록 사물함을 재빨리 닫았다. 어떤 이유에선지 그는 부끄러웠다.

불이 난 꿈을 꾸고 있었다. 불길이 알 수 없는 벽을 태우고 있는데, 사이렌 소리가 울렸다. 그러나 그것은 사이렌 소리가 아니라 전화벨 소리였다. 제리는 침대에서 벌떡 일어났다. 복도에서 아버지가 수화기를 도로 벽에 걸고 있었다.

"별일이군."

할아버지의 시계가 두 시를 알리는 노래를 불렀다.

제리는 눈을 깜박여서 잠을 털어 낼 필요도 없었다. 잠에서 완전히 깨어 으스스한 한기를 느꼈다. 발 아래 복도가 차가웠다.

"대체 누구예요?"

제리가 물었다. 물론 그는 이미 알고 있었다.

"아무도 아니다."

아버지가 역겹다는 듯이 대답했다.

"같은 일이 어젯밤 이 시간쯤에도 있었지. 넌 깨지 않았지만. 전화선 저편에서 어떤 바보가 세상에서 가장 재미있는 농담이라도 들은 것처럼 웃어 대더라."

아버지는 손을 뻗어 제리의 머리카락을 엉클어뜨렸다.

"가서 자라, 제리. 가지각색의 바보들이 돌아다니는 판이니."

제리가 다시 이상하고 꿈도 없는 잠에 빠져 들기까지는 여러 시간이 걸렸다.

"르노."

앤드류 선생이 불렀다.

제리가 올려다보았다. 그는 새 미술 작업에 몰두하고 있었다. 원근법을 배우기 위해서 2층짜리 집을 그려 보는 일이었다. 간단한 연습이었지만 그는 반듯한 선들이 좋았다. 깔끔하고 구도와 각도가 반듯한 아름다움이 좋았다.

"예, 선생님?"

"자네의 수채화. 풍경화 숙제 말이야."

"예?"

이상했다. 수채화는 가장 중요한 숙제로 일주일 동안 정말 공들인 것이었다. 제리는 자유 구상 부문을 잘하지 못했기 때문이다. 그는 구성이 잘 정의되어 있는 형식적인 혹은 기하학적인 디자인을 훨씬 더 쉽게 했다. 그러나 수채화는 이번 학기 점수에서 50퍼센트를 차지하는 것이었다.

"오늘이 마지막 제출 날짜인데, 자네 것을 찾을 수가 없는데?"

선생님이 말했다.

"어제 선생님 책상에 놔두었는데요."

제리가 말했다.

"어제?"

앤드류 선생이 그런 말은 들어 본 적도 없다는 듯이 물었다. 그는 까다롭고 정확한 사람이었다. 보통은 수학을 가르치지만 미술을 맡기도 했다.

"예, 선생님."

제리가 깍듯하게 말했다.

앤드류 선생은 눈썹을 치켜올리며 책상에 놓인 그림들을 뒤져 보았다.

제리는 체념하고서 나직하게 한숨을 쉬었다. 그는 앤드류 선생이 그림을 찾지 못하리라는 것을 알고 있었다. 몸을 돌려 교실에 있는 애들의 얼굴을 살펴보고 싶었다. 만족스럽게 이 상황을 즐기고 있는 녀석을 찾아내고 싶었다. 이봐, 넌 편집증에 걸린 거야, 그는 자신에게 말했다. 누가 여기로 들어와서 네 그림을 훔쳐가지? 누가 그렇게 유심히 지켜보았기에 네가 어제 그림을 제출했다는 것을 안단 말이냐?

앤드류 선생은 고개를 들었다.

"진부한 표현을 쓰자면 르노, 우린 진퇴유곡에 이른 것 같다. 자네의 풍경화는 여기 없어. 그러니까 내가 그것을 잃어버렸든가, 어쨌든 나는 풍경화를 잃어버리는 습관은 없지만 말이야……."

선생은 여기서 마치 믿을 수 없는 일에 대해 웃음을 기대하는 것처럼 말을 멈추었다. 그리고 거짓말처럼 웃음이 터져 나왔다.

"아니면 자네의 기억이 잘못되었는데."

"풍경화를 제출했습니다, 선생님."

자신 있는 태도였다. 어떤 두려움도 없었다.

선생은 제리의 눈을 똑바로 들여다보았다. 제리는 거기

서 정직한 의심을 보았다.

"좋아, 르노. 그럼 어쩌면 나에게 풍경화를 잃어버리는 버릇이 있는 모양이군."

제리는 선생에게 일종의 동지애를 느꼈다.

"어쨌든 더 찾아보기로 하지. 어쩌면 교무실에 두었을지도 모르니까."

어떤 이유에선지 이 말도 다시 웃음을 불러일으켰다. 그리고 선생까지도 함께 웃었다. 늦은 시각이었다. 누구나 편하게 긴장을 누그러뜨릴 필요를 느꼈다. 제리는 사방을 살펴보고 싶었다. 누구의 눈이 잃어버린 수채화를 놓고 승리로 빛나는지 보고 싶었다.

"물론, 르노. 내가 아무리 너그러워도 이 풍경화를 찾지 못하면 난 자네에게 이번 학기 낙제점을 줄 수밖에 없네."

제리는 사물함을 열었다.

쓰레기는 그대로 있었다. 그는 포스터를 뜯어내지도 않았고 운동화를 없애지도 않았다. 상징처럼 그대로 그곳에 남겨 두었다. 무엇에 대한 상징이란 말인가? 확실하지가 않았다. 애틋한 눈길로 포스터를 바라보면서 손상된 문구를 생각해 보았다. '내 감히 우주를 어지럽히랴?'

보통 때처럼 복도의 난장판이 그를 둘러쌌다. 사물함 문을 탁 닫는 소리, 거친 외침소리와 휘파람 소리 그리고 애들이 풋볼, 권투, 토론 등 오후 활동을 위해 서둘러 달려가면서 내는 발소리.

나는 감히 우주를 어지럽히려는가?

그렇다. 그렇게 생각한다.

제리는 갑자기 포스터가 이해되었다. 해변에 홀로 두려움 없이 꼿꼿하게 서 있던 그 외로운 남자는, 마치 세상이, 그렇다, 바로 우주가 그의 목소리를 듣게 하려는 것 같았다. 그 남자는 세상에 자신을 알리려는 모습이었다.

29

멋져.

브라이언 코크란은 거듭거듭 합계를 내 보았다. 마치 마법사처럼 숫자로 장난치고 게임을 했다. 그 통계는 매혹적인 기쁨의 숫자였다. 그는 레온 선생에게 보고할 때까지 기다릴 수가 없었다.

지난 며칠 동안 판매량은 경이롭게 올라갔다. 경이롭다는 말이 맞았다. 브라이언은 이 통계에 취한 것 같았다. 독한 술처럼 숫자에 취해 현기증이 일어나고 머릿속이 어지럽고 마음이 들떴다.

대체 무슨 일이 있었던가? 그는 확실하게 알 수가 없었다. 이런 갑작스러운 방향 전환, 이 놀라운 상승, 예상치도 못했던 판매량을 설명해 줄 만한 단 하나의 이유도 없었다. 그러나 변화의 조짐은 여기, 자기 앞에 있는 숫자에만 나타난 것이 아니라 학교 안 어디에서나 볼 수 있었다. 브라이언은 열병과도 같은 활동을 목격하였다. 초콜릿 판매가 갑자기 유행이 되고, 열풍이 되는 것을 보았다. 몇 년 전 홀라후프가 처음에는 초등학교 1, 2학년 꼬마들을 사로잡더니 결국에는 대유행이 되었던 것과 비슷했다. 소문에 따르면 야경대가 이 판매를 특별 업무로 떠맡았다고 했다. 브라이언이 특별히 조사해 본 것은 아니지만 가능한 일이었다. 그는 언제나 야경대를 피하였다. 그러나 몇몇 눈에 띄는 야경대의 멤버들이 복도에서 애들을 기다리고 있다가 그들의 판매량을 검토하고 조금밖에 팔지 못한 애들에게 위협적으로 속삭이는 것을 보았다. 매일 오후 여러 팀이 초콜릿을 가지고 학교를 떠났다. 그들은 자동차에 초콜릿을 싣고 나갔다. 그 팀들은 도시의 여러 구역을 돈다고 들었다. 이웃집에 쳐들어가 벨을 누르고 문을 두드리고 하면서 마치 위탁 받은 백과사전 판매원들처럼 엄청난 판매고를 올린다고 했다. 또한 어떤 애들은 근처에 있는 공장 한 곳에 부탁해서 허락을 얻고는 네 명이 공장 안을 돌면서 겨우 몇 시간 만에 초콜릿 300통을 팔았다는 말도 들었다. 브라이언은 열렬한 활동에 자극받았다. 그도 재빨리 보고서를 작성하여 결과를 강당 게시판에 기록하기 위해 달려갔다. 강당은 학교에서 가장 주목받는 장소가 되었다.

"저것 봐."

지난번 게시판에 기록할 때도 어떤 애가 소리쳤다.

"지미 데머스가 50통을 다 팔았어."

이것은 소름끼치는 일이었다. 실적은 모든 학생들에게 분배되고 있었다. 브라이언은 이것이 공정한 일인지 아닌지 알지 못했지만 방법에 대해서는 시비를 걸지 않았다. 레온 선생은 오로지 결과에 대해서만 관심이 있었고 브라이언도 그랬다. 그래도 브라이언은 이런 상황 때문에 마음이 불편했다. 몇 분 전에도 카터가 돈을 움켜쥐고 사무실로 들어왔다. 브라이언은 카터를 극히 조심스럽게 대했다. 그는 야경대의 대장이었다.

"좋아, 야. 여기 수익금이 있다. 75통. 150달러다. 세어 봐."

카터가 동전과 지폐 등을 책상 위에 내려놓으면서 말했다.

"알았어."

브라이언은 카터가 지켜보는 가운데 일에 달려들었다. 손가락이 떨렸다. 그는 실수하지 않기 위해서 조심했다. 정확하게 150달러가 맞아야 하는데.

"정확하게 맞아."

브라이언이 말했다.

그러고 나자 기묘한 장면이 나타났다.

"명단 좀 보자."

카터가 말했다.

브라이언은 명단을 넘겨 주었다. 각각의 이름 옆에는 그들이 가져온 수익금이 적혀 있었다. 강당의 게시판에 있는 것과 똑같았다. 몇 분 동안 명단을 살펴보더니 카터가 브라이언에게 판매 대금을 몇몇 학생들에게 분배하라고 말했다. 브라이언은 카터가 부르는 이름들에다 판매량을 나누어 주었다. 화트, 13……. 들리로, 9……. 르무안, 16. 이런 식이었다. 전체 75통이 모두 학생들 일고여덟 명 앞으로 나눠졌다.

"그 애들은 초콜릿을 파느라고 아주 애를 쓴 거다. 난 그 애들이 이런 실적을 얻을 만하다고 믿는다."

카터가 얼굴에 멍청한 미소를 띠고 말했다.

"맞아."

브라이언이 풍파를 일으키지 않고 말했다. 그는 물론 카터가 고른 애들이 초콜릿을 팔지 않았다는 사실을 알고 있었다. 그러나 그것은 자기가 알 바가 아니었다.

"얼마나 많은 애들이 오늘 50통 분량을 채웠지?"

카터가 물었다.

브라이언은 숫자를 살펴보았다.

"화트와 르블랑을 포함해서 여섯 명. 걔네가 방금 판매한 양이 걔들을 선두로 끌어올렸어."

브라이언은 정직한 얼굴을 유지할 수가 있었다.

"이것 알아, 코크란? 넌 똑똑한 놈이야. 냉정하다고. 아주 빨리 알아차린단 말이지."

빠르다고? 빌어먹을, 애들은 벌써 일주일 내내 판매량을 가지고 장난을 치고 있는데도 브라이언은 이틀 동안이나 까맣게 몰랐다. 카터에게 이제 이 판매 운동이 야경대의 일이 되었느냐고 물어보고 싶었다. 아치 코스텔로가 낸 과제처럼 말이다. 그러나 호기심을 누르기로 마음 먹었다.

오후가 끝나기 전에 475통이 팔렸다. 모두 현찰이었다. 판매 팀들이 성공에 도취해서 승리의 나팔을 불며 학교로 돌아왔다.

브라이언은 레온에게 가서 함께 판매량의 합계를 냈다.

그들은 15,010통이 팔렸다는 사실을 알게 됐다. 이제 겨우 5,000 남짓 남았다. 아니면 레온 선생이 까다롭고 쫀쫀한 태도로 말한 것처럼 정확하게 4,990통 남았다. 오늘 레온은 전혀 문제를 일으키지 않았다. 그도 어지럽고 들뜬 것처럼 보였다. 그의 축축한 눈길은 판매의 성공으로 빛나고 있었다.

그는 브라이언을 성이 아니라 이름으로 불렀다.

브라이언이 강당으로 가서 오늘의 판매량을 기록하자 아이들 사이에서 박수갈채가 터져 나왔다. 이전에 브라이언 코크란에게 박수를 보낸 사람은 아무도 없었다. 그런데 지금 그는 풋볼 영웅 같은 느낌이었다.

30

이제 초콜릿 판매량을 점검할 필요가 없었다. 학생들 대부분이 수익금을 직접 브라이언 코크란에게 제출하였기 때문이다. 그런데도 레온 선생은 그 일을 계속하였다. 구버는 선생이 이제는 이 과정을 즐기고 있음을 알았다. 마치 대단한 일처럼 다루었다. 교실에서 그는 브라이언 코크란이 보고할 때처럼 최근의 판매량을 읽고 그 내용을 자세히 열거했다. 이 상황에서 최대한으로 극적인 분위기를 자아내며 만족감을 이끌어 내기 위해 이름과 총계를 천천히 말했다. 그리고 데이빗 캐로니 같은 아이들을 조롱하거나 겁을 주어서 노래하듯이 대담하게 만들었다.

"보자, 하트넷."

레온이 즐겁게 머리를 가로저으면서 놀라움을 표현했다.

"이 보고서에 따르면 자네는 어제 50통을 다 팔았군. 총 53통을 팔았어. 대단해!"

그러고는 간교한 눈길로 제리를 흘깃 바라보았다.

물론 우스운 일이었다. 하트넷은 초콜릿을 전혀 팔지 않았기 때문이다. 이 판매량은 매일 오후 차를 몰고 나가는 판매 팀의 실적이었다. 학교는 초콜릿에 미쳐 돌아갔다. 그러나 구버는 아니었다. 제리에게 공감한다는 것을 보이기 위해서 그는 초콜릿 판매를 그만두었다. 그래서 그의 총계는 지난 주에 판 27개로 완전히 멈추어 있었다. 충분한 것은 아니었지만.

"맬런."

레온이 이름을 불렀다.

"일곱이요."

"어디 보자, 맬런. 그러니까 자넨 47통이 되었군. 축하한다, 맬런. 나머지 세 통은 오늘 다 팔 것이라 믿네."

구버는 자기 자리에서 몸이 오그라들었다. 다음은 파멘티어였다. 그러고 나면 제리였다. 그는 제리 쪽을 바라보았다. 제리는 자기 이름이 불리기를 기다리는 것처럼 의자에 똑바로 앉아 있었다.

"파멘티어."

"일곱이요."

"파멘티어, 조지 파멘티어."

레온이 즐거워했다.

"그럼 자넨, 조지의 이름으로*, 50통을 다 팔았군. 목표를 달성했어, 파멘티어. 훌륭해, 훌륭해! 박수를 치자, 여러분."

구버는 대충 박수를 쳤다. 충분치 못했다.

침묵. 이어서 레온 선생의 목소리가 노래하듯이 울려 퍼졌다.

"르노!"

그것은 완전한 노래였다. 그의 목소리엔 시적인 환희가 가득 담겼다. 구버는 레온 선생이 이제 제리가 초콜릿을 팔건 말건 관심 없다는 것을 알았다.

"아니요."

....

* 미국의 초대 대통령 조지 워싱턴과 이름이 같은 것을 빗대고 있다. —옮긴이

제리가 대답했다. 그의 목소리는 또렷하고 힘이 넘쳤다. 승리를 가져오는 목소리였다.

어쩌면 둘 다 이길 것이다. 어쩌면 대립을 피할 수도 있을 것이다. 판매는 이제 내리막길에 있었다. 그것은 곧 끝날 것이다. 그리고 머지않아 다른 활동들에 묻혀서 잊혀질 것이다.

"레온 선생님."

모든 눈길이 해럴드 다시에게로 쏠렸다.

"그래, 해럴드."

"질문 하나 해도 됩니까?"

선생은 성가시다는 듯 얼굴을 찌푸렸다. 이렇게 대단한 때에 방해를 받은 것이 못마땅했다.

"그래, 그래, 해럴드."

"르노에게 왜 다른 애들처럼 초콜릿을 팔지 않는지 물어봐 주시겠습니까?"

교실 안은 한두 블록 떨어진 곳에서 울린 자동차 경적 소리조차 들릴 정도로 조용해졌다. 레온 선생의 얼굴에 경계심이 나타났다.

"왜 알려고 하지?"

"알 권리가 있다고 생각합니다. 누구에게나 알 권리가

있지요."

해럴드는 동의를 구하듯이 사방을 둘러보았다. 누군가가 "맞아." 하고 소리쳤다. 해럴드가 말했다.

"모두가 자기 몫을 합니다. 어째서 르노는 안 하지요?"

"대답해 보겠나, 르노?"

선생이 말했다. 축축한 눈길이 분명한 악의를 드러내며 빛났다.

제리는 숨을 멈추고 얼굴을 붉혔다.

"여기는 자유 국가입니다."

이 말에 웃음소리가 조금 들렸다. 누군가 숨죽여 웃었다. 레온 선생 또한 즐겁게 바라보았다. 구버는 구역질을 느꼈다.

"그보단 대답이 더 독창적이겠거니 하고 생각했는데, 르노?"

레온 선생이 언제나처럼 청중을 의식하면서 말했다.

구버는 제리의 뺨이 발그레해지는 것을 보았다. 학급 전체에도 변화가 나타나는 것을 느낄 수가 있었다. 기분과 분위기의 미묘한 변화였다. 이때까지 학급은 중립이었다. 제리의 입장에 대해 무심하게 그냥 너 할 대로 하라는 분위기였다. 그러나 오늘의 공기는 미묘한 원망으로 가득 찼다.

원망 이상이었다. 미움이었다. 해럴드 다시를 보자. 보통 때 그는 이런 십자군 일에 아무런 관심도 없었고, 별로 열광하지도 않는 평범한 아이였다. 그런데 갑자기 그런 그가 제리에게 도전하고 있었다.

"이 판매가 자유의사에 따른 것이라고 말씀하셨지요, 레온 선생님?"

제리가 물었다.

"그렇다."

선생이 대답했다. 뒤로 물러나려는 것처럼 느긋하게 서서 제리가 제풀에 자신을 떠벌리도록 내버려 두었다.

"저는 꼭 초콜릿을 팔아야 한다고 느끼지 않습니다."

원망의 소리가 교실에 울렸다.

"넌 자신이 우리보다 더 우월하다고 생각하는 거야?"

해럴드가 소리쳤다.

"아니."

"그렇다면 넌 네가 뭐라고 생각해?"

필 보베가 물었다.

"난 제리 르노야. 그리고 초콜릿을 팔지 않을 거야."

맙소사, 구버가 생각했다. 제리는 어째서 조금도 굽히지 않는 거지? 그냥 조금이면 되는데.

285

종이 울렸다. 한동안 소년들은 그대로 앉아 있었다. 이 문제가 아직 끝나지 않았음을 알고는 기다리고 있었다. 기다림에는 어떤 불길한 분위기가 담겨 있었다. 이윽고 기다림이 깨지는 순간 소년들은 의자를 뒤로 밀치고 책상에서 일어나서 언제나처럼 서두르기 시작했다. 아무도 제리 르노를 바라보지 않았다. 구버가 문에 이르렀을 때 제리는 다음 수업을 위해 자기 교실로 가고 있었다. 해럴드 다시를 포함한 소년들 한 떼가 불만스럽게 복도에 서서 제리가 걸어가는 것을 바라보았다.

그날 오후 늦게였다. 구버는 환호성에 이끌려 강당으로 갔다. 강당의 뒤편에 서서 브라이언 코크란이 오늘의 판매고를 적는 것을 보았다. 그곳엔 애들이 50명이나 60명 정도 있었다. 이 시간 치고는 이상하게 많은 수였다. 코크란이 새로운 판매량을 적어 나갈 때마다 애들은 큰 소리를 내는 카터의 부추김을 받아 환호성을 지르곤 했다. 그는 아마도 초콜릿을 전혀 팔지 않고 다른 애들을 시켜서 자기 몫을 채웠을 것이다.

브라이언 코크란은 손에 든 종이를 살펴보더니 큰 게시판 세 개 중 하나로 걸어갔다. 롤랜드 구버트라는 이름 옆에 "50"이라는 숫자를 적었다.

잠시 동안 구버는 롤랜드 구버트가 누군지 알 수가 없었다. 그는 게시판을 쳐다보다가 자기 눈을 믿지 못한 채 흥분하였다. 그러고 나서야 '아니, 이거 나잖아!' 하는 생각이 들었다.

"구버가 50통을 팔았다."

누군가 소리쳤다.

만세, 박수와 귀가 떠나갈 듯한 휘파람 소리.

구버는 말도 안 된다며 항의하러 앞으로 나가려고 했다. 그는 겨우 27개만 팔았다. 그러고는 자기가 제리를 응원한다는 것을 보여 주기 위해서, 아무도 모르고 제리 자신도 모르는 한이 있더라도 어쨌든 그것을 보여 주기 위해서 판매를 그만두었다. 그런데 이 모든 것이 사라졌다. 그는 자기가 그림자 속에 파묻힌 것을 보았다. 마치 완전히 움츠러들어 보이지 않는 존재가 된 것 같았다. 그는 말썽을 만들고 싶지 않았다. 이미 충분히 말썽에 말려들었다. 그리고 지금 여전히 말썽 한가운데에 있다. 그는 지금 저 즐거워하는 소년들 앞으로 걸어 나가 자기 이름 옆에 있는 '50'이라는 숫자를 지우라고 말한다면 앞으로 트리니티에서 지낼 시간이 편치 못하리라는 것을 알고 있었다.

구버는 바깥 복도에 나왔다. 숨결이 가빠졌다. 그러나 그 밖에는 아무것도 느끼지 못했다. 그는 스스로 아무것도 느끼지 못하기를 바랐다. 그는 자신이 썩었다고 느끼지 않았다. 배신자라고 느끼지도 않았다. 자기가 형편없고 비겁하다고 느끼지 않았다. 이 모든 것을 전혀 느끼지 않았다면 어째서 그는 사물함으로 가는 동안 내내 울고 있었던 것일까?

31

"뭐가 그리 급하셔?"

친숙한 목소리였다. 세상의 모든 깡패들이 가진 목소리, 세인트 존 중학교 3학년 때 교실 밖에서 제리를 기다리고 있던 하베이 크랜치, 어린 꼬마들에게 작은 고문을 가하는 것을 즐거움으로 삼던 여름 캠프에서 만난 에디 허먼 그리고 어느 여름에 서커스에서 그를 두들겨 패고 손에서 표를 뺏어간 생판 낯선 어떤 아이……. 그가 방금 들은 목소리는 바로 그 아이들의 목소리였다. 온갖 깡패들과 말썽꾸러기 그리고 혼자 잘난 척 뻐기는 애들의 목소리. 남을 조롱하고 괴롭히고 부추기고 말썽을 찾는 목소리. '뭐가 그리 급하셔?' 그것은 바로 그런 적의 목소리였다.

제리는 그를 바라보았다. 그 애는 도전적인 자세로 자기 앞에 서 있었다. 발을 바닥에 딱 붙이고 두 발은 약간 벌린 채 손은 다리 양측에 납작하게 붙이고 있었다. 마치 양쪽으로 권총집을 차고 금방이라도 뽑으려는 듯이, 아니면 손으로 이리저리 가르고 상대방을 칠 준비를 하고 있는 가라테 프로 선수 같은 모습이었다. 제리는 꿈에서 잔인하게 적들을 쓰러뜨릴 때만 빼고는 가라테를 알지 못했다.

"너한테 물었잖아."

그 애가 말했다.

제리는 이제 그를 알아보았다. 진저라는 이름의 건달이었다. 신입생을 약 올리는 녀석으로, 피하는 게 상책이었다.

"물었다는 거 알아."

제리는 한숨을 쉬면서 대답했다. 무슨 일이 일어날지 알 수 있었다.

"대체 무얼?"

바로 이것이다. 이 비아냥거림, 오래된 고양이와 쥐 게임이 시작되었다.

"나한테 물어본 것"

제리는 대답은 하면서도 그것이 아무 소용이 없다는 것을 알고 있었다. 자기가 무어라 대답하든 어떻게 대답하든 어차피 상관 없을 것이다. 진저는 꼬투리를 찾고 있었고 곧 찾아낼 것이다.

"그게 뭐였는데?"

"내가 뭐가 그리 급하냐고 물었어."

진저가 미소를 지었다. 그는 바로 핵심을 찾았다. 작은 승리였다. 승리자의 웃음이 그의 얼굴로 퍼져 나갔다. 알고 있다는 웃음, 마치 그가 제리의 모든 비밀을 알고 있다는 듯한, 그의 지저분한 일을 많이 알고 있다는 듯한 웃음.

"이거 알아?"

진저가 물었다.

제리는 기다렸다.

"너, 아주 잘난 놈 같다는 것 말이야."

진저가 말했다.

어째서 잘난 놈들은 꼭 다른 사람보고 잘났다고 우기는 걸까?

"내 어떤 점이 그런데?"

제리가 가능하면 말을 끌려고 애쓰면서 물었다. 누군가 옆에 지나갔으면. 그는 옛날 하베이 크랜치가 헛간 근처에서 자기를 괴롭히고 있을 때 파누프 선생이 지나가다가 자기를 구해 준 것을 기억했다. 그러나 지금 주위에는 아무도 없었다. 풋볼 연습은 형편없었다. 그는 패스를 성공시킬 수가 없었다. 코치는 그를 경기장 밖으로 내보내 버렸다. "오늘 자네 형편없군, 르노. 어서 가서 샤워나 해." 코치에게서 몸을 돌리다가 제리는 선수들의 얼굴에 자기네들끼리 비밀스럽게 히죽거리는 모습이 재빠르게 스치는 것을 보았다. 그리고 사태를 알아챘다. 그들은 의도적으로 제리의 패스를 떨어뜨리고 방어하지 않은 것이다. 구버는 팀을 그만두었다. 믿을 사람이 없었다. 편집증이 더 심해졌군, 제리는 자신을 질책하면서 풋볼 운동장에서 체육관으로 통하는 작은 오솔길을 터덕터덕 걸었다. 그러다가 자기를 기다리고 있던 진저를 만난 것이다.

"어째서 네가 잘난 놈이라고 생각하느냐고? 네가 대단한 행동을 하기 때문이지, 꼬마야. 넌 심각한 일을 피하려고 하잖아. 하지만 날 속이진 못해. 넌 비밀이 있지."

진저가 미소를 지었다. 우리끼리만 뭔가를 안다는 미소, 친근하지만 소름이 오싹 끼치는 미소였다.

"이 말이 무슨 뜻인지 알아?"

진저가 즐겁게 웃었다. 그러면서 제리의 턱을 손으로 건드렸다. 가벼운 손길이었다. 둘은 마치 10월의 어느 오후에 친구 사이에서나 주고받는 그런 대화를 나누고 있는 오랜 친구들 같았다. 바람이 불자 그들 주변에서 나뭇잎들이 축제일에 뿌리는 큼직한 색종이 조각처럼 휘날렸다. 제리는 진저가 가볍게 자기를 건드린 까닭을 알 만했다. 진저는 한바탕 싸움을 하고 싶어서 주먹을 쓰고 싶어서, 몸이 근질거리는 것이다. 그리고 이제 점점 인내심을 잃었다. 그러나 진저는 스스로 싸움을 시작하고 싶지는 않았다. 제리가 싸움을 걸어 오기를 기다리고 있었다. 싸움 뒤에 책임을 지지 않기 위해서 깡패들이 쓰는 수법이었다. 쟤가 먼저 시작했어요 하고 나중에 그들은 말할 수 있었다. 이상하기 짝이 없었지만 제리는 마치 정말로 자기가 진저를 때려눕힐 수 있을 것처럼 느꼈다. 분노가 자기 속에 쌓이는 것을 느낄 수 있었다. 그 분노는 힘과 끈기를 일깨웠다. 그러나 싸우고 싶지 않았다. 그는 중학교 시절의 폭력으로 돌아가고 싶지 않았다. 그런 것은 뒤뜰에서나 통하는 명예였지 실제로는 명예가 아니었다. 코피를 흘리고 눈두덩에 멍이 들고 이가 부러짐으로써 자신을 입증하는 일이었다. 그는 초콜릿을 팔지 않는 것과 같은 이유에서 싸움을 하고 싶지 않았다. 학교에서 늘 가르치는 대로 자기 일을 스스로 결정하고, 스스로 하고자 했다.

"이게 바로 내가 말하는 뜻이야."

진저가 말했다. 그가 다시 손길을 뻗치더니 제리의 뺨을 건드렸다. 그러나 이번에는 포옹이라도 하려는 듯 다정하게 천천히 움직였다.

"이게 바로 네가 감추고 있는 거지."

"뭘 감춰? 누구한테 감춰?"

"모든 사람한테. 너 자신한테도 말이야. 깊고도 어두운 비밀을 감추는 거지."

"어떤 비밀?"

어안이 벙벙했다.

"네가 게이라는 것. 동성애자. 호모로 살면서 그걸 감추는 거지."

제리는 갑자기 토할 것 같은 느낌이었다. 참기 힘든 욕지기가 올라왔다.

"이것 봐라, 얼굴이 붉어지는데. 호모가 얼굴이 빨개졌네······."

진저가 말했다.

"이봐······."

제리가 말을 시작했다. 어디서 어떻게 말을 시작해야 할

지조차 몰랐다. 세상에서 가장 고약한 일은 호모라고 불리는 것이었다.

"들어 봐."

진저가 말했다. 자기가 제리의 약점을 건드린 것을 알고 이번에는 냉정한 태도였다.

"넌 트리니티를 더럽히고 있어. 넌 다른 애들처럼 초콜릿을 팔지 않아. 게다가 넌 호모란 말이지."

그는 과장되게 감탄하듯이 비웃으면서 머리를 가로저었다.

"넌 정말 대단해, 그거 알아? 트리니티는 호모를 알아내서 제거하는 여러 시험들을 가지고 있는데도 넌 영리하게 들어왔단 말이야. 그렇지 않냐? 온몸에다 크림을 바를 거야. 와우, 비벼대기 좋게 잘 익은 젊은 육체가 400명이라……."

"난 호모가 아냐."

제리가 소리쳤다.

"나한테 키스해."

진저가 말하면서 기묘한 모습으로 입술을 내밀었다.

"개자식."

제리가 소리쳤다.

이 말이 공중에 매달렸다. 전투를 알리는, 말로 된 깃발이었다. 진저는 환한 승리의 미소를 지었다. 이게 바로 그가 원하는 것이었다. 이것이 이 만남, 이 시비의 이유였다.

"뭐라고 말했지?"

진저가 물었다.

"개자식."

제리가 말을 한 마디 한 마디 음미하면서 내뱉었다. 이번에는 싸움을 열렬히 원했다.

진저가 머리를 옆으로 돌리고 웃었다. 이 웃음이 제리를 놀라게 했다. 그는 보복을 기대하고 있었다. 그런데 진저는 저기 지극히 태평스럽게 서서 허리에 손을 올리고 재미있어 했다.

그때 제리는 그들을 보았다. 애들 서너 명이 관목 숲에서 나와 이쪽으로 달려왔다. 몸을 굽힌 자세였다. 모두 피그미족처럼 작았다. 아주 재빨리 움직여서 그는 그들을 제대로 볼 수도 없었다. 그냥 미소 띤 얼굴들, 악마처럼 미소 띤 얼굴들을 보았을 뿐이다. 또 다른 애들도 왔다. 대여섯 명이 소나무들이 있는 뒤쪽에서 나와 이리로 다가왔다. 제리가 미처 싸울 채비도 갖추기 전에 아니, 방어를 위해 팔을 쳐들기도 전에 그들은 한꺼번에 그에게 달려들어서 위아래

가리지 않고 마구 때렸다. 마치 어찌할 바를 모르는 걸리버처럼 그를 바닥으로 쓰러뜨렸다. 열 개도 넘는 주먹들이 그를 두들겨 팼다. 손톱이 그의 뺨을 찢고 손가락 하나는 그의 눈을 후벼 팠다. 그들은 그의 눈을 멀게 만들려고 했다. 그를 죽이고자 했다. 사타구니로 고통이 몰려들었다. 누군가가 그곳을 찼다. 조금도 봐주지 않고 쉴 새 없이 주먹이 날아들었다. 그는 몸을 잔뜩 웅크렸다. 얼굴을 가렸지만 누군가 그의 머리를 끔찍하게 내리쳤다. 그만. 그만. 또 다시 사타구니. 구토를 참을 길이 없었다. 무언가가 속에서 올라왔다. 토하려고 입을 벌렸다. 그가 토하자 그들은 그를 내버려 두었다. 누군가가 더럽다는 듯이 소리쳤다. "이런, 제길." 그리고 그들은 물러갔다. 그는 그들의 멀어져 가는 발소리를 들을 수 있었다. 하지만 누군가가 뒤에 남아서 다시 발길질을 했다. 이번에는 등 아래쪽이었다. 마지막으로 통증을 느끼고는 그의 눈앞에 검은 커튼이 내려졌다.

32

어둠이 달콤했다. 달콤하고 안전했다. 어둡고 안전하고 조용하다. 그는 감히 움직이지 못했다. 자기 몸이 느슨하게 풀릴까 봐, 몸속 뼈들이 무너지는 건물처럼, 말뚝 울타리가 갈라지는 것처럼 풀려 버릴까 봐 두려웠다. 작은 소리가 들려왔다. 그것이 자기 소리라는 것을 알았다. 마치 자장가를 부르듯이 자기가 낮게 웅얼거린다는 것을 알았다. 갑자기 그는 어머니가 그리웠다. 어머니가 없다는 사실에 그의 뺨으로 눈물이 흘러내렸다. 그렇게 맞고서도 울지 않았건만.

잠깐 기절했다가 깨어난 뒤에 그는 그렇게 바닥에 잠시 더 누워 있었다. 그러고 나서 스스로를 끌어 일으키고 신음 소리를 내며 탈의장 쪽으로 갔다. 마치 팽팽한 줄 위를 걷고 있어서 단 한 걸음만 잘못 내디뎌도 저 아래쪽 깊은 곳, 망각 속으로 떨어져 버릴 것만 같았다. 그는 샤워를 했다. 차가운 물이 얼굴에 닿자 손톱 자국이 난 데가 화끈거렸다. 그들이 때리건 말건 난 초콜릿을 팔지 않을 거야. 난 호모가 아냐, 게이가 아니라고.

누군가 버스 정류장으로 가는 자신의 고통스러운 모습을 보지 못하도록 조심해서 학교를 몰래 벗어났다. 옷깃을 세웠다. 뉴스 기자들한테 에워싸여서 법정으로 들어서는 범죄자 같았다. 웃긴다. 자기가 폭행을 당했는데 범죄자처럼 몸을 숨겨야 하다니. 그는 버스 뒤쪽으로 갔다. 다행스럽게도 아이들이 빽빽하게 들어찬 학교 버스가 아니라 이따금 나타나곤 하는 소속이 없는 버스였다. 그 버스에는 나이 든 사람들이 가득 타고 있었다. 딱딱한 헤어스타일과 커다란 핸드백을 든 할머니들은 그를 못 본 척했지만 그가 버스 뒤쪽으로 가는 동안 그들의 눈길은 그를 흘끔거리며 훔쳐보았다. 그가 지나갈 때 토한 냄새가 나자 그들은 코를 찡그렸다. 어떻게 되었든 그는 흔들리는 버스를 타고 집에 왔다. 그리고 이제 조용한 방에 앉아 있었다. 태양은 하늘에 낮게 걸려서 동굴 창에 빛살을 던지고 있었다. 잠시 뒤에 더운 물로 목욕했다. 물에 몸을 담갔다. 어둡고 조용한 가운데 앉아서 몸을 진정시켰다. 상처를 흔들지 않도록 조심했다. 둔한 통증이 뼛속으로 가라앉는 것을 느꼈다. 통증의 첫 번째 파도는 물러갔다. 시계가 6시를 쳤다. 오늘 저녁 아버지가 근무한다는 사실이 기뻤다. 11시까지 근무였다. 아버지가 얼굴에 방금 난 상처와 멍을 보지 않았으면 했다. 침실로 가서 차가운 시트 속에 몸을 웅크렸다. 난 아파서 집에 돌아왔어. 이건 분명 24시간짜리 독감 균에 감염된 거야. 그러니까 내 얼굴을 감추어야 해, 하고 혼자 말했다.

전화벨이 울렸다.

오, 안 돼, 그가 말했다.

나 좀 내버려 둬.

벨 소리가 계속되었다. 진저가 그를 비웃던 방식으로 벨소리가 그를 비웃고 있었다.

그대로 내버려 둬, 그대로, 비틀스의 노래 가사처럼 말이야.

여전히 벨소리.

그는 갑자기 전화를 받아야 한다고 생각했다. 그들은 이번에는 자기가 대답하지 않기를 원한다. 그들은 자기가 상처를 입어 전화기까지 올 수 없게 되었기를 바라고 있다.

제리는 침대에서 일어나 거실을 지나 전화기가 있는 곳으로 달려갔다. 민첩한 자신의 모습에 스스로 놀라면서. 제발 끊어지지 마라, 끊지 마라. 내가 받으마.

"여보세요."

목소리에 억지로 힘을 주며 말했다.

침묵.

"나, 여기 있어!"

그가 소리를 질렀다.

다시 침묵. 그러고 나서 음탕한 킬킬거림. 그리고 신호음.

"제리…… 오, 제리……."

"유후, 제리이……."

제리와 아버지는 아파트 3층에 살았다. 제리의 이름을 부르는 목소리들이 멀리서 들려왔다. 닫힌 창문을 간신히 뚫고 들려오는 소리였다. 아득하게 멀리 떨어져 있어서 그 목소리들이 유령 소리 같은 공명을 일으켰다. 마치 누군가 무덤 속에서 부르는 것 같았다. 처음에 그는 자기 이름이 불리고 있다는 것을 확실히 알 수가 없었다. 부엌 식탁에서 몸을 숙이고 캠벨 치킨 수프를 억지로 마셨다. 자기를 부르는 소리를 들으면서 거리에서 노는 아이들 소리라고 생각했다. 그때 갑자기 또렷이 들을 수 있었다.

"이봐, 제리……."

"뭐 하는 거야, 제리?"

"이리 나와 놀자, 제리."

어린 시절을 생각나게 하는 유령 같은 목소리가 과거에서 튀어나와서 그를 불렀다. 이웃집 아이들이 저녁을 먹은 다음 뒷문으로 와서 놀자고 그를 불러내는 소리였다. 제리가 부모님과 함께 커다란 뒤뜰이 있는 집에서 살던 시절, 아버지는 지치는 법 없이 잔디를 깎고 물을 주던 시절의 일이었다.

"이봐, 제리……."

그러나 지금 부르는 목소리들은 저녁 식사 뒤에 부르는 친근한 목소리가 아니라 그냥 한밤의 악몽 같은 소리였다. 야유하고 시비 걸고 협박하는 소리였다.

제리는 거실로 가서 들키지 않게 조심하면서 살며시 밖을 내려다보았다. 거리는 주차된 자동차 두 대만 빼고는 텅 비어 있었다. 하지만 목소리들은 여전히 노래를 했다.

"제리……."

"나와 놀자, 제리……."

그 목소리들은 오래전 어린 시절을 흉내내고 있었다.

다시 밖을 내다보다가 제리는 거꾸로 올라가는 별똥별을 보았다. 그것이 어둠을 갈랐다. 별이 아니라 돌이 창문 근처 벽을 쿵 하고 맞히는 소리가 들렸다.

"유후, 제리……."

그는 거리를 내려다보았지만 소년들은 몸을 잘 숨겼다. 그러다가 빛줄기 하나가 나무들을 훑고 거리를 휩쓰는 것을 보았다. 플래시 불빛에 창백한 얼굴 하나가 어둠 속에 나타났다. 이 얼굴은 곧 어둠 속으로 사라졌다. 제리는 건물 관리인이 터벅터벅 걸어오고 있는 것을 알아챘다. 관리인은 이 목소리들을 듣고 지하에 있는 자기 방에서 밖으로 나온 것이 분명했다. 그의 플래시 불빛이 거리를 쓸었다.

"거기 누구냐? 경찰에 신고할 거다……."

그가 소리쳤다.

"빠이빠이, 제리."

어떤 목소리가 외쳤다.

"나중에 보자, 제리."

소리가 어둠 속으로 사라졌다.

전화벨 소리가 밤을 갈랐다. 제리는 소리를 듣고서 잠에서 깨어났다. 순간적으로 잠이 확 달아나면서 시계 형광판을 들여다보았다. 2시 30분이었다.

근육과 뼈가 욱신욱신 쑤시는 고통에 매트에서 겨우 몸을 일으켰다. 팔꿈치를 짚고서 침대에서 일어났다.

벨 소리는 계속되었다. 고요한 한밤에 우스울 정도로 큰소리였다. 발이 바닥에 닿자 그는 소리가 나는 쪽을 향해 걸어갔다.

그러나 아버지가 벌써 전화를 받았다. 아버지는 제리를 바라보았다. 제리는 어둠 속에서 얼굴을 드러내지 않았다.

"미친 놈들이 세상에 돌아다녀."

아버지가 한 손을 전화기에 얹은 채 서서 투덜댔다.

"벨이 울리게 놔두면 재미를 느끼지. 수화기를 집어 들면 전화를 끊고 여전히 스릴을 느낄 거야. 그러고 나서 다시 시작한단 말이지."

이런 괴롭힘이 아버지 얼굴에 흔적을 남겼다. 머리는 부스스하고 눈 아래쪽에 어둠이 짙어졌다.

"전화선을 빼 버려요, 아빠."

아버지는 한숨을 쉬고서 고개를 끄떡였다.

"그럼 그놈들에게 굴복하는 일이다, 제리. 하지만 빌어 먹을. 대체 누구지?"

아버지는 수화기를 집어 들고 귀에 대 보더니 제리 쪽을 향했다.

"똑같아. 미친 웃음소리, 그리고 나선 신호음이야. 아침에 전화 회사에 이 일을 얘기해야겠다."

아버지는 수화기를 탁자에 내려놓았다. 그리고 제리를 바라보면서 물었다.

"너 괜찮니, 제리?"

"전 괜찮아요, 아빠."

아버지는 지쳐서 눈을 비볐다.

"좀 더 자라, 제리. 풋볼 선수는 잘 자야해."

"알았어요, 아빠."

아버지에 대한 동정심이 마음속에 흘러 넘쳤다. 무슨 일이 일어났는지 아버지에게 이야기해야 할까? 하지만 아버지가 관련되는 것이 싫었다. 아버지는 이미 포기했다. 전화선을 뽑았고, 그것으로 충분했다. 그는 아버지가 그 이상 모험을 하는 것이 싫었다.

침대에서 제리는 한 번 더 어둠 속에 몸을 작게 웅크렸다가 쭉 뻗어 보았다. 잠시 뒤에 잠이 그를 부드러운 손가락

으로 쓰다듬어서 상처를 진정시켰다. 그러나 꿈속에서는
밤새도록 벨이 울렸다.

33

"진저, 일 좀 똑바로 할 수 없냐?"

"대체 무슨 소리 하는 거야? 우리가 일을 마쳤을 때쯤
해서 놈은 초콜릿 백만 상자라도 팔 마음이 들었을 건데."

"그 애들 말이야. 난 네게 일을 그렇게 깡패처럼 하라고
말했던 게 아냐."

"그게 바로 천재적인 일격이지, 아치. 그건 바로 내가 생
각해 낸 거야. 애들을 시켜서 놈을 흠씬 두들겨 팬 것 말이
야. 심리적이지. 이게 네가 항상 말하는 방식 아니냐?"

"대체 그 애들은 어디서 데려왔냐? 바깥 애들이 이 일에

끼어드는 게 싫어."

"우리 동네 사는 짐승들이다. 돈 몇 푼만 받으면 자기 할머니라도 두들겨 팰 놈들이지."

"호모 작전은 써 봤냐?"

"네 말 맞아, 아치. 정말 멋지던데. 진짜 그 녀석, 돌아 버리더라고. 이봐, 아치. 걔, 호모 아니지?"

"물론 아니지. 그래서 녀석이 그렇게 화를 내는 거야. 어떤 녀석의 화를 돋우려면 그 녀석에게 맞지 않는 것을 들이대면 돼. 아니면 넌 걔가 이미 아는 것을 말하는 꼴이 되니까."

전화 속의 침묵은 아치의 천재성을 에밀이 인정한다는 표현이었다.

"다음은 무슨 일이야, 아치?"

"침착해, 에밀. 너를 아껴 둘 거야. 또 다른 일을 준비하고 있어."

"난 이제 막 즐기기 시작했는데."

"또 기회가 올 거야, 에밀."

"이봐, 아치."

"뭔데?"

"사진은 어떻게 됐어?"

"사진은 없다고 이미 말한 것 같은데, 에밀? 그날 그 카메라엔 필름이 없었거든……."

와우, 이 아치 놈 봐라. 정말 놀랍군. 하지만 그는 아직도 농담을 하는 것일까? 아니면 진실을 말하는 것일까?

"모르겠어, 아치."

"에밀, 내 말 들어. 일이 어떻게 되든 말이야. 넌 절대로 잘못되지 않을 거야. 우린 너 같은 사람이 필요하거든."

에밀은 스스로에 대한 자랑스러움으로 부풀어 올랐다. 아치가 야경대 이야기를 하는 것일까? 그리고 사진이 정말로 아예 없는 것일까? 그렇기만 하다면 얼마나 안심이 될까!

"난 네 편이야, 아치."

"알아, 에밀."

그러나 수화기를 내려놓자 에밀은 생각했다. 아치, 이 개자식.

34

갑자기 그는 보이지 않게 되었다. 몸도 없고, 형체도 없는 완전히 투명한 유령이 되어서 벌써 몇 시간째 돌아다니고 있었다. 학교 가는 버스에서 벌써 그랬다. 아이들은 그의 눈길을 피했다. 다른 곳을 바라보았다. 아이들은 제리 자체를 피했다. 마치 그가 없다는 듯이 그의 존재를 무시하였다. 그들이 있는 한, 자기는 진짜로 그 자리에 있는 게 아니라는 사실을 깨달았다. 마치 그가 끔찍한 병에 걸린 환자이고 아무도 그에게서 전염되기를 원치 않는 것 같았다. 그렇게 그들은 자기들 눈앞에서 그를 지워서 보이지 않는 존재로 만들었다. 학교로 가는 길 내내 그는 상처 난 뺨을 차가운 유리창에 기대고 그렇게 혼자 앉아 있었다.

아침의 냉기가 정문으로 향하는 걸음을 재촉하였다. 토니 산투치가 보였다. 그냥 본능적으로 제리는 안녕 하는 뜻으로 고개를 끄떡하였다. 평소에 토니의 얼굴은 거울이었다. 토니는 자기가 받은 대로 되돌려주었다. 미소에는 미소로, 찡그림에는 찡그림으로. 그러나 그는 제리를 그대로 바라보았다. 진짜로 보는 것이 아니었다. 그는 제리를 보고 있었지만 마치 제리가 투명한 창문인 것처럼 그의 시선은 제리를 통과해 문 쪽을 바라보았다. 그런 다음 토니 산투치는 그 장소를 피해서 학교로 들어갔다.

제리가 복도를 걸어갈 때면 마치 홍해가 갈라지는 것과 같았다. 아무도 그의 옆을 스치려 하지 않았다. 애들은 마치 비밀 신호라도 받은 것처럼 양쪽으로 물러서서 통로를 만들어 주었다. 제리는 자기가 벽으로 다가가도 전혀 방해받지 않고 벽의 저편으로 통과할 수 있을 것 같았다.

그는 사물함을 열었다. 쓰레기는 없었다. 망가진 포스터는 치워지고 벽은 깨끗하게 닦여 있었다. 운동화도 없어졌다. 사물함은 아무도 없다는, 아무도 사용하고 있지 않는 듯한 분위기를 풍겼다. 그는 자기가 아직 여기 그대로 있는지 거울에라도 비춰 봐야 할 모양이라고 생각했다. 물론 그는 아직 있었다. 뺨은 통증으로 따끔거렸다. 마치 세워 놓은 관 안을 보듯이 멍하니 사물함 내부를 들여다보았다. 그는 누군가가 자기를 지워 버리려 한다고, 자신의 존재와, 학교에 자기가 있다는 모든 흔적을 없애려 한다고 느꼈다. 아니면 그는 점차 편집증 환자가 되어 가는 걸까?

교실에선 선생들도 음모에 가담한 것처럼 보였다. 그들은 눈길을 제리에게 두지 않았다. 그가 선생의 주목을 끌려고 하면 다른 곳을 바라보았다. 한번은 대답을 하려고 미친 듯이 손을 들었지만 선생은 그를 무시하였다. 선생들에 대해서 이야기하기란 어려운 일이다. 그들은 이상했다. 그들은 무언가 이상한 일이 일어나고 있다는 것을 눈치 챌 수도 있을 것이다. 오늘처럼 말이다. 여전히 애들은 르노를 냉담하게 대했고 그 상황은 계속되었다.

제리는 이런 냉담함에 어느 정도 체념한 채 하루를 흘려보냈다. 얼마간 시간이 흐른 다음에 그는 자기가 보이지 않는 이 상황을 즐기기 시작했다. 그는 정말 느긋해졌다. 더 이상 자신을 방어할 필요가 없었다. 공격을 받을까 두려워할 필요도 없었다. 협박을 당할까 두려워하는 데 이미 지친 몸이었다.

쉬는 시간에 제리는 구버를 찾아보았지만 찾을 수가 없었다. 구버는 한 번 더 일상을 현실적으로 만들어 줄 것이고, 제리가 다시금 이 세상에 뿌리를 박도록 도와줄 것이다. 그러나 구버는 학교에 없었고, 제리는 이 또한 괜찮은 일이라고 생각했다. 이제 다른 누구도 자기 문제에 말려드는 것을 원치 않았다. 전화벨 소리가 아버지를 괴롭힌 것으로 이미 충분했다. 그는 지난 밤 아버지가 벨 소리에 뛰쳐나와 전화기 옆에 서 있던 것을 생각했다. 결국 초콜릿을 팔아야 했어 하고 생각했다. 아버지의 우주가 파괴되는 것을 원치 않았고, 자신의 우주도 다시 정상으로 돌려놓고 싶었다.

오전 수업이 끝난 다음 제리는 자유롭게 복도를 따라 내려가 구내식당으로 향했다. 아이들과 함께 흘러가면서 자신의 정체성이 없어진 것을 즐겼다. 계단 바로 앞에서 그는 뒤에서 떠밀려 균형을 잃고 앞으로 기우뚱했다. 계단이 위험하게 기울어진 곳에서 미끄러지기 시작했다. 간신히 난간을 잡을 수 있었다. 몸을 벽에 기대고 버티었다. 소년들의 물결이 밀려 지나간 뒤 그는 누군가 뒤에서 낄낄거리고 또 다른 누군가 쉿 하는 소리를 내는 것을 들었다.

이제 더는 보이지 않는 사람이 아니었다.

레온 선생이 사무실에 들어서는 순간 브라이언 코크란은 목록을 작성하는 일을 막 끝냈다. 끝이다. 마지막 총계였다. 그는 선생이 정확하게 도착하자 기뻐하면서 선생을 바라보았다.

"레온 선생님, 모두 끝났어요."

브라이언이 목소리에 승리를 담아 말했다.

선생은 재빨리 눈을 깜박였다. 그의 얼굴은 고장 난 금전등록기 같았다.

"판매 말입니다. 끝났어요. 잘 끝났습니다."

브라이언이 종이 뭉치를 내려놓았다.

브라이언은 이 정보가 레온 선생에게 스며드는 것을 바라보았다. 레온은 깊이 숨을 쉬고 의자에 앉았다. 한순간 브라이언은 선생의 얼굴에 스치는 안도감을 보았다. 마치 무거운 짐을 벗은 듯한 얼굴이었다. 그러나 그것은 아주 잠깐이었다. 그는 브라이언을 날카롭게 바라보며 물었다.

"확실한가?"

"그렇습니다. 보십시오, 선생님. 정말 놀라워요. 98퍼센트의 돈이 들어왔습니다."

레온 선생이 벌떡 일어섰다.

"숫자를 살펴보자."

분노가 파도처럼 밀려왔다. 선생은 1분이라도 편안할 수가 없단 말인가? "잘했어."라고 말할 줄은 모른단 말인가? 아니면 "고맙다."라도. 어쨌든 무슨 말이라도. "숫자를 살펴보자."라는 말 대신에.

선생이 일어서서 도표를 보기 위해 브라이언 곁에 서자 그의 역겨운 숨 냄새가—그는 베이컨 말고는 아무것도 먹지 않았다.—공기를 가득 채웠다.

"단 한 가지 문제만 있습니다."

브라이언이 이 주제를 꺼내는 걸 망설이면서 말했다.

레온이 브라이언의 의심을 알아차렸다.

"뭔가?"

그가 물었다. 궁금하다기보다는 화가 난 모습이었다. 마치 브라이언이 어떤 실수를 했을 거라고 생각하는 듯했다.

"신입생 말입니다. 레온 선생님."

"르노? 그 애가 어떻단 말이지?"

"걔는 아직도 초콜릿을 팔지 않았어요. 이상합니다. 정말 이상해요."

"뭐가 그리 이상하다는 건가, 코크란? 그 애는 분명히 부적응자야. 그 하찮은 방식으로 판매를 방해하려고 했지만 정확하게 그 반대가 되었어. 학교가 그에 맞선 거지."

"하지만 그래도 이상합니다. 우리의 총 판매량은 정확하게 19,950통입니다. 아주 정확해요. 그런데 그것은 불가능하다는 거죠. 제 말은 언제나 물건이 망가지기도 하고 일부는 잃어버리거나 도둑을 맞는다는 거죠. 그렇게 정확하게 딱 들어맞는 것은 불가능합니다. 그러나 이번 것은 아주 정확해요. 통계에는 정확하게 50상자만 빠졌습니다. 르노의 50통 말입니다."

"르노가 안 팔았다면 분명 그건 안 팔린 거지. 그리고 50통이 부족한 것은 바로 그 때문이고."

레온 선생이 말했다. 브라이언이 다섯 살짜리 아이인 양 차근차근한 어조였다.

브라이언은 레온 선생이 진실을 알기를 원치 않는다는 것을 깨달았다. 그는 오직 판매 결과에만 관심이 있었다. 그리고 정확하게 19,950통이 팔렸다는 것으로 그는 궁지를 벗어났다. 그는 아마도 승진하여 교장이 될 것이다. 브라이언은 자기가 내년에 여기 없다는 사실이 기뻤다. 특히 레온 선생이 정식 교장이 된다면 말이다.

"여기서 무엇이 중요한지 아나, 코크란?"

레온이 교실에서나 내는 목소리로 물었다.

"학교 정신이야. 우린 자연 법칙을 반박했네. 썩은 사과

하나가 통 전체를 망치지는 않아. 우리가 결심만 한다면, 숭고한 목적과 박애의 정신을 가진다면 그렇게 되지 않는 단 말이지……."

브라이언은 자기 손가락을 내려다보고 한숨을 쉬었다. 그러고는 레온의 말에 귀를 닫아 버렸다. 말은 의미 없이 그의 귓가에 흘러 떨어졌다. 그는 저 이상한 고집쟁이 르노를 생각하였다. 레온 선생의 말이 옳았던가? 그러니까 학교가 학생 한 명보다 더 중요하단 말이? 하지만 개인도 중요하지 않은가? 그는 학교와 야경대와 모든 사람에 혼자 맞서고 있는 르노를 떠올렸다.

아, 빌어먹을, 레온 선생의 목소리가 벌처럼 윙윙거리고 있을 때 브라이언은 이렇게 생각했다. 판매는 끝났고 회계원으로서 자기 역할도 이제 끝났다. 그는 레온 선생이나 아치나 르노와 아무런 관계도 맺고 싶지 않았다.

"50개를 따로 떼어 놓았지, 오비?"

"그래, 아치."

"잘했어."

"대체 뭐할 거야, 아치?"

"우린 집회를 가질 거야, 오비. 내일 밤. 특별 집회지. 초콜릿 판매 보고 대회야. 운동장에서."

"어째서 운동장인데? 왜 본관 건물이 아니고?"

"이번 모임은 엄격하게 학생에게만 입장이 허용될 거다, 오비. 선생들은 끼지 않아. 하지만 나머지 학생들은 모두 오게 될 거야."

"모두라고?"

"모두야."

"르노도?"

"걔도 올 거야, 오비. 걔도 올 거라고."

"넌 정말 특별해, 아치, 너 그거 알아?"

"알아, 오비."

"근데 미안, 뭣 좀 물어볼게, 아치……."

"물어봐."

"거기서 르노는 뭘 하는데?"

"기회를 주는 거지. 자기 몫의 초콜릿을 없앨 기회 말이야, 나의 오랜 친구."

"난 너의 오랜 친구가 아냐, 아치."

"나도 알아, 오비."

"그럼 르노는 어떻게 초콜릿을 없애는데?"

"제비뽑기로 없앨 거야."

"제비뽑기?"

"그래 제비뽑기, 오비."

35

제비뽑기라······.

대체 무슨 제비뽑기란 말인가!

트리니티 역사상 유례없는 제비뽑기였다. 그리고 어느
학교 역사에도 없는 일이었다.

이벤트의 설계자 아치는 진행 상황을 지켜보았다. 관중
석이 서서히 찼다. 애들이 몰려들어 오고 제비뽑기 용지들
이 팔렸다. 조명이 가을 저녁의 냉기를 어느 정도 없앴다.
그는 카터와 야경대 멤버들이 자신의 지휘에 따라 그날 오
후에 임시로 세운 무대 근처에 섰다. 오래된 권투 링이 무

대 한가운데 만들어져서 예전의 용도를 되찾았다. 다만 밧줄만 없었다. 권투 무대는 관중석 근처 하프 라인 위에 세워져서 모든 아이들이 모든 동작을 볼 수 있게 되어 있었다. 아이들은 단 한 동작도 놓치지 않을 것이다. 그것이 아치였다. 그들에게 돈 값을 맛보게 해 주자.

운동장은 본관 건물과 교사들의 숙소에서 적어도 400미터는 떨어진 곳에 자리 잡았다. 그러나 아치는 어떤 위험도 허용하지 않았다. 그는 이 이벤트를 선생들의 관람이 금지되지는 않지만 오로지 학생들만 참가하는 풋볼 경기라고 위장하였다. 교회 합창 대원처럼 보이는 캐로니같이 사랑스러운 얼굴을 가진 애를 뽑아서 선생들의 허락을 받도록 했다. 어떤 선생이 그의 말을 거부하겠는가? 그리고 이제 그 순간이 다가왔다. 아이들은 도착했고 공기는 차가웠다. 군중 사이로 흥분이 흘렀다. 르노와 진저는 지금 저 링 안에서 서로를 불안하게 바라보고 있다.

아치는 언제나 자기가 준비하고 조종해 낸 이와 같은 일들을 보고 놀라워했다. 예를 들어 오늘 밤 이 모든 애들은 아마 다른 일을 하고 있었을 것이다. 그들의 행동을 바꿀 수 있는 아치가 아니었다면 말이다. 그리고 그 모든 일은 아치의 상상력 조금과 전화 두 통화가 필요했을 뿐이다.

첫 번째 전화는 르노에게 한 것이고 두 번째 전화는 진저에게 했다. 진저와 전화하는 것은 그냥 일상적인 일이었다. 아치는 점토 덩이로 모양을 만들어 내듯이 쉽게 진저의 행동을 빚어 낼 수 있음을 알고 있었다. 그러나 르노에게 한 전화는 정말이지, 사람의 마음을 움직이는 기지가 필요했다. 밤 시간에 들인 약간의 수고와 함께. 정말 셰익스피어 같잖아, 아치는 킬킬거렸다.

전화벨은 계속해서, 한 50번쯤 울렸던 것 같다. 아치는 르노가 서둘러 수화기를 집어 들지 않은 것을 탓하지 않았다. 그러나 고집은 꺾이고 마침내 르노의 목소리가 들렸다. 침착한 "여보세요." 소리였다. 조용하지만 뭔가 달랐다. 뭔가가 달랐다. 아치는 이 목소리에서 전혀 다른 것을 찾아냈다. 죽도록 침착하다. 결심이 선 것이다. 멋진데. 꼬마는 준비가 되었다. 아치는 승리의 기쁨으로 날아올랐다. 꼬마가 밖으로 나와서 싸우기를 원한다. 그는 액션을 원한다.

"복수를 원하니, 르노?"

아치가 자극하였다.

"때려눕히고 싶어? 복수를 원해? 그 녀석들에게 네가 그 빌어먹을 초콜릿을 어떻게 생각하는지 보여 주고 싶지?"

"내가 어떻게 하면 되는데?"

목소리는 경계심을 품고 있었지만 관심을 드러냈다. 확실한 관심이었다.

"쉬워, 아주 쉬워. 네가 겁쟁이만 아니면 돼. 그게 전부야."

가시 같은 말, 언제나 따끔한 가시다. 르노는 조용했다.

"진저라는 자식이 있어. 정말 형편없는 놈이지. 수준이라곤 찾아볼 수도 없는 놈이야. 걔가 애들 한떼를 불러서 네게 버릇을 가르쳐 줬다는 소문이 돌더라. 그래서 우리가 이 일을 처리해야 한다고 생각한 거야. 운동장의 집회에서 말이야. 권투용 장갑을 끼고. 모든 것은 엄격하게 통제돼. 여기선 누구에게나 복수할 길이 있지. 르노."

"너한테도, 아치?"

"나?"

그의 목소리는 순진하면서도 부드러웠다.

"맙소사, 어째서 나지? 난 그냥 내 일을 하고 있을 뿐이야. 난 네게 과제를 주었어. 초콜릿을 팔지 마라. 그리고 나선 또 다른 과제를 주었지. 초콜릿을 팔아라. 나머진 네가 한 거야. 나는 너를 때리지 않았어. 난 폭력을 믿지 않아. 하지만 넌 불을 지폈어……."

다시 전화선에 고요가 흘렀다. 아치는 목소리를 부드럽

게 하면서 제리를 계속 달래고 부추기고 가르쳤다.

"이것 봐, 난 공정함을 중요하게 여기기 때문에 네게 이 기회를 주는 거야. 모든 일을 끝낼 기회가 되는 거지. 다른 일들도 다 정리될 거고. 삶에는 그 빌어먹을 초콜릿 판매 말고 다른 일들이 많아. 너와 진저만 링 안에 있는 거야. 서로 공정하게 얼굴을 맞대는 거지. 그게 끝이야. 그게 전부고, 그럼 끝나는 거야. 내가 보증할게. 아치가 보증한다고."

그러자 그 애는 유혹당했다. 조금 더 밀고 당기기를 계속하긴 했지만 어쨌든 상대는 미끼와 줄과 추를 다 물었다. 아치는 끈기가 있었다. 끈기에는 언제나 보상이 따른다. 그리고 물론 그는 이겼다.

이제 자신의 수공품을 바라보았다. 사람이 꽉 들어찬 관중석, 제비뽑기 용지를 팔고 사느라 분주한 움직임, 애들은 제비에 지시를 적느라 바빴다. 아치는 조용히 기뻐하였다. 성공적으로 르노와 레온 선생과 야경대 그리고 이 빌어먹을 학교 전체를 속여 먹은 것이다. 난 누구라도 속이고 지휘할 수 있다. 난 아치다.

네가 스포트라이트라고 생각해 봐, 오비는 자신에게 말했다. 이 장소를 훑어보는 스포트라이트. 여기서 멈추고 또

저기서, 그리고 다른 장소들에 머물렀다가 가장 중요한 부분을 밝게 비춘다. 이 중대한 기회를 말이다. 그래, 이 점은 인정하기로 하자. 이건 중요한 행사다. 그리고 아치, 저 나쁜 새끼, 저 똑똑하고 똑똑한 악당 새끼가 다시 해냈다. 저 아래 링 근처에 있는 녀석을 내려다봐라. 그는 자기가 꾸며낸 일에서 왕이었다. 물론 정말로 왕이다. 르노도 데려왔다. 녀석은 마치 사형장에 올라선 듯이 창백하게 긴장하고 있다. 그리고 저쪽엔 짐승 진저도 있다. 사슬에 묶인 채 뛰쳐나가기를 기다리는 짐승…….

스포트라이트 오비는 르노를 집중적으로 비추었다. 불쌍하고 말없는 불운한 녀석. 그는 이길 수가 없다. 하지만 그 사실을 알지 못한다. 아치에게는 이기지 못한다. 아무도 아치에게는 이길 수 없다. 아치는 패배하는 듯했다. 지난번 야경대 모임에서 그가 수치를 당할 때 그 광경은 얼마나 대단했던가. 그러나 지금 다시 정상에 서 있다. 초콜릿은 모두 팔리고, 학교 전체를 지금 자기 손아귀에 장악하고 있다. 순한 놈이 지구를 물려받을 수는 없다는 사실을 입증하는 일이다. 대단히 독창적인 일은 아니다. 아치는 분명히 언젠가 그렇게 말했던 것 같다.

움직이지 마. 근육 하나도 움직이지 마. 그냥 기다려. 끝까지 기다리자.

제리의 왼쪽 다리가 잠에 빠져 들었다.

사람이 이렇게 서 있는데 어떻게 다리가 잠에 빠져 든다는 거야?

나도 몰라. 하지만 잠자고 있어.

신경이 약해서일 거야, 아마. 긴장 탓이지.

어쨌든 작은 화살들이 다리를 찔렀다. 그는 움직이지 않으려고 싸워야만 했다. 그는 감히 움직이지 못했다. 움직이면 산산이 부서질까 두려웠다.

그는 이제 알고 있었다. 여기 온 것이 잘못이라는 것 그리고 아치가 자기를 속여서 꼬여 냈다는 사실을 알고 있었다. 아치의 목소리가 달콤하게 복수를 속삭이는 동안 그리고 이 모든 것에 끝장을 내도록 나와서 싸우라고 제안하는 동안, 제리는 잠시 진저를 때려눕히고 학교와 아치까지 때려눕히는 것이 가능할 거라고 믿었다. 그는 아버지를 생각했다. 밤에 전화벨 소리에 시달리다가 마침내 포기하면서 코드를 빼놓을 때 그 끔찍한 패배의 모습을 생각했다. 난 포기하지 않을 거야, 아치가 유혹하는 그 목소리를 들으면서 제리는 이렇게 맹세했다. 그는 또 진저와 한판 붙고 싶어서 안달이 났다. 자기를 호모라고 놀린 진저 그 자식 말이다.

그래서 그는 진저와 한판 붙기로 동의했다. 그때 이미 아치는 자기를 배신하고 있었다. 그는 또한 진저를 배신하였다. 그는 둘을 링으로 안내했다. 윗옷을 벗고 저녁 공기에 몸을 떨면서 권투 장갑을 받았다. 그런 다음 아치는 승리와 악의로 눈을 빛내면서 규칙을 설명해 주었다. 이런 규칙이라니!

제리가 항의하려고 하는데 진저가 벌써 입을 열었다.

"난 좋아. 난 네가 어떤 방식을 원해도 그 방식으로 저 새끼를 때려눕히겠어."

당혹스러운 일이었지만 제리는 아치가 진저의 반응을 미리 계산에 두고, 또 관중석을 채운 소년들까지 계산에 두었음을 알았다. 그는 제리가 이제 뒤로 물러설 수 없다는 것을 미리 알고 있었다. 아치는 제리를 향해 자신의 병적으로 달콤한 미소를 선물해 주었다.

"넌 어쩔래, 르노? 넌 이 규칙을 받아들일 거야?"

대체 무슨 말을 할 수 있단 말인가? 한밤에 걸려오는 전화들에 시달리고 흠씬 두들겨 맞기까지 했는데 이제 와서 말이다. 사물함은 이미 완전히 거덜 났다. 없는 사람 취급,

계단에서 아래로 밀기. 그들은 구버에게, 또 유진 선생에게 무슨 짓을 했던가. 아치와 진저 같은 자식들이 학교에 무슨 짓을 했나. 그들이 트리니티를 졸업하면 이 세상에 무슨 짓을 할 것인가.

제리는 결심하고 몸을 움츠렸다. 적어도 이것은 맞받아칠 기회였다. 한 방 먹일 기회였다. 아치가 제비뽑기로 준비하고 있는 이 기묘한 상황에도 불구하고 말이다.

"좋아."

제리가 말했다.

이곳에 서 있는 지금, 다리 하나는 잠들었고, 위장에서는 구역질이 올라오고, 밤공기는 차갑게 살에 와 닿는 지금, 제리는 자기가 "좋아."라고 말한 순간 이미 패배한 것이 아닌가 하는 의문에 사로잡혔다.

제비뽑기 용지는 포르노 사진처럼 팔려 나갔다.

브라이언 코크란은 놀라고 있었지만 실은 그럴 필요도 없었다. 아치 코스텔로가 연관된 일에서는 항상 놀라지 않았던가. 맨 먼저 초콜릿 판매. 그리고 지금 이것, 이 엉뚱한 시합. 트리니티에 이 비슷한 것은 한 번도 없었다. 아니 다른 어느 곳에도. 아치가 이날 오후 그에게 다가와서 제비뽑기 용지의 책임을 맡아 달라고 청했을 때 그는 항의했다. 하지만 지금은 이 상황을 즐기고 있음을 인정하지 않을 수 없었다. 아치는 "넌 초콜릿 일을 아주 잘 처리했어." 하고 말했다. 그 칭찬이 브라이언의 반감을 녹였다. 게다가 그는 아치와 야경대가 정말 두려웠다. 개인적인 생존, 브라이언에게 가치 있는 것은 그것이었다.

그는 아치가 싸움과 제비뽑기가 어떻게 진행되는지 설명했을 때 다시 의심에 사로잡혔다. "르노와 진저를 대체 어떻게 이 일에 끌어들일 거지?" 하고 브라이언이 물었다. 쉬워 하고 아치가 그를 안심시켰다. 르노는 복수를 꿈꾸고 진저는 짐승이지. 그들은 뒤로 물러서지 못해. 학교 전체가 보고 있거든. 이어서 아치의 목소리는 다시 싸늘해졌다. 브라이언은 속으로 오싹하였다.

"넌 네 일만 하면 돼, 코크란. 제비뽑기 용지나 팔아. 그리고 나머지는 나에게 맡겨 둬."

그래서 브라이언은 판매할 애들을 몇 명 구했다. 그리고 물론 아치가 옳았다. 저기 그 애들이 있으니까. 르노와 진저가 지금 저기 무대에 올라가 있다. 그리고 마치 내일이 없기라도 한 것처럼 제비뽑기 용지가 팔려 나가고 있다.

에밀 진저는 나쁜 놈이라는 취급을 받는 데 진절머리가
났다. 아치가 자기를 다루는 방식도 그것이었다. "이봐, 짐
승." 하고 아치는 말하고 싶어 한다. 에밀은 짐승이 아니
다. 그는 그냥 다른 사람과 똑같은 감정을 가지고 있다. 문
학 시간에 배우는 셰익스피어에 나오는 사람과 똑같다. "나
를 찌르라, 나도 피를 흘리지 않겠는가?" 좋아, 물론 그는
말썽을 일으키는 걸 약간 좋아한다. 그리고 사람들의 신경
을 좀 거스르기는 한다. 그건 사람의 본성이다, 그렇지 않
은가? 사람은 언제나 자신을 방어해야 하는 것이다. 남들
이 너를 괴롭히기 전에 네가 그들을 괴롭혀라. 사람들이 계
속 추측하게 하고 두려워하게 만들어라. 아치가 존재하지
도 않는 그 빌어먹을 사진을 가지고 했던 것처럼 말이다.
아치는 사진이란 아예 존재하지도 않는다고 확인해 주었
다. 대체 어떻게 사진이 존재하겠니, 에밀, 하고 아치가 설
명해 주었다. 그날 화장실 안이 얼마나 어두웠는지 기억나
냐? 난 플래시를 터뜨리지 않았어. 그리고 카메라에는 필
름도 없었고. 그리고 그런 게 있었다 해도 나는 초점을 맞
출 시간도 없었잖아. 이 진실에 에밀은 안심하기도 했고,
그러면서도 미칠 듯이 화나기도 했다. 그러나 아치는 에밀
이 르노 같은 사람들에게 화를 내는 게 좋겠다고 알려 주었

330

다. 빌어먹을, 에밀, 르노 같은 자식들이 너의 적이야, 나 같은 자식이 아니고 말이야. 놈들은 반듯한 자식들이야, 그들은 우리 일을 망치는 놈들이야. 호루라기를 불고 규칙을 만드는 놈들이지. 그러고 나서 아치는 일의 클라이맥스를 내놓았다. 르노가 어떻게 두들겨 맞았는지, 네가 손수 패지 않고 다른 놈들을 시켜서 걔를 두들겨 팼다고 애들이 떠들고 있어, 하고 말한 것이다……

에밀은 무대 저편에 있는 르노를 바라보았다. 그는 싸움을 갈망하였다. 학교 전체 앞에서 자신을 증명하기 위해서였다. 아치가 언제나 이용하곤 하는 저 심리학인가 뭔가 하는 쓰레기는 집어치워라. 르노에게 호모라고 말하는 일 따위 말이다. 자기는 그때 입이 아니라 주먹을 썼어야 옳았다.

그는 시작을 기다릴 수가 없었다. 모두의 눈앞에서 르노를 완전히 망가뜨리기 위해서였다. 제비에 무어라고 적혀 있든 아무 상관도 없었다.

그의 마음 한구석에는 여전히 의심이 도사리고 있었다. 정말 아치에겐 화장실에서 찍은 자기 사진이 없는 것일까 하는 의심이었다.

36

저 제비뽑기 용지들.

오, 대단해!

아치는 저렇듯 빽빽하게 채워진 것을 전에는 보지 못했다. 그는 브라이언 코크란이 판매원으로 소집한 어떤 애를 잡았다.

"어디 보자."

아치가 손을 내밀며 말했다.

그 애는 얼른 그 말을 따랐고 아치는 그가 복종하는 게 즐거웠다. 나는 아치다. 나의 희망은 곧 명령이다.

쉬지 않고 떠드는 관중의 소리를 귓전으로 흘리면서 아
치는 제비의 내용을 음미했다. 거기에는 다음과 같은 말이
적혀 있었다.

진저가
오른손으로 턱을 칠 것
지미 데머스

이것이 바로 제비뽑기의 단순하고도 놀라운 아름다움이
었다. 아치 코스텔로가 명성을 얻은 바로 그 예기치 않은
뒤틀기였다. 아치가 무슨 일을 할 수 있는지 그들은 다 알
고 있었다. 자기 자신을 최고로 만드는 일이었다. 단번에
아치는 르노를 꼬드겨서 여기 나타나게 만들었다. 결국 초
콜릿 판매의 한 부분으로 만든 것이다. 그는 또한 르노를
학교, 곧 학생들의 동정심에 내맡겼다. 링 위의 선수들은
자신들의 의지를 전혀 가질 수가 없다. 그들은 관중석에 앉
은 학생들이 자신들에게 지시한 방식대로 싸워야 한다. 제
비를 산 사람은 누구든 ― 대체 누가 이것을 사지 않겠는
가? ― 이 싸움에 개입할 기회를 얻게 된다. 두 사람이 서로
두들겨 패고 있는 동안 자신들은 안전한 거리에 떨어져서

전혀 다칠 위험 없이 싸움 구경을 한다. 이 일의 가장 위험한 부분은 르노를 오늘 이곳으로 불러내는 일이었다. 한번 링 위에 서면 그가 물러날 수 없다는 것을 아치는 알고 있었다. 그가 제비뽑기 이야기를 들어도 사정은 마찬가지였다. 그리고 일은 그렇게 진행되고 있다. 멋져.

카터가 다가왔다.

"정말로 팔리고 있네, 아치."

카터는 싸움의 개념을 인정했다. 그는 권투를 사랑했다. 그는 제비를 두 장이나 사서는 어떤 한 방을 먹일지 결정하는 일에 스릴을 느꼈다. 턱에 라이트 크로스와 어퍼컷으로 정했다. 마지막 순간 그는 르노에게 과제를 부여하려고 했다. 그러나 오비가 옆에 서 있었다. 오비는 모든 사람의 일에 관여했다. 그래서 카터는 진저의 이름을 썼다. 저 짐승 진저는 아치가 뛰어 하고 말할 때마다 언제나 뛰어오를 준비가 되어 있었다.

"아름다운 밤이군."

아치가 히죽 웃으면서 말했다. 카터가 싫어하는, 모든 것을 안다는 듯한 바로 그 태도였다.

"이것 봐, 카터. 아무것도 아닌 일을 놓고 공포 분위기를 만든다고 내가 말했지?"

"네가 어떻게 한 건지 모르겠다, 아치."

카터는 인정하지 않을 수 없었다.

"간단해, 카터, 간단해."

아치가 카터의 인정을 받자 한순간 자신의 속마음을 드러냈다. 지난번 야경대 모임에서 자기에게 수치를 안겨 준 카터였다. 언젠간 카터에게 복수를 하겠지만 지금 이 순간은 카터가 자기를 경탄과 부러움 속에서 바라보는 것만으로 충분히 만족스러웠다.

"이것 봐, 카터. 모든 인간은 두 가지를 가지고 있어. 욕심과 잔인함이지. 우린 여기 완벽한 장치를 가지고 있어. 욕심에 대해 말하자면 1달러를 내고 100달러를 얻을 기회를 얻는 것으로 해결되지. 더하기 초콜릿 50통하고 말이야. 잔인함은 말이야. 두 녀석이 서로 패는 것을 구경하는 거지. 자기들이 안전하게 객석에 앉아 있는 동안, 두 녀석은 어쩌면 서로를 다치게 하겠지. 이게 전체를 돌아가게 하는 거야, 카터. 우리 모두가 나쁜 새끼들이기 때문에 말이야."

카터는 자신의 역겨움을 감추었다. 아치는 여러 가지 면에서 불쾌한 존재였지만 무엇보다도 모든 사람이 지저분하며 오염되어 있다고 느끼게 만드는 그 점이 가장 싫었다. 마치 세상에는 그 어떤 선도 없는 것처럼 말이다. 하지만 카터는 자기가 그 싸움을 기다리고 있다는 것, 자기 자신도 한 장이 아니라 두 장의 제비를 샀다는 사실을 인정하지 않을 수 없었다. 그러면 자신도 다른 사람들과 똑같은 것일까? 아치가 말한 대로 욕심 많고 잔인한 존재 말이다. 이 질문에 그는 스스로 놀랐다. 맙소사, 그는 언제나 자신을 좋은 사람이라고 생각해 왔다. 그는 아치를 통제하기 위해 야경대의 대장이라는 자신의 위치를 자주 사용하곤 했다. 아치가 과제를 극단적으로 몰아가지 못하게 막기 위해서였다. 그러나 그것이 자기를 좋은 사람으로 만들었을까? 이 질문이 카터를 괴롭혔다. 그것이 바로 그가 아치를 미워하는 이유이기도 했다. 아치는 언제나 카터가 죄의식을 느끼게 만들었다. 맙소사, 세상은 아치가 말한 것처럼 그렇게 나쁠 리가 없다. 그러나 관중석에 앉은 아이들이 이제 진행될 싸움을 초조하게 기다리면서 지르고 있는 외침을 듣자 카터는 의심이 생겼다.

아치는 카터가 혼란스럽고 당황스러워하며 멀어져 가는 모습을 바라보았다. 좋았어. 질투심으로 불타고 있겠지. 누군들 나, 아치처럼 언제나 최고 높은 자리에 있는 사람에게 질투심을 느끼지 않겠어?

코크란이 보고했다.

"모두 팔렸어, 아치."

아치는 조용한 영웅의 역할을 수행하듯이 고개를 끄떡였다.

그 순간이 닥쳐 왔다.

아치는 머리를 관중석 쪽으로 들었다. 그것은 일종의 신호처럼 보였다. 잔물결이 구경꾼 사이에 일어나면서 속도가 빨라졌다. 긴장감의 흐름이었다. 모든 눈길이 르노와 진저가 대각선으로 서 있는 무대를 향했다.

이 무대 바로 앞에 초콜릿 피라미드가 서 있었다. 마지막 50상자였다. 스타디움은 환하게 불이 밝혀졌다.

카터는 지휘봉을 손에 들고서 무대 한가운데로 걸어 나왔다. 내리칠 어떤 것도 없었기에 그는 그냥 지휘봉을 높이 쳐들었다.

관중은 박수로 화답하였다. 외침과 휘파람 등이 터져 나왔다.

"시작해."

누군가 외쳤다.

카터는 침묵을 요구하는 몸짓을 했다.

그러나 침묵은 이미 깔려 있었다.

아치는 싸우는 모습을 좀 더 가까이서 보려고 무대 쪽으로 다가왔다. 그는 이 순간을 음미하기라도 하는 것처럼 숨을 들이마셨다. 그러나 다음 순간 그는 놀라서 발길을 멈추고 숨을 내쉬었다. 오비가 손에 검은 상자를 들고 무대 위로 걸어오는 것이 보였다.

오비는 아치를 보고 악의적인 미소를 지었다. 놀란 아치는 멈추어 서더니 입을 크게 벌리며 의아해했다. 지금껏 아무도 위대한 아치를 이토록 놀라게 한 적은 없었다. 오비가 승리하는 아름다운 순간이었다. 그는 카터를 향해 고개를 끄떡였다. 아치가 무대에 들어오도록 호송하려고 앞으로 나섰다.

카터는 이것이 야경대 모임이 아니라는 점을 들어서 검은 상자에 대해 의심을 표현하였다. 우리가 어떻게 아치가 이 검은 상자 시험을 보도록 만든단 말인지?

오비는 답변을 가지고 있었다. 아치 자신이라도 내놓았을 법한 것이었다.

"피를 보기 위해 울부짖는 아이들 400명이 거기 있기 때문이지. 그들은 그게 누구의 피든 상관하지 않아. 전교생이 검은 상자에 대해 알고 있어. 아치가 어떻게 물러서겠어?"

카터는 아치가 검은 돌을 꺼낸다는 보장이 없다고 말했다. 검은 돌은 아치가 싸움꾼 두 명 중 한 명의 자리에 서야한다는 뜻이다. 그러나 상자 속에는 흰 돌 다섯 개와 검은돌 한 개가 있을 뿐이다. 아치의 행운은 이제껏 과제를 부여하는 사람이라는 그의 자리를 지켜 주었다. 그는 한 번도검은 돌을 뽑지 않았다.

"평균의 법칙이야."

오비는 카터에게 이렇게 대꾸했다.

"그는 두 개의 돌을 뽑아야 할 거야. 하나는 르노를 위해, 다른 하나는 진저를 위해."

카터는 놀라서 오비를 바라보았다.

"우리가 설마……?"

그의 목소리가 꼬부라져서 물음표가 되었다.

"우린 그렇게 할 수 없어. 안 돼. 대체 어디서 여섯 개의검은 돌을 찾아낸단 말이야? 게다가 아치는 너무 영리해.우린 그를 속일 수 없어. 그러나 그를 엄청나게 두려움에떨도록 만들 순 있겠지. 그리고 누가 알겠어? 어쩌면 그의행운이 끝날지 말이야."

이렇게 해서 합의가 이루어졌다. 오비는 제비뽑기와 싸움이 시작하기 직전에 검은 상자를 들고 나타나기로 했다.

그리고 지금 그는 정확하게 그렇게 행동하고 있었다. 그가 무대 한가운데로 들어오는 동안 카터는 아치를 맞이하러 내려갔다.

"너희들, 정말 웃긴다."

아치가 카터의 손을 뿌리치면서 말했다.

"나 혼자 올라갈 수 있어, 카터. 그리고 난 다시 내려올 거야."

아치의 분노는 가슴속의 차갑고도 딱딱한 공이었지만 그는 그 공을 냉정하게 다루었다. 언제나 똑같았다. 그는 무엇이든 잘못될 리가 없다고 느꼈다. 난 아치다.

검은 상자가 등장하자 장내는 이전보다 더 깊은 침묵에 휩싸였다. 지금까지는 야경대의 멤버들과 그들의 희생자들만이 그것을 볼 수 있었다. 번쩍이는 운동장 불빛 속에서 상자는 낡고 너덜너덜해 보였다. 버려진 보석상자처럼 보이는 작은 목재 상자였다. 그것은 학교의 전설이었다. 희생자가 될지도 모르는 아이들에게 그것은 야경대의 권력에 대항할 수 있는 무기이자 어쩌면 구원이고 방어 수단이었다. 어떤 아이들은 그것의 존재를 의심했다. 아치 코스텔로는 그런 일을 절대로 허용하지 않을 것이다. 그러나 지금 검은 상자가 나타났다. 모두의 눈앞에 등장한 것이다. 학교 전체 앞에 모습을 드러낸 것이다. 그리고 아치 코스텔로는 그것을 바라보더니 손을 뻗어 돌을 집었다.

이 의식은 겨우 1분 정도 걸렸다. 다른 애들이 무슨 일이 진행되는지 알아채기도 전에 아치가 일을 신속하게 진행했기 때문이다. 극적인 상황은 빨리 끝날수록 더 좋다. 오비와 카터가 분위기를 고조시키도록 하지 말라. 그래서 아치는 그 어떤 항의도 하지 않고 손을 뻗어서 상자에서 돌을 하나 집어냈다. 오비의 턱이 놀라움으로 턱 벌어졌다. 일이 너무 빨리 진행되었다. 그는 아치가 우물쭈물 대기를 원했다. 그리고 관중이 여기서 무슨 일이 벌어지는지 알기를 원했다. 그는 이 의식이 질질 늘어지기를 원했다. 그리고 이 상황이 허용하는 한, 최대한으로 극적인 요소와 서스펜스를 이끌어 내려고 했다.

아치의 손이 다시 앞으로 쭉 뻗었고 오비는 그 행동을 제지할 수가 없었다. 그는 숨을 멈추었다.

돌은 아치의 주먹 안에 감추어져 있었다. 그는 구경꾼을 향해서 주먹을 뻗었다. 아치는 등을 꼿꼿하게 만들었다. 돌은 흰색이어야 한다. 마지막 순간 모든 것이 뒤집어지라고 이 일을 여기까지 끌어온 것이 아니다. 그는 입술 위에 미소를 떠올리고 구경꾼을 바라보았다. 자신의 확신을 보여 주려는 것이다.

그는 주먹을 펼치고 돌을 모두가 볼 수 있도록 쳐들었다.

흰색이었다.

37

　구버는 마지막 순간에 도착했다. 그는 관중석 꼭대기에서 벌어지는 소란을 뚫고 앞으로 나갔다. 여기 오기 싫었다. 학교 일과 그 잔인함에서 손을 씻고 싶었다. 그리고 제리가 매일 겪는 수치를 목격하고 싶지 않았다. 학교는 또한 자신의 배신과 패배를 생각나게 했다. 사흘 동안 그는 침대에 누워 지냈다. 병이 났다. 자기가 진짜로 병이 났는지 아니면 양심이 반란을 일으키고 육체를 감염시켜 그토록 기운이 없고 욕지기가 나는 건지 알 수가 없었다. 어찌 되었든 침대는 이제 그의 사적인 세계가 되었다. 사람이 없고,

야경대도 없고, 레온 선생도 없는 작고도 안전한 장소였다. 팔아야 할 초콜릿도, 망가뜨릴 교실도, 파괴할 사람도 없는 곳이었다. 그러나 어떤 녀석 하나가 전화해서 제리와 진저 사이에 벌어지는 싸움에 대해 알려 주었다. 그리고 제비뽑기로 싸움이 통제된다는 사실도 알려 주었다. 구버는 울부짖었다. 침대는 견딜 수 없게 되었다. 그는 잠과 망각을 찾는 짐승처럼 침대에서 하루 종일 이리저리 굴러다녔다. 그곳에 가고 싶지 않았다. 제리는 이길 수 없다. 그렇다고 침대에 머물러 있을 수도 없었다. 마침내 절망 속에서 침대를 벗어나 서둘러 옷을 입고 부모가 말리는 것도 무시하고 집을 나섰다. 버스를 타고 도시를 가로지르고 또 800미터의 길을 걸어 운동장에 도착한 것이다. 이제 아무렇게나 좌석에 앉아서 무대를 내려다보았다. 카터가 미친 게임의 규칙을 설명하는 소리를 들었다. 끔찍했다.

"……어떤 한 방으로 싸움이 끝날 경우, 그러니까 케이오나 기권이나 상관없이 싸움이 끝날 경우 그것을 써 낸 사람이 상을 받는다……."

그러나 구경꾼들은 그 기다림마저 못 견뎌 했다. 구버는 사방을 둘러보았다. 지금 관중석에 앉아 있는 사람들은 자기가 잘 아는 사람들이었다. 함께 공부하는 급우들이었다.

그들이 갑자기 낯선 사람들로 보였다. 그들은 열에 들떠서 무대를 내려다보았다. 어떤 애들은 "죽여 버려, 죽여." 하고 소리치고 있었다. 구버는 등골이 오싹했다.

카터는 무대 중앙으로 나갔다. 오비가 그곳으로 판지 상자를 가져왔다. 카터는 손을 넣고 종이 한 장을 꺼냈다.

"존 터시어. 르노의 이름을 썼다."

실망의 외침이 터져 나왔다. 여기저기서 몇 번 우 하는 소리.

"르노가 오른손으로 진저의 턱을 칠 것을 원한다."

침묵. 진실의 순간이다. 르노와 진저는 팔 하나의 거리를 두고 서로 마주 보았다. 그들은 전통적인 권투 선수의 자세로 서 있었다. 글러브 낀 손을 올리고 싸울 준비를 했다. 하지만 그것은 프로 선수의 모습을 애처롭게 모방한 것일 뿐이었다. 이제 진저는 규칙을 따랐다. 양팔을 내리고 방어 없이 제리의 한 방을 맞을 준비를 했다.

제리는 두 어깨를 움츠리고 주먹을 움켜쥐었다. 지난밤 통화에서 아치의 목소리가 그를 도발한 이후로 그는 이 순간을 기다려왔다. 그러나 지금은 망설였다. 어떻게 태연하게 다른 사람을 때릴 수가 있단 말인가? 설사 진저 같은 짐승이라 하더라도 말이다. 나는 싸움꾼이 아니야. 그는 조용히 항의하였다. 동시에 다른 목소리가 들렸다. 진저가 그 애들을 시켜서 너를 두들겨 팬 것을 생각해 봐.

관중은 참을성을 잃었다. "쳐라, 쳐라." 누군가가 외쳤다. 이 외침에 이어 다른 소리들이 터져 나왔다.

"대체 왜 그러냐, 이 호모야. 위대한 에밀 님을 때리다가 그 작은 손을 다칠까 겁나냐?"

제리는 진저의 턱을 향해 주먹을 날렸다. 그러나 충분히 조준하지 않고 너무 서둘러 움직였다. 주먹은 거의 목표를 벗어나다시피 하면서 진저의 턱을 슬쩍 건드렸을 뿐이었다. 진저는 씩 웃었다.

우우 하는 소리가 공기를 가득 채웠다.

"맞춰라."

누군가가 소리쳤다.

카터는 오비에게 얼른 상자를 가져오라는 몸짓을 했다. 그는 관중의 초조함을 알아챘다. 그들은 돈을 지불했고 흥분을 원한다. 그는 이번 쪽지에는 진저의 이름이 나오기를 희망했다. 그대로 되었다. 마티 헬러라는 애가 진저에게 르노의 턱에 오른손 어퍼컷을 먹일 것을 명령하였다. 카터는 이 명령을 크게 외쳤다.

제리는 나무처럼 팔을 내렸다.

진저는 "맞춰라."라는 무례한 외침을 들으며 준비를 끝냈다. 르노는 겁쟁이였다. 난 겁쟁이가 아니다. 그걸 놈들에게 보여 주겠다. 이것이 진짜 시합이라는 것을 입증해야만 한다. 르노가 싸우려 하지 않으면 적어도 에밀 진저만이라도 싸울 것이다.

그는 있는 힘을 다해서 제리를 쳤다. 이 한 방의 힘은 그의 발에서 솟아 다리와 허벅지를 지나 몸통을 거쳐 올라왔다. 어떤 원소의 자연적인 힘처럼 그의 몸통을 지나 팔을 통해 솟구쳐 올라, 마침내 주먹에서 폭발하였다.

제리는 이 한 방을 맞을 준비는 했지만 그 포악함과 악의에 충격을 받았다. 지구 전체가 한순간 진동하고 운동장이 흔들리고 불빛들이 춤을 추었다. 목의 통증이 끔찍했다. 진저가 날린 주먹의 충격으로 그의 머리가 홱 돌아갔다. 뒤쪽으로 비틀 밀리면서 그는 두 다리로 서 있으려고, 어떻게든 쓰러지지 않으려고 있는 힘을 다했다. 턱은 불이 붙은 것 같았다. 신맛이 났다. 아마 피겠지. 그러나 그는 입술을 꼭 다물었다. 머리를 흔들어서 재빨리 시각을 다시 명료하게 만들고 다시 이 세계에 든든히 자리를 잡았다.

그가 완전히 정신을 차리기도 전에 카터의 목소리가 울렸다.

"진저, 오른손으로 배에 한 방"

진저는 거침없이 한 방 날렸다. 짧은 한 방으로 제리의 배를 맞추지는 못했지만 그의 가슴을 쳤다. 풋볼 할 때처럼 숨이 턱 막혔다가 다시 되돌아왔다. 그러나 이 한 방은 어퍼컷의 힘만은 못했다. 그는 다시 몸을 움츠리고 주먹을 쳐들고 다음 지시를 기다렸다. 희미하게 관중이 지르는 환호성과 야유의 외침을 들었지만 자기 앞에 서 있는 진저에게만 정신을 집중했다. 녀석의 얼굴에 떠오른 저 멍청한 미소.

다음에 뽑힌 제비는 제리가 진저에게 한 방 먹일 기회를 주었다. 제리가 한 번도 들어 본 적이 없는 아이—아서 로빌라드라는 이름이었다.—가 라이트 크로스를 명령하였다. 그게 무엇이든, 제리는 막연한 생각뿐이었지만 어쨌든 진저를 때려 눕히고 싶었다. 처음에 그가 날린 악의적인 일격을 갚아 주고 싶었다. 그는 오른팔을 움츠렸다. 입에 분노를 악물었다. 그리고 팔을 뻗쳤다. 글러브는 진저의 얼굴 전면을 갈겼고 그는 뒤로 비틀거렸다. 이 결과에 제리는 놀랐다. 한번도 온통 분노에 사로잡힌 채 미리 마음먹고 이런 식으로 누군가를 때려 본 적은 없었다. 그는 이렇게 목표를 향해 자신의 모든 힘을 폭발시키는 것을 즐길 수 있었다. 자신의 모든 실망을 그렇게 풀어내고, 마침내 되갚아 주고

후려치고 복수하는 것을. 진저뿐만 아니라 그가 대변하는 모든 것을 향한 복수였다.

제리의 한 방에 숨은 힘에 놀라 진저의 눈이 확 벌어졌다. 본능에 따른다면 당장 한 방 되받아 쳐야겠지만 그는 자신을 억눌렀다.

카터의 목소리.

"진저. 레프트 어퍼컷."

진저가 쉬지도 않고 준비도 없이 한 방 날렸다. 다시 목이 돌아갈 정도로 재빨리 통증이 왔다. 제리는 약간 뒤로 밀렸다. 어째서 턱에 한 방을 맞았는데 무릎이 힘을 잃는 거지?

애들은 관중석에서 이제 더 많은 폭력을 요구하고 있었다. 그 소리에 제리는 오싹해졌다. "쳐라, 쳐." 이런 외침이 관중석에서 나오고 있었다.

바로 그 때문에 카터는 실수를 저질렀다. 오비가 건네 준 종이를 받고서 잠시 쉬지도 않고 곧바로 지시 사항을 읽었다.

"진저, 사타구니에 한 방."

이 말을 내뱉고 난 순간 카터는 자신의 실수를 깨달았다. 권투 경기에서 허용되지 않는 공격을 두 사람에게 요구하지 말라고 관중에게 말하지 않았던 것이다. 그리고 세상에는 언제나 빈 틈을 노려 재빨리 한 방 날릴 준비가 된 똑똑한 놈들이 있는 법이다.

이 말을 듣고 진저는 제리의 골반 쪽을 조준하였다. 제리는 주먹이 날아오는 것을 보았다. 그는 무언가 잘못되었음을 깨닫고 주먹을 쳐들고서 카터를 바라보았다. 진저의 주먹은 그의 아랫배에 떨어졌지만 제리는 살짝 피했다.

관중은 무슨 일이 일어났는지 알지 못했다. 그들 대부분은 경기에서 허용되지 않는 지시 사항을 듣지 못하였다. 그들은 다만 제리가 자신을 방어하려 하는 것만을 보았을 뿐이었다. 그리고 그것은 규칙 위반이었다.

"놈을 죽여 버려, 진저."

관중석에서 어떤 목소리가 외쳤다.

진저도 어리둥절했다. 그러나 오직 한순간뿐이었다. 빌어먹을, 자기는 지시 사항을 따랐을 뿐이다. 그리고 여기 이 비겁한 르노 새끼가 규칙을 위반했다. 규칙 따윈 알게 뭐냐. 맹렬한 돌풍처럼 주먹을 날려서 멋대로 아무 곳이나 마구 갈겼다. 머리, 뺨 그리고 배 등이었다. 카터는 무대 한쪽 구석으로 물러났다. 오비는 재앙을 예감하고서 이미 무대에서 사라지고 없었다. 빌어먹을, 대체 아치는 어디 있는 거야? 카터는 그를 찾을 수가 없었다.

제리는 진저의 주먹을 막기 위해 최선을 다했지만 불가능한 일이었다. 진저는 너무 강하고 너무 빨랐다. 죽이려는 생각은 이제 본능이 되었다. 마지막에 제리는 글러브로 머리와 얼굴을 가리고서 주먹이 온몸에 빗발치도록 내버려두었다. 그러면서 기다리고 기다렸다. 관중은 이제 혼란에 빠졌다. 진저에게 소리치고 야유하고 격려하였다.

진저에게 한 방만 더 갈기자, 그것이 제리가 원하는 것이었다. 몸을 움츠리고 공격을 받으면서 제리는 기다렸다. 턱이 뭔가 잘못되었다. 고통은 아주 심각했다. 그러나 지금 진저에게 한 방만 더 먹일 수 있다면, 앞서 먹인 멋진 펀치를 한 방만 더 날릴 수 있다면 그런 것쯤은 상관없었다. 그는 이제 아무 곳이나 얻어터지는 중이었고 관중의 외침은 미칠 듯이 커졌다. 누군가 끔찍한 오디오의 볼륨을 되는 대로 크게 튼 것 같았다.

진저는 지쳐 가고 있었다. 이 자식은 쓰러지지 않는다. 그는 팔을 뒤로 당기고 한순간 멈춘 채 진짜 목표를 찾았다. 최후의 결정적인 한 방을 날리고 싶었다. 그리고 그 순간, 제리는 그의 허점을 보았다. 통증과 구역질 속에서도 그는 진저의 가슴과 배가 방어되지 않은 채 열린 것을 보았

다. 그는 한 방 날렸다. 그리고 그것은 다시 멋진 한 방이었
다. 그의 모든 힘과 결의와 원한을 다 담은 한 방이 무방비
의 진저에게 날아갔다. 진저는 균형을 잃고 비틀거리며 뒤
로 물러났다. 그는 놀람과 고통으로 얼굴이 일그러졌다.

　승리감에 도취해서 제리는 진저가 무릎에 힘이 빠져 비
틀거리는 꼴을 바라보았다. 제리는 관중석을 향했다. 무엇
을 찾고 있었을까? 박수갈채? 그들은 야유하고 있었다. 자
기를 야유하고 있었다. 그는 머리를 흔들고 다시 준비를 하
면서 흘낏 곁눈질을 하다가 관중석에서 아치를 보았다. 활
짝 웃고 있는 의기양양한 모습이었다. 역겨움이 다시 제리
를 사로잡았다. 자기가 방금 무슨 짓을 했는지 알게 되면서
얻은 역겨움이었다. 그는 방금 또 다른 짐승, 또 다른 야수
가 된 것이다. 이 폭력적인 세상에 또 하나의 폭력적인 인
간이 된 것이다. 상처만 입혔을 뿐이다. 우주의 질서를 방
해한 것이 아니라 그냥 해를 끼쳤을 뿐이다. 아치가 자기에
게 이런 짓을 하는 것을 허용한 것이다.

　저기 저 관중에게 강한 인상을 주려고 했단 말인가? 자
신을 입증하려고 했더란 말인가? 빌어먹을, 그들은 자기가
패배하기를, 자기가 죽기를 바라고 있었다.

　진저의 주먹이 그의 관자놀이를 쳤다. 제리는 뒤로 비틀

거렸다. 진저의 주먹이 배로 떨어지면서 배가 안으로 파였다. 배를 싸안자 이번엔 얼굴에 끔찍한 두 방이 날아들었다. 왼쪽 눈이 빠질 것 같았다. 눈동자가 뭉개졌다. 그의 몸은 통증으로 무너졌다.

구버는 공포에 사로잡혀서 날아온 펀치들을 헤아렸다. 진저는 아무런 방어도 하지 않는 상대를 마구 갈기고 있었다. 열다섯, 열여섯. 구버는 벌떡 일어섰다. 그만둬, 그만둬. 그러나 아무도 듣지 않았다. 그의 목소리는 죽음을 요구하는 목소리들, 외쳐 대는 목소리들에 파묻혀 버렸다.

"놈을 죽여, 죽여 버려."

구버는 어쩔 줄 모른 채로 마침내 제리가 무대에서 쓰러지는 것을 바라보았다. 피투성이가 되어서 입을 벌린 채 숨을 헐떡였다. 눈은 초점을 잃고 퉁퉁 부었다. 그의 몸은 한순간 상처 입은 짐승 같은 자세를 취하더니 정육점의 갈고리에서 떼어 낸 고깃덩이처럼 풀썩 쓰러졌다.

그리고 불이 나갔다.

오비는 그 얼굴을 절대로 잊지 못할 것이다. 불이 나가기 직전 그는 르노 자식이 진저에게 북처럼 두들겨 맞는 꼴이 역겨워서 눈길을 무대에서 다른 쪽으로 돌렸다. 어쨌든 그에게 피를 보는 것은 언제나 불쾌한 일이었다.

관중석으로 눈길을 돌리면서 그는 운동장이 내려다보이는 작은 언덕을 바라보았다. 그 언덕은 실제로는 관중석 속에 박혀 있는 거대한 바위였다. 일부는 이끼로 또 일부는 낙서로 덮여 있었다. 학교에서는 그곳에 적힌 온갖 음담패설들을 거의 매일 지워야 했다.

오비의 눈길에 뭔가 움직이는 것이 잡혔다. 그 순간 레온 선생의 얼굴이 보였다. 레온은 검은 코트를 어깨에 걸친 채 언덕 꼭대기에 서 있었다. 운동장의 불빛을 받아서 그의 얼굴은 번쩍이는 동전 같았다. 저 새끼, 오비가 생각했다. 장담하지만 그는 그동안 내내 거기 서서 모든 광경을 보고 있었다.

불이 꺼지면서 그 얼굴은 사라졌다.

어둠은 갑작스럽고도 깊었다.

거대한 검은 잉크 방울처럼 어둠이 관중석과 무대와 운동장 전체를 내리덮었다.

세상이 갑자기 지워진 것 같았다.

빌어먹을, 아치는 관중석을 빠져나와 전기 장치가 있는 작은 설비 건물 쪽으로 향하면서 생각했다.

그는 뭔가에 발이 걸려 넘어졌다가 다시 일어났다.

누군가 그의 곁을 스쳐 달려갔다. 관중석의 소동은 끔찍했다. 애들은 소리 지르고 외치고 좌석에서 뛰쳐나왔다. 여기저기서 성냥과 라이터가 켜질 때면 작은 불꽃이 어둠을 조금 밝혔다.

멍청이들, 모두 멍청이야, 아치는 생각했다. 여기서 자기 혼자만이 제정신을 차리고서 관리 건물에서 전원이 나간 원인을 찾으려 하고 있다.

넘어진 몸뚱이 하나를 넘었다. 아치는 앞쪽으로 팔을 뻗어 더듬으면서 건물 쪽으로 나아갔다. 문에 도착했을 때 불이 다시 들어왔다. 그러자 더욱 눈이 부셨다. 눈이 부셔서 눈을 깜박이면서 문을 열자 자크 선생이 보였다. 그의 손이 스위치 위에 놓여 있었다.

"어서 오게, 아치. 자네가 이 일을 꾸몄을 거라고 생각하고 있었지. 그렇지 않은가?"

그의 목소리는 침착했지만 경멸감만은 뚜렷했다.

38

"제리."

축축한 어둠. 웃긴다, 어둠은 축축하지 않은데. 하지만
축축했다. 피 같았다.

"제리."

그러나 피는 검지 않다. 피는 붉다. 그런데 그는 온통 검
은색으로 뒤덮였다.

"돌아 와, 제리."

대체 어디로 오란 말인가? 그는 여기 어둠 속, 축축하고
따뜻한 어둠이 좋았다.

"야, 제리."

창문 밖에서 목소리들이 외치고 있었다. 창문을 닫아, 창문을 닫아. 목소리들을 닫아 버려.

"제리……."

이 목소리에는 어딘지 슬픔이 배어 있었다. 슬픔 이상이었다. 두려움이었다. 목소리에는 두려움이 묻어 있었다.

갑자기 아픔이 그의 존재를 일깨워 주었다. 그를 도로 정신 차리게 해 주었다. 도로 현실로. 맙소사, 이 통증.

"괜찮아. 제리, 괜찮아."

구버가 제리를 가슴에 안고 흔들면서 말하고 있었다. 무대는 다시 수술대처럼 눈부신 조명을 받고 있었다. 그러나 관중석은 거의 비었다. 몇몇 호기심 많은 애들만 주위를 어슬렁거리고 있었다. 구버는 자크 선생과 다른 몇몇 선생들의 재촉을 받고 이곳을 떠나는 애들을 가슴 아프게 바라보았다. 애들은 범죄 장소를 떠나는 것처럼 이상하게 누그러져서 이곳을 비웠다. 구버는 어둠 속을 더듬어 겨우 링에 도달할 수 있었다. 겨우 제리에게 다다랐을 때 불이 들어왔다.

"의사를 부르는 게 좋겠어."

그는 아치의 똘마니인 오비라는 아이에게 소리쳤다.

오비는 고개를 끄떡였다. 조명을 받은 그의 얼굴은 창백하고 유령 같았다.

"괜찮아."

구버가 제리를 더 가까이 끌어당기면서 말했다. 제리는 완전히 망가진 느낌이었다.

"모든 게 괜찮아질 거야……."

제리는 대답을 하기 위해 목소리를 내려고 했다. 대답해야 했다. 그러나 그는 아직도 눈을 감고 있었다. 마치 그런 식으로 아픔 위에 뚜껑을 덮어 둘 수 있기라도 한 것처럼. 그러나 그의 마음속에서 서두르는 것은 아픔 이상의 다른 어떤 것이었다. 아픔은 이미 그에게 존재의 본질이 된 지 오래였다. 그러나 다른 것이 지금 그를 짓누르고 있었다. 끔찍한 무게였다. 다른 무엇일까? 깨달음이었다. 방금 그가 얻어낸 깨달음. 머릿속이 지금 갑자기 얼마나 명료한지. 웃기는 일이다. 정신은 육체에서 분리되어 몸을 벗어나, 아픔 위로 높이 떠올라 있었다.

"괜찮을 거야, 제리."

아니, 그렇지 않아. 그는 구버의 목소리를 알아들었다. 자신이 깨달은 것을 구버에게 알리는 것이 중요했다. 구버에게 풋볼을 하라고, 풋볼을 하라고 말해야 한다. 달리기를 하라고, 그리고 풋볼 팀에 돌아가라고, 또 초콜릿을 팔라고,

그들이 원하는 것은 무엇이든 다 팔고, 그들이 원하는 것은 무엇이든 다 하라고 말해야 한다. 그 말을 하기 위해 목소리를 되찾으려고 해 보았지만 입에 무언가 이상이 있었다. 이빨과 그의 얼굴이 잘못됐다. 그러나 어찌 되었든 그는 계속 구버에게 그가 꼭 알아야 할 것을 이야기해 주려고 애를 썼다. 사람들은 네가 해야 할 일을 잘하라고 말하지. 하지만 진짜로는 그런 뜻이 아냐. 그들은 네가 너의 일을 하기를 바라지 않아. 네 일이 동시에 그들의 일이 아니라면 말이야. 웃기는 일이지만 구버, 속임수야. 우주의 질서를 방해하지 마라, 구버, 포스터가 뭐라고 말하든 상관없어.

그는 눈을 깜박이다가 떴다. 구버의 얼굴이 온통 일그러진 것을 보았다. 망가진 영화 같았다. 그러나 그의 얼굴에 떠오른 걱정스러운 빛을 볼 수 있었다.

괜찮아, 구버. 더는 해치지 못해. 알아? 난 떠 있어, 아픔을 넘어 그 위에 떠 있다고. 내가 방금 말한 것만 기억해. 그게 중요한 거야. 그렇지 않으면 그들은 너를 죽일 거야.

"어째서 그 애한테 이런 짓을 했지, 아치?"

"무슨 말씀을 하시는지 모르겠는데요."

아치는 자크 선생에게서 등을 돌리고 구급차가 조심스럽

게 운동장을 떠나는 것을 보았다. 빙글빙글 돌아가는 푸른 등이 사방으로 긴급 상황을 알리고 있었다. 의사는 르노가 턱뼈에 손상을 입었을 수도 있고, 어쩌면 내장에도 손상을 입었을 것이라고 말했다. 엑스선 촬영을 해 보면 알 것이다. 빌어먹을, 그런 게 바로 권투 경기의 위험이란 말이다, 아치는 생각했다.

자크 선생은 아치를 괴롭혔다.

"내가 말하는 동안은 나를 봐라. 누군가가 교사 숙소로 와서 여기서 무슨 일이 벌어지고 있는지 말해 줬다. 그렇지 않았다면 대체 일이 어떻게 되었을지 누가 알았겠냐? 르노 에게 생긴 일만 해도 충분히 나쁘지만 폭력적인 분위기가 더 큰일이었다. 네가 이 사건을 지휘하고 있었겠지. 저 애 들이 저렇게 되도록 말이야."

아치는 대답하려고 애쓰지 않았다. 자크 선생은 불을 끄 고 경기를 중단시킨 일 때문에 자신을 영웅이라고 생각하 는 모양이군. 아치 생각에 자크는 그냥 이날 저녁을 망쳤을 뿐이다. 어차피 자크는 너무 늦게 왔다. 르노가 이미 실컷 두들겨 맞은 다음이었다. 너무 빨랐어, 너무 빨랐다고. 저 멍청이 카터가 일을 망쳐 놓았다. 벨트 아래 가격이라니, 빌어먹을.

"변명할 말이 있나, 코스텔로?"

자크 선생이 고집을 부렸다.

아치는 한숨을 쉬었다. 정말이지 지겹다.

"선생님, 학교는 초콜릿을 팔기를 원했어요. 그리고 우리가 그것을 다 팔았습니다. 이것은 마지막 판매였어요. 그게 다입니다. 권투 경기죠. 규칙을 따른 경기입니다. 정당하고 공평했지요."

레온이 갑자기 끼어들었다. 한 팔을 자크 선생 어깨에 둘렀다.

"선생님이 모든 일을 잘 처리한 걸 알아요, 자크 선생님."

그가 충심으로 말했다.

자크는 냉정한 얼굴을 동료 선생 쪽으로 돌렸다.

"우린 간신히 재앙을 피한 것 같습니다."

그의 목소리에는 비난이 담겨 있었지만 부드럽고 절제된 비난이었다. 아치에게 보여 주었던 그런 적대감은 아니었다. 레온이 아직도 명령권을 쥐고 있다는 것을, 그가 책임자의 지위에 있다는 사실을 아치는 알아보았다.

"르노는 최고의 치료를 받을 겁니다. 보장하지요."

레온 선생이 말했다.

"소년들은 소년들일 뿐이오, 자크 선생님. 소년들은 혈기가 넘치기 마련이지요. 오, 소년들이 그토록 열을 올리면 그 에너지와 열광은 보기가 좋지요."

그는 아치를 향해서 말했다. 더 엄격하긴 했지만 진짜로 화가 난 목소리는 아니었다.

"오늘 밤 자넨 최고의 판단력을 발휘한 것 같진 않군, 아치. 그러나 자네가 학교를 위해서 그런 일을 했다는 것을 알고 있네. 트리니티를 위해서 말이야."

자크 선생은 천천히 멀어져 갔다. 아치와 레온 선생은 그가 멀어져 가는 모습을 바라보았다. 아치는 속으로 미소를 지었다. 그러나 자신의 감정은 감추었다. 레온은 자기편이었다. 멋져. 레온과 야경대와 아치. 앞으로의 한 해는 얼마나 대단할 것인가.

구급차의 사이렌 소리가 밤의 어둠 속으로 울려 퍼지기 시작했다.

39

"언젠가는 말이야, 아치." 하고 오비가 말했다. 그의 목소리에는 경고가 담겨 있었다.

"언젠가는……."

"그만둬, 오비. 오늘 밤 설교는 충분해. 자크 선생이 이미 한바탕 설교를 했단 말이다."

아치가 킬킬거렸다.

"하지만 레온 선생이 구해 주러 왔지. 좋은 사람이야, 레온 선생 말이야."

그들은 관중석에 앉아서 몇몇 애들이 청소하는 것을 바

라보았다. 그곳은 예전에 아치가 르노를 보고 과제를 주기 위해 그를 선택했던 바로 그 장소였다. 밤은 추워졌고, 오비는 가볍게 몸을 떨었다. 그는 골대를 바라보았다. 골대는 무엇인가를 연상시켰다. 다만 그게 무엇인지 기억할 수가 없었다.

"레온은 나쁜 놈이야. 그가 언덕 위에 서 있는 것을 보았지. 싸움을 보고 있었어. 그 모든 것을 즐기고 있었던 거야."

오비가 말했다.

"알아. 내가 슬쩍 귀띔해 주었거든. 익명의 전화였지. 와서 즐길 거라고 생각했어. 그리고 나는 그가 와서 여기서 돌아가는 과정을 본다면 일이 잘못되었을 때 우리를 보호해 줄 거라고 생각했거든."

아치가 말했다.

"언젠가는 말이야 아치, 넌 스스로 네가 친 올가미에 걸려들 거야."

오비가 말했지만 그 말은 습관일 뿐이었다. 아치는 언제나 한걸음 앞서 있었다.

"이봐, 오비. 난 네가 오늘 밤 한 일을 잊을 생각이야. 너와 카터와 검은 상자 말이지. 빌어먹을, 그건 극적인 순간이었어. 난 네가 어떤 느낌인지 이해했어. 너나 카터 같은 자식들을 내가 이해한다는 건 참 이상해."

그는 빈정대거나 공상적이 되고 싶을 때면 가식적인 목소리를 내곤 했다.

"어쩌면 다음번엔 그 검은 상자가 쓸모 있겠지."

오비가 말했다.

"아니면 또 다른 르노 같은 애가 성공할지도 모르고 말이야."

아치는 대답하려고 애쓰지 않았다. 희망일 뿐인 생각에는 대답할 필요가 없다. 그는 코를 킁킁거리고 하품했다.

"이봐 오비, 초콜릿은 어떻게 되었지?"

"정신 없을 때 애들이 초콜릿을 집어 갔어. 돈은 브라이언 코크란이 갖고 있고. 다음번 모임 때 몇 가지 제비뽑기를 해야 할 거야."

아치는 거의 듣지 않았다. 거기엔 관심이 없었다. 배가 고팠다.

"초콜릿이 모두 없어진 게 확실해?"

"확실해, 아치."

"허시나 뭐 다른 것 혹시 갖고 있냐?"

"아니."

다시 불이 꺼졌다. 아치와 오비는 아무 말도 없이 그곳에 잠시 더 있었다. 그런 다음 어둠 속에서 그 장소를 떠났다.

해피 엔딩, 『초콜릿 전쟁』

『초콜릿 전쟁』은 내가 신문 논설위원으로 일하고 있을 때인 1969년, 1970년, 1971년 3년에 걸쳐 평일 저녁 시간과 토요일 오전 시간을 이용해 썼던 글이다.

이 소설을 쓰는 것은 사랑을 위한 노동이었다. 소설의 배경은 가톨릭 남자 고등학교였지만 나는 이 학교가 이 세상에 대한 은유라고 생각했다. 다른 한편으로는 이 소설이 결국은 학교에서 주관하는 초콜릿 판매에 관한 이야기일 뿐이라는 사실도 잘 알고 있었다. 대체 누가 이런 이야기를 읽고 싶어 할까? 글을 쓰면서도 이따금 나 스스로에게 이렇게 물어보곤 했다. 하지만 단어들이 종이 위에서 뛰어다니며 춤을 추고, 제리 르노, 아치 코스텔로, 레온 선생 등의 인물들이 생생하게 살아 나오는 즐거운 시간을 가졌기에 그런 걱정은 집어치웠다.

20년도 더 지난 지금도 이 책이 처음 출간된 미국뿐만 아니라 영국, 오스트레일리아, 스웨덴, 프랑스, 일본 등지에서 사람들이 『초콜릿 전쟁』을 읽고 가르치고(또 소설이 문제들을 만들어 내고) 있다는 사실이 나로서는 믿기지 않는다.

이 소설은 태어날 때 이미 거의 죽다시피 했고 1년 이상이나 말 그대로 아무것도 아닌 상태로 처박혀 있었기 때문이다. 원고는 1972년부터 1973년까지 13개월에 걸쳐 주요 출판사 일곱 군데에서 거절당했다. 이유가 뭐냐고? 이런 이유들이었다. 이야기가 너무 복잡하다. 인물이 너무 많이 나온다. 1970년대의 10대들이 받아들이기 어려운 비관적인 결말이다. 너무 폭력적이다. 어른에게 충분히 공감이 가지 않고, 그렇다고 어린이 소설이 되기에는 내용이 너무 복잡하고 미묘하다. 너무 믿기지 않는 이야기다, 등이었다. 그 어떤 이유도 대지 않은 채 그냥 "우리하고는 맞지 않아요."라는 실망스러운 말뿐인 곳도 있었다. 한 출판사만이 소설

368

일부를 손질한다면, 특히 결말 부분을 손질한다면 받아들일 것을 진지하게 고려하겠다고 대답했다.

하지만 나는 소설을 다듬거나 바꾸지 않기로 결심하였다. 뭐 특별히 영웅적인 몸짓이라기보다는 그냥 나의 무지에서 나온 행동이었다. 나는 청소년 문학 시장에 대해 아무것도 몰랐고 당연히 이 분야의 전통이나 금기에 대해서도 전혀 몰랐다. 결말이 행복하게 끝나는, 청소년들의 모범이 될 만한 역할 모델 주인공들이 등장하는 그야말로 '안전한' 이야기들이 판을 치는 곳이라는 사실을 몰랐던 것이다.

『초콜릿 전쟁』은 행복하게 끝나는 소설이 아니지만 이 책의 역사에는 행복한 순간들이 많았다. 더불어 각자 일정한 역할을 해 준 진짜 주인공들이 있다.

내 아들 피터는 학교의 연례행사인 초콜릿 판매를 원칙의 문제라는 이유로 거절하면서 내가 이 소설을 쓰도록 영감을 주었다. 나의 문학 대리인인 커티스 브라운사의 매릴린 말로우는 소설의 결말 부분을 고치지 않겠다는 나의 결심에 찬성하고 소설이 원래 쓰인 그대로 청소년 문학 세계에서 자기만의 자리를 차지할 수 있을 거라고 고집하였다. 힌튼의 『아웃사이더Outsider』와 폴 진델의 『피그맨Pigman』 등이 출간되면서 당시 미국의 청소년 문학 시장이 변화하기 시작했음을 그는 확신하였다.

마침내 1973년 4월, 판테온 북스의 청소년 출판을 담당하고 있던 페이비오 코언이 이 책을 출판하기로 결정했다.

나는 내용을 수정해야 할까 봐 걱정하였다. 그러나 그런 걱정은 기우에 지나지 않았다. 출판사의 짧은 '편집 작업' 과정에서 나온 제안은 겨우 한 페이지 분량에 지나지 않았다. 다만 코언은 소설 마지막의 짧은 한 장에 대해서는 회의적이었다. 놀랍게도 그것은 내가 이미 한번 떼어냈다가 다시 붙인 부분이었다. 그러니까 마침내 나는 내 글에 대해 나 자신과 똑같은 본능과 의도를 가진 편집자를 만난 것이다. 이 부분은 떼어 버렸다. 그것 말고는 1974년 4월에 책이 출판되었을 때에 소설은 내가 원래 쓴 그대로의 모습을 지녔다. 코언은 나의 조언자가 되었고, 몇 권의 책을 더 내고 그가 은퇴할 때까지 계속 나의 조언자로 남았다.

『초콜릿 전쟁』의 성공은 이 작품과 관련된 다른 모든 주인공들이 있었기에 가능했다. 곧 자신들의 일자리까지 위협하는 검열에 맞서 이 책을 가르쳤던 선생님들, 이 소설을 독자들에게 계속 빌려 줄 수 있도록 투쟁했던 도서관의 사서들, 수많은 서평과 평론에서 이 소설을 후원해 준 평론가들, 작가와 교육자들. 또한 내게 편지를 보내 주고 나를 격려해 주고, 이 책이 또 다른 금지령에 직면할 때마다 조직적으로 항의해 준 모든 젊은이들. 그리고 꾸준히 양장 판과 페이퍼백 판을 찍어 준 판테온 북스 출판사. 바로 이들 하나하나가 이 책이 지금까지 살아오는 데 없어서는 안 될 역할을 해 준 것이다.

이 소설은 지금도 여전히 읽히고 있으며 더 많은 언어로 더 새로운 판본으로 계속해서 간행되고 있다.

그러니 이 소설은 해피 엔딩이라고 말해야 하지 않을까!

1997년

로버트 코마이어

모든 성장에는 성장통이 따른다

학교생활을 이렇게 생생하게 그린 책을 나는 한 번도 읽어 본 적이 없다. 나 자신이 고등학교 교사 노릇을 한 적이 있고 학교에는 선의에 넘치는 사람들이 항상 있었던 것으로 기억하지만 중·고등학교는 이상하게도 어떤 억압적인 분위기가 있는 모양이다. 대학입시의 스트레스를 털어내며 고등학교를 졸업했을 때 나는 지옥에서 빠져나온 것 같다는 느낌이었다. 딸이 고등학교를 졸업했을 때도 역시 비슷한 느낌을 한 번 더 느꼈다.

그리고 이 책 『초콜릿 전쟁』을 읽으며 다시 그 옛날의 악몽 일부가 돌아오는 것을 보았다. 소설에 등장하는 인물과 상황이 너무나도 생생한 탓일 것이다. 남자 고등학생들의 일상적인 고민이 톡톡 튀는 문장과 펄펄 살아 있는 대화 속에 아주 재미있게 재현되어 있다. 그러나 이 소설이 학교생활을 다룬 기존의 글과 다른 점은 무엇보다도, 차마 정면으로 바라보기 괴로운 현실을 있는 그대로 드러낸다는 점이다. 그 어떤 이상이나 낭만이나 추억으로 가리거나 미화하지 않은 벌거벗은 현실. 어떤 의미에서는 지나치게 부정적인 세계관이라고 비난할 수도 있는 모습.

전교생이 총 400명인 가톨릭계 명문 사립 고등학교 트리니티(Trinity, 삼위일체)가 소설의 배경이다. 이 학교 신입생인 제리 르노와 롤랜드 구버트를 중심으로 이야기가 시작한다. 공부도 열심히 하고, 과외활동으로 선택한 미식축구 훈련도 좋아하고 열심히 하는, 몸과 정신이 건강하고 성실한 학생들이다. 그러나 학교생활은 그렇게 호락호락 간단하지가 않다. 우선 학교 안의 지하 서클인 '야경대'가 그들을 그대로 두지 않는다. 이어서 복잡한 재정상태를 해결하려고 하는 교감 선생이 야경대와 결탁하면서 제리와 구버트의 생활은 더욱더 불편해진다. 착실한 신입생 제리는 학교 재정 상태를 개선하기 위한 모금 활동의 일부로 진행되는 학생들의 초콜릿 판매를 놓고 야경대와 레온 선생의 틈 바구니에 끼게 된다. 그 과정에서 학교의 감추어진 진짜 모습이 천천히 제리와 우리 독자의 눈앞에 나타난다.

소설에는 물리적인 폭력도 등장하지만 진짜 두려운 것은 물리적 폭력이 아니라 물리적 폭력을 배후에서 조종하는 세력이다. 레온 선생은 교사라는 직위를 이용하여 학생들 위에 절대적으로 군림하면서 수단과 방법을 가리지 않고 그들을 이용하거나 통제하는 사람이다. 물리적 폭력을 쓰지는 않지만 그의 모습에서 우리는 학교 폭력의 한 원천을 보게 된다. 바로 성품이 적절하지 않은 교사 자신이다. 이것은 학교의 구조와 체계 안에 자리 잡은 교묘한 폭력으로서, 대부분의 사람들은 학창 시절에 이렇게까지는 아니라도 비슷한 분위기를 만들어내는 선생님을 몇 번쯤은 만나본 적이 있을 것이라 생각한다.

다음으로는 학교 안의 지하 서클이 다른 평범한 학생들의 생활을 위협한다. 학생들 중에는 에밀 진저처럼 단순하게 생각하지만 폭력의 수위가 위험단계에 이르러 있는 아이도 있다. 하지만 여기서도 진짜로 두려운 존재는 야경대의 실질적인 리더인 아치 코스텔로다. 그는 물리적 폭력을 싫어해서 단 한번도 자기가 직접 폭력을 휘두르지는 않는다. 그러나 이른바 '심리적' 게임을 통해 서클을 장악한 대단히 지능적이고 훨씬 더 위협적인 인물이다.

학교 폭력의 또 다른 원천은 자주 폭력의 희생자가 되기도 하는 보통 학생들이다. 이 소설에 등장하는 대부분의 아이들은 바로 이 그룹에 속한다. 그들도 사방에 문제가 있다는 것은 안다. 하지만 어떻게 해서든 골치 아픈 문제에 끌려들어가는 것을 피하고, 가능하면 다른 사람 눈에 안 띄게 자신의 개인적인 삶을 보호하고 무사히 학교를 졸업하기만을 바라는 아이들이다. 그들은 힘 앞에 굴복하고 자신을 보호하기 위해 어쩔 수 없이 강자들을 돕는다. 그러나 군중심리에 휘말렸을 땐 그들도 속에 든 무서운 폭력 성향을 드러낸다.

소설의 주인공 제리 르노는 대단한 영웅은 아니다. 그는 '스스로 자신의 행동을 결정하고 그것을 잘 하라' 라는 기본적인 원칙에 충실한 소년이다. 제리는 다른 소년들처럼 속으로는 두려움에 벌벌 떨면서도 위압적인 선생이나 야경대의 압력에 굴복하지 않고 이 원칙을 지키려고 한다. 아무에게도 해를 입히지 않았지만, 원칙을 고집했다가 파멸에 이르게 된다. 나중에 그는 모든 학생들과 선생들과 학교 전체로부터 완전히 왕따를 당하고 만다. 그래도 끝까지 맞서

다가 심한 폭행을 당한다.

소설은 비참한 종말을 보여 준다. 악하고 강한 자들이 이기고 홀로 그들에게 맞섰던 소년은 소리 없는 고통 속에서 자신의 의지를 꺾이고 만다. '내 감히 우주를 어지럽히랴?'라는 포스터의 구절에 등장하는 '우주'는 소설에서 배후에 악을 감추고 있는 사회의 큰 구조로 해석된다. 왜냐하면 트리니티는 단순히 한 작은 고등학교만이 아니라 미국 사회와, 나아가 모든 인간 사회를 뜻하는 것이기도 하기 때문이다. 제리는 이런 사회—여기서는 학교—의 구조적 모순에 원칙으로 맞섰다가 붕괴된다. 독자는 이런 종말 앞에서 암담하고 참혹한 심정으로 버림받은 느낌을 얻는다. 여기 희망은 없다. 아치나 레온 선생이 구축한 권력과 체제를 꺾을 힘은 세상에 존재하지 않는다.

소설이 끝나고 나면 질문은 독자의 몫으로 넘어간다. 정말 그런가? 정말로 권력의 지배 구조는 깨트릴 수 없는가? 아마 그럴 것이다. 그러나 만일, 만일에 말이다. 제리 같은 아이 두 명이 동시에 나타난다면 어땠을까? 아니면 한 때 제리를 영웅처럼 생각했던 아이들, 자신들도 피해자인 아이들이 적어도 마지막 제비뽑기 권투 경기에 동참하지 않았다면 어땠을까? 절반만이라도 그곳에 오지 않았다면? 피해자들이 사태를 좀 더 분명히 볼 수 있었다면? 그래서 밝은 눈으로 피해를 줄이는 쪽으로 서로 힘을 모았다면?

아마도 이것이 이 소설이 말없이 던지는 마지막 메시지가 될 것이다. 우리 모두가 조용히 부당함을 참고 자신의 평화만을 중히 여긴다면 부당함을 끊거나 줄일 수 없다. 학교를 무사히 졸업한다고 해도 문제는 해결되지 않는다. 학교 밖에도 어디에라도 또 다른 레온 선생과 또 다른 아치 코스텔로가 여전히 있기 때문이다. 그렇다고 부당함을 끊기 위해서 두 주먹으로 맞서는 것도 최선의 선택은 아니다. 아치처럼 조직을 거느리고, 게다가 머리까지 좋은 사람을 어떻게 하나의 약한 주먹으로 제거하겠는가?

이 소설은 아치와 레온 선생이 공생적인 폭력의 권력 구조를 구축하는 과정을 잘 보여 준다. 그리고 그들 주변에서 할 수 없이 그들을 돕는 평범한 아이들의 행적도 잘 드러나 있다. 복잡하고 힘들지만 이 구조를 제대로 보지 못한다면 거기 맞서 싸우기란 불가능하다. 악의 구조를 관찰하고 생각하고 분석하고 깨닫는 것. 깊이 살펴보고, 제리처럼 행동하지는 못한다 하더라도, 하다못해 그런 사람을 고독하게 홀로 남겨두지 않는다면 아마도 작지만 근본적인 해결이 시작될 것이다. 구버 혼자가 아니라 여럿이서 말없이 돕는다면. 그리고 나쁜 세력에 휘말려 동조하지 않는다면 말이다. 그것이 가능한 것인가? 나도 모른다.

이 소설은 그밖에도 성에 대한 소년들의 고민을 진솔하게 다룬다. 또 진로나 성적 때문에 고민하는 학생들. 옳고 그름에 대해 혼란을 느끼는 아이들. 겉으로 내세운 훌륭한 말과 속셈이 따로따로인 현실. 청소년기의 불안과 고독과 아픔이, 이상이나 소망으로 슬쩍 미화되지 않은 채 묘사된다. 소녀들의 사랑의 꿈을 그린 아름다운 순정소설이 아니라, 이 세계의 잔혹한 생존경쟁의 원리를 배워나가는 소년들의 고통스러운 성장 과정을 다룬 소설이다.

지금 아픔을 겪으며 내면이 성숙해지고 있는 모든 젊은 이들아, 다른 시대도 그다지 다르지 않았다. 모든 성장은 반드시 성장통을 수반하는 것이기에.

2004년 7월
안인희

옮긴이 안인희

『인간의 미적 교육에 관한 편지』로 1995년 제2회 한독번역문학상을 받았다.
『발렌슈타인 3부작』으로 본격적인 번역 활동을 시작한 이후,
『최초의 과학자 레오나르도 다빈치』,『광기와 우연의 역사』,『발자크 평전』,『히틀러 평전 1, 2』,
『역사 속의 영웅들』,『갈릴레이』등 깊이 있는 작품들을 옮겼다.
『게르만 신화 바그너 히틀러』로 2003년 민음사 '올해의 논픽선상'
역사와 문화 부문에서 수상하기도 했다.

블루픽션 10

초콜릿 전쟁

1판 1쇄 펴냄—2004년 8월 2일
1판 26쇄 펴냄—2022년 6월 23일
지은이/ 로버트 코마이어 옮긴이/ 안인희
펴낸이/ 박상희 펴낸곳/ (주)비룡소
출판등록/ 1994. 3. 17. (제16-849호)
주소/ 06027 서울시 강남구 도산대로1길 62 강남출판문화센터 4층
전화/ 영업 02)515-2000
팩스/ 02)515-2007
편집/ 02)3443-4318,9
홈페이지/ www.bir.co.kr
제품명 어린이용 반양장 도서 제조자명 (주)비룡소 제조국명 대한민국 사용연령 3세 이상
ⓒ (주)비룡소, 2004, Printed in Seoul, Korea

ISBN 978-89-491-2063-8 44800
ISBN 978-89-491-2053-9 (세트)

| 블루픽션 시리즈

1. 스켈리그 데이비드 알몬드 글/ 김연수 옮김
안데르센 상, 엘리너 파전 문학상, 카네기 상, 휘트브레드 상, 마이클 L.프린츠 상,
어린이도서연구회 권장 도서, 책교실 권장 도서, 중앙독서교육 추천 도서

2. 운하의 소녀 티에리 르냉 글/ 조현실 옮김
소르시에르 상, 어린이도서연구회 권장 도서

4. 0에서 10까지 사랑의 편지 수지 모건스턴 글/ 이정임 옮김
밀드레드 L. 배첼더 상, 어린이도서연구회 권장 도서

5. 희망의 섬 78번지 우리 오를레브 글/ 유혜경 옮김
안데르센 상 수상 작가, 밀드레드 L. 배첼더 상, 머더카이 상, 아침햇살 선정 좋은 어린이 책,
중앙독서교육 추천 도서, 책교실 권장 도서, 책따세 추천 도서

6. 룩스 극장의 연인 자넌 태송 글/ 조현실 옮김
프랑스 '올해의 청소년 책', 소르시에르 상, 어린이도서연구회 권장 도서, 열린 어린이가 뽑은 좋은 책

7. 시인 X 엘리자베스 아체베도 글/ 황유원 옮김
카네기상, 내셔널 북 어워드, 마이클 L. 프린츠 상, 보스턴 글로브 혼 북 상, 골든 카이트 어워드,
아침독서 추천 도서

9. 이매지너리 프렌드 매튜 딕스 글/ 정회성 옮김

10. 초콜릿 전쟁 로버트 코마이어 글/ 안인희 옮김
미국 도서관 협회 선정 도서, 뉴욕타임스 선정 도서, 어린이도서연구회 권장 도서

11. 전갈의 아이 낸시 파머 글/ 백영미 옮김
뉴베리 상, 국제 도서 협회 선정 도서, 마이클 L. 프린츠 상, 책교실 권장 도서, 어린이도서연구회 권장 도서

13. 나의 산에서 진 C. 조지 글/ 김원구 옮김
뉴베리 상, 미국 도서관 협회 선정 도서, 어린이도서연구회 권장 도서,
열린 어린이가 뽑은 좋은 책, 책교실 권장 도서

15. 우리 형은 제시카 존 보인 글/ 정회성 옮김
줏대있는 어린이 추천 도서

17. 푸른 황무지 데이비드 알몬드 글/ 김연수 옮김
안데르센 상, 엘리너 파전 문학상, 스마티즈 상, 마이클 L.프린츠 상, 어린이도서연구회 권장 도서

18. 킬리만자로에서, 안녕 이옥수 글
학교도서관저널 추천 도서

20. 기억 전달자 로이스 로리 글/ 장은수 옮김
뉴베리 상, 보스턴 글로브 혼 북 명예상, 어린이도서연구회 권장 도서,
열린 어린이가 뽑은 좋은 책, 교보문고 추천 도서

22. 내 인생의 스프링캠프 정유정 글
세계청소년문학상, 문화관광부 교양 도서, 어린이도서연구회 권장 도서,
교보문고 추천 도서, 학도넷 추천 도서

23. 줄무늬 파자마를 입은 소년 존 보인 글/ 정회성 옮김

아일랜드 '오늘의 책', 행복한 아침독서 추천 도서, 교보문고 추천 도서

25. 파랑 채집가 로이스 로리 글/ 김옥수 옮김

어린이도서연구회 권장 도서

26. 하이킹 걸즈 김혜정 글

블루픽션상, 한국문화예술위원회 우수문학도서, 책따세 추천 도서, 학도넷 추천 도서

27. 지구 아이 최현주 글

제11회 블루픽션상 수상작

28. 나는 브라질로 간다 한정기 글

황금도깨비상 수상 작가, 소년조선일보 추천 도서, 중앙일보 추천 도서

29. 키싱 마이 라이프 이옥수 글

한국문화예술위원회 우수문학도서, 어린이도서연구회 권장 도서, 교보문고 추천 도서,
전국독서새물결모임 추천 도서, 학교도서관저널 추천 도서

30. 꼴찌들이 떴다! 양호문 글

블루픽션상, 행복한 아침독서 추천 도서, 교보문고 추천 도서, 책따세 추천 도서,
경기도학교도서관사서협의회 추천 도서, 중앙일보 북클럽 추천 도서

31. 우연한 빵집 김혜연 글

문학나눔 선정 도서, 학교도서관저널 추천 도서, 책따세 추천 도서, 아침독서 추천 도서,
어린이도서연구회 추천 도서

32. 생쥐와 인간 존 스타인벡 글/ 정영목 옮김

미국 도서관 협회 선정 도서, 국립어린이청소년도서관 추천 도서

33. 두 개의 달 위를 걷다 샤론 크리치 글/ 김영진 옮김

뉴베리 상, 미국 어린이 도서상, 스마티즈 북 상, 영국독서협회 상 수상작,
경기도학교도서관사서협의회 추천 도서, 학도넷 추천 도서

34. 침묵의 카드 게임 E. L. 코닉스버그 글/ 햇살과나무꾼 옮김

스쿨 라이브러리 저널 선정 최고의 책, 에드거 앨런 포 상 노미네이트,
경기도학교도서관사서협의회 추천 도서, 아침독서 추천 도서

35. 빅마우스 앤드 어글리걸 조이스 캐럴 오츠 글/ 조영학 옮김

스쿨 라이브러리 저널 선정 최고의 책, 미국 도서관 협회 선정 최고의 청소년 책,
뉴욕 공립 도서관 추천 도서, 학교도서관저널 추천 도서

36. 서쪽 마녀가 죽었다 나시키 가오 글/ 김미란 옮김

소학관 문학상, 일본 아동문학기협회 신인상, 한국간행물윤리위원회 청소년 권장 도서,
어린이도서연구회 권장 도서, 아침독서 추천 도서, 책따세 추천 도서

37. 닌자걸스 김혜정 글

전국학교도서관담당교사모임 추천 도서, 아침독서 추천 도서

38. 첫사랑의 이름 아모스 오즈 글/ 정회성 옮김

안데르센 상, 제브 상

39. 하니와 코코 최상희 글

블루픽션상, 사계절문학상 수상 작가, 학교도서관저널 추천 도서

40. 파랑 치타가 달려간다 박선희 글

제3회 블루픽션상 수상작, 학교도서관저널 추천 도서, 아침독서 추천 도서,
어린이도서연구회 권장 도서, 책따세 추천 도서, 문화체육관광부 우수교양도서

41. 나는, K다 이옥수 글

학교도서관저널 추천 도서

42. 어쩌자고 우린 열일곱 이옥수 글

한국도서관협회 우수문학도서, 학교도서관저널 추천 도서

43. 앉아 있는 악마 김민경 글

44. 최후의 Z 로버트 C. 오브라이언 글 / 이진 옮김

뉴베리 상 수상 작가

46. 줄리엣 클럽 박선희 글

제3회 블루픽션상 수상 작가, 대한출판문화협회 선정 올해의 청소년 도서,
한국도서관협회 선정 우수문학도서

47. 번데기 프로젝트 이제미 글

제4회 블루픽션상 수상작

48. 뚱보가 세상을 지배한다 K.L. 고잉 글 / 정화성 옮김

마이클 L. 프린츠 아너 상

49. 파랑 피 메리 E. 피어슨 글 / 황소연 옮김

미국학교도서관저널, 미국도서관협회 선정 청소년 분야 '최고의 책',
학교도서관저널 추천 도서, 책따세 추천 도서

50. 판타스틱 걸 김혜정 글

제1회 블루픽션상 수상 작가, 대한출판문화협회 선정 올해의 청소년 도서,
고래가 숨쉬는 도서관 선정 도서, 한국도서관협회 선정 우수문학도서,
경기도학교도서관사서협의회 추천 도서

51. 어쨌거나 스무 살은 되고 싶지 않아 조우리 글

제12회 블루픽션상 수상작

52. 우리들의 팝조름한 여름날 오채 글

마해송 문학상 수상 작가, 한국도서관협회 선정 우수문학도서,
국립어린이청소년도서관 추천 도서, 경기도학교도서관사서협의회 추천 도서,
2017 순천시 One City One Book 선정 도서

53. 웰컴, 마이 퓨처 양호문 글

제2회 블루픽션상 수상 작가, 대한출판문화협회 선정 올해의 청소년 도서,
경기도학교도서관사서협의회 추천 도서

54. 초록 눈 프리키는 알고 있다 조이스 캐럴 오츠 글 / 부희령 옮김

미국 내셔널북어워드, 오헨리 상 수상 작가, 경기도학교도서관사서협의회 추천 도서,
국립어린이청소년도서관 추천 도서

56. 메신저 로이스 로리 글 / 조영학 옮김

뉴베리 상, 보스턴 글로브 혼 북 명예상 수상 작가, 경기도학교도서관사서협의회 추천 도서

⊙ 계속 출간됩니다.